恰在这人间
我未老

张芷芊/著

山西出版传媒集团
北岳文艺出版社

图书在版编目(CIP)数据

恰在这人间我未老/张芷芊著.—太原:北岳文艺出版社,2020.5
ISBN 978-7-5378-6200-4

Ⅰ.①恰… Ⅱ.①张… Ⅲ.①长篇小说-中国-当代 Ⅳ.①I247.5

中国版本图书馆CIP数据核字(2020)第061143号

书　名	恰在这人间我未老
著　者	张芷芊
责任编辑	吴国蓉
书籍设计	米　乐
出版发行	山西出版传媒集团·北岳文艺出版社
地　址	山西省太原市并州南路57号
邮　编	030012
电　话	0351-5628696(发行部)
	0351-5628688(总编室)
传　真	0351-5628680
网　址	http://www.bywy.com
E-mail	bywycbs@163.com
印刷装订	山西立方印业有限公司
开　本	880mm×1230mm　1/32
字　数	250千字
印　张	10.25
版　次	2020年5月第1版
印　次	2020年5月山西第1次印刷
书　号	ISBN 978-7-5378-6200-4
定　价	68.00元

目 录
CONTENTS

第一章　新城旧友　　　　　　　　　》 001

第二章　人生何处不相逢　　　　　　》 009

第三章　搬新家　　　　　　　　　　》 017

第四章　物是人非　　　　　　　　　》 025

第五章　前尘唤旧梦　　　　　　　　》 035

第六章　感情之事，如人饮水　　　　》 043

第七章　深爱成怨恨　　　　　　　　》 052

第八章　怕疼仍人之本性　　　　　　》 062

第九章　阴错阳差的偶遇　　　　　　》 071

第十章　最难清算的是人情　　　　　》 078

第十一章　失恋综合征　　　　　　　》 088

第十二章　有些等候注定无期　　　　》 096

第十三章　真相，一场大错　　　　　》 103

第十四章　劳苦未得功高　　　　　　》 111

第十五章　爱情里多得是演员　　　　》 121

第十六章　有缘的人总会相遇	≫ 129
第十七章　爱而不得和避之不及	≫ 137
第十八章　爱情是无可救药的病	≫ 146
第十九章　没有爱，哪来恨	≫ 156
第二十章　相顾无言，旧事无情	≫ 164
第二十一章　各怀心思的旅行	≫ 175
第二十二章　雨过情断	≫ 184
第二十三章　伤心人的聚会	≫ 192
第二十四章　张牙舞爪，最后缴械投降	≫ 202
第二十五章　嫁给爱情的模样	≫ 213
第二十六章　携手泛舟西湖	≫ 222
第二十七章　一个家，两个人，三只猫	≫ 229
第二十八章　祸从天降	≫ 236
第二十九章　想成为你身旁的木棉	≫ 245
第三十章　会撒娇的女人	≫ 253
第三十一章　以爱为名的圈套	≫ 261
第三十二章　爱到最后是放手	≫ 269
第三十三章　爱你，一如从前	≫ 276
第三十四章　赖在你身边	≫ 284
第三十五章　小别生嫌隙	≫ 294
第三十六章　最美好的时光	≫ 303
第三十七章　余生，请多指教	≫ 312

第一章　新城旧友

初春，杭州，萧山机场。

机场的大厅里，挤满了接送亲友的人，旅行社晃来晃去的小旗子和地接导游的喇叭发出令人烦躁的声音，各式条幅和写字板挤在一起，看上去像是一场分手和重逢的舞台剧。

江怡可刚下飞机。她带的行李不多，不需要托运。她一出来，隔着老远就看见了许京。

这么多年没见，许京一点儿也没变，还是一身飘逸的长裙，让人一眼看去便觉惊艳的脸蛋，隔着数十米依旧能感受到她的气场。

"你怎么愣在人群里，没头没脑的。"许京迈着大步朝江怡可走来，一开口便让她感觉亲切，丝毫没有数年未见的尴尬与疏离。

"这里可是你的地盘，我还担心你找不到我吗？"江怡可说道。

许京接过江怡可身上的背包，问了一句："你就带了一个包，还有一个行李箱？"

"嗯！"江怡可点点头。

许京看着江怡可疲惫的样子，张了一下嘴，话到嘴边又突然打住，转而笑道："既然来了，我怎么也要带你好好逛逛，咱们先去吃饭。我跟你说，杭州的春天可以吃的东西太多了，马兰头下来了，春笋也是正当时令，不过真要想吃好，必定得找本地人的小馆子，那才有味道。赶巧了，我知道一家弄堂里的小馆子，开了好多年了，都是老主顾，特别棒。"

"被你这么一说，我正好感觉有点儿饿了。"江怡可自然地接过话。

二人来到许京所说的店里。油爆河虾、酱鸭、杭州辣白菜、雷笋炒八爪鱼、外婆红烧肉、片儿川，两个人将店里的招牌菜尽数点了一遍。吃得尽兴，话匣子自然也就打开了。

许京把自己这几年来到杭州发生的事通通讲了一遍，江怡可坐在她对面不时地微笑点头。只是不知怎的，说着说着，氛围就低沉了下来。

"可儿，你还是老样子。"许京喝了一口酒，继续说道，"吃起饭来细嚼慢咽，不紧不慢，坐在你面前，我就像个男人似的。"

江怡可从盘子里夹出一块红烧肉，放在嘴里，却觉得食之无味。恍惚间想起从前许京也是这样打趣她，说她一看就是大户人家里出来的公主，跟她们小门小户的野孩子不一样。那时候她会因为别人的一句玩笑话就羞得不行。

"你接下来有什么打算？"许京问道。

江怡可猜到许京接下来会这么问，笑着回答："打些零工，从基层做起，不至于流落街头就好。"

"不至于，你还有'QQ好友'啊！"

话落，两人笑出了声，这是一个只有她们才知道的笑话。

十二年前，她们高中刚毕业，还没上大学，假期去了一家公司打短工。公司的销售总监是一个三十多岁的离婚妇女，她给新员工做培训。当时新员工提出差旅费太少的问题,说是每天给的钱连住宿费都不够。销售总监随口说出自己的经验:"别把自己当成一个销售人员,要做驴友,要有探索世界的心。你去一个陌生的城市,一定要事先打好基础,找找当地的 QQ 群,加上几个好友,如果聊得兴起,完全可以去拜访对方。白天谈业务,晚上有人请你吃饭,还愁没地方住?"

销售总监这番歪理一讲完,在场的人全都傻了。好半天,一个有点儿秃顶的胖子站起来,说了一句:"你来找我,我肯定留你住,我去找你,你能留啊?"

两人笑完后,许京一本正经地说:"今晚你先去我那儿住吧。我给你找了份工作,明天正好有空,带你去谈谈。"

江怡可沉默了一会儿,说:"我还是住酒店吧,你一个人住久了,我过去你也不习惯。"

"住什么酒店,浪费钱!这两天你就赶紧找房子,你以为我还一直留你啊!"许京接着打趣道,"还有啊,找工作这事就算是你欠我一个人情,以后是要还的,你可别想赖账。"

江怡可笑了一声,她表面看上去安安静静的,其实性子很是倔强。虽说现在的生活可以说是穷困潦倒,但是她来杭州不是来投奔许京的,也不愿意接受许京对她太多的照顾。

两人吃完饭,一起回到许京的住处。许京拿钥匙开了门,笑了笑,说:"房子不大,咱们就先将就一下。你去准备洗澡吧,里面什么都有,我去把卧室收拾一下。"

江怡可朝着许京点了点头,拖着行李走到沙发旁,打量起房子来。一室一厅,确实显得有点儿拥挤。她正要脱下外套,目光忽然落在电视旁边的照片上。照片上有四个人,她、许京、杜冰,还有……廖洛，背景是她的生日宴。

许京注意到江怡可的动作，反应过来。她连忙走过去，将照片放到抽屉里，对江怡可说："我住过来的时候随手摆上去的，一直搁那儿放着，没理会。"

江怡可的神情有一瞬的黯然，可许京再转头看她时，她的脸上却已经是平静无波。只听她笑道："我都已经是结过一次婚的人了，没那么多顾忌。"

许京抿嘴，没有吱声。

江怡可把外套脱下来，进了洗手间。

许京鬼使神差地又将照片拿了出来，照片上江怡可的笑容是真的开心，不像现在，虽是笑着的，眼底却始终有一股淡淡的愁绪。

江怡可从洗手间出来时，许京已经把床铺好了。床并不算大，两个人睡会有些挤。

"你先躺下吧。"许京说了一句，便匆忙地进了洗手间。

江怡可在床边坐下来，拿过床头柜上的时尚杂志翻看了两眼。

许京的动作很快，没过多久就从洗手间出来，用她那香香的、湿乎乎的手臂缠上了江怡可的脖子。

江怡可愣了一下，她好久没有和别人这样亲近了。

"可儿，咱俩聊聊呗。"许京的声音比平时低了几分。

"聊什么？"

"你还想廖洛吗？"

江怡可沉默了一会儿，拿着杂志的手垂了下去，她一直都不会说谎。

许京皱眉道："不是，他都那样对你了，你还惦记他什么啊？"

许京发现江怡可看到照片的第一眼就有些不对劲儿，没想到这么多年过去了，江怡可还是放不下廖洛。

"不聊他了。"江怡可淡淡地说了一句。

许京叹了口气，说："咱们先说好，你来杭州是要开始新生活的，他都耽误你这么多年了，你可不能让他耽误一辈子。"

"我知道。"江怡可点点头。

许京撇嘴，她了解江怡可，看上去安静乖巧，实际上特别有主意。有些事要是江怡可自己想不开，别人是劝不动的。

第二天，江怡可起床的时候，许京已经去上班了，走之前还特意给她备好了面包和牛奶。

江怡可将自己的行李收拾了一番，一晃就到中午了。许京发来微信说冰箱里有吃的，让她自己琢磨着吃点儿。

江怡可简单地炒了一个菜，吃完后又把厨房打扫了一下。之后就窝在沙发上开始在网上找房，看到一个还不错的，就直接和房东打电话商量了一下，出门去看房了。

看了一圈儿，都不是很合心意。江怡可不禁感慨，杭州的物价还真是吓人，一套老楼，月租还要两千块。

江怡可正考虑着坐公交车回去，就接到了许京的电话，说是工作的事。江怡可把自己的地址发给了许京，许京离得不远，就顺路来接了她。

"你动作还挺快。"江怡可一上车就听见许京这句话。

"房子不好找，还是不要拖着了。"

"你放心，房子的事我让朋友给你盯着呢，用不了多久就能有消息了。"

江怡可抿了抿嘴，她不想什么事都麻烦许京。毕竟这些事都算许京欠了别人的人情，不好还。

许京看穿了江怡可的小心思,笑着说道:"我在杭州待了这么多年,这点儿小事会为难的话,那我可就白混了。"

车子在一家酒吧附近停了下来,此时夜幕将近,这边的人并不是很多。

江怡可和许京走过去时,门口正站着一个年轻男人,打扮得很是潮流时尚。

"大斌,怎么就你一个人,丁柏呢?"许京走到年轻男人的面前,问道。

"堵在路上了。"年轻男人说了一句,转头看向站在许京身旁的江怡可,"京姐,这是你朋友呀!藏这么久,终于现身了。是打算参加'春拍'吗?"

年轻男子名叫曹大斌,是搞收藏的,常常是三句话不离本行,他和许京认识得久了,说起话来也没什么顾忌。

许京没在意曹大斌这句打趣的话,玩笑道:"怎么,丁柏这是又派你来摸底吗?我又不是给他介绍对象。"

许京这话是有缘由的。曹大斌和丁柏就是两个纨绔子弟,有一阵子,曹大斌迷上了微信摇一摇,还非要拉着丁柏一起,摇上了,就微信聊,聊到情浓,自然要见面。两个家伙怕见面以后发现对方不是自己喜欢的类型,就玩起了抽签。谁输了,谁先去见网友,另一个坐在车里。一旦发现情况不对,见面的那个人就打电话求援,车子马上到,立马走人。

不过,这搞鬼的把戏玩多了就有穿帮的时候,不知道怎么就传了出去,圈子里的朋友都说这俩是最佳损友。

其实许京就是想给江怡可提个醒,曹大斌是个典型的花花公子,交往过不少女朋友,依江怡可单纯的性子,可别让他给骗了。

江怡可笑了笑，她明白许京的意思。只是经历了这么多，许京还没意识到，她早已经不是当年那个懵懂无知的小姑娘了。

曹大斌见许京像防狼一样防着自己，撇了撇嘴，带着两人进了酒吧。

直到桌面上摆了一排啤酒，丁柏才摇晃着身子，从容地在人群中挤进来。他身穿白色手工缝制的江南丝绸短衫，一脸的精英男士的成功相，举手投足间，都带着富贵气质。

许京在心里暗骂了一声：妖孽！

"什么事？大小姐。你这是最近花销太大，手头紧，所以找我这免费冤大头吗？"

"贫嘴，你少说几句话，会死吗？"

许京知道，自己找丁柏帮忙，必定要让他在嘴上占点儿便宜。反正对这小子，许京心里熟悉得很，也不在乎。

许京吃了片杧果干，囫囵地说："你小子别臭美，我要找男朋友，也是找帅气型男。像你这种，根本上不了台面。"

话说完，一桌子的人都跟着笑了，引得周围的人不解地观望。

"说点儿正事，我之前不是让你帮我闺密找份工作嘛，今天就是过来看看有没有适合她的？"许京的话锋一转，聊到了工作的事。

"江小姐以前是做什么的？"丁柏倒是难得正色。

"电台主播。"江怡可答得不卑不亢。

丁柏微微挑了一下眉，江怡可的情况丁柏听许京提起过。三十岁，刚刚离婚。可是江怡可的脸上，倒是看不出半点儿落魄来，看来人活得通透。

想到这里，丁柏抛开了原来的想法，说道："我倒是知道一家初创的广告策划公司，不过需要面试，不知道江小姐是否感兴趣？"

初创公司？广告策划？还需要面试？许京的眉头微皱，依丁柏的能力，完全可以找到比这更好的工作。

江怡可倒是没有意见。对她来说，有一份工作便是好的，所以她很快说道："丁先生推荐的，自然是好的，我先在这里谢过丁先生。"虽说丁柏是看在许京的面子上帮忙的，但是她也不能失了礼数，江怡可端起面前的酒敬了丁柏一杯。

江怡可已经表了态，许京也不好再说什么，只是感叹江怡可的心思还是像以前一样简单。

第二章　人生何处不相逢

江怡可本来就不胜酒力，加上不习惯酒吧的氛围，坐在那里感觉头昏脑涨的，便和许京打了招呼，去了洗手间。

"江怡可。"刚从洗手间出来，就听见有人喊自己的名字。江怡可皱了皱眉，看向声音的源头。

对面是一个略胖的中年男人，她有印象，这人在她还没离婚的时候就纠缠过她，没想到居然在杭州又遇见了。

江怡可正想着，中年男人已经走了过来。看他晃晃悠悠的姿态，已然是醉得不轻。江怡可正要避开，却被中年男人一把抓住了手臂。

江怡可只觉得一阵恶心，想要甩开中年男人，却被抓得更紧。

中年男人笑道："你不是都离婚了吗？怎么还这么不识抬举！"

这句话彻底激怒了江怡可，她举起手，一巴掌打在中年男人的脸上。

清脆的巴掌声引来了众人的围观。

"臭女人！"中年男人大骂了一句，伸手就要去打江怡可。

江怡可闭着眼睛，却没有等来预想之中的疼痛。睁开眼发现丁柏挡在自己前面，拦住了中年男人的手。只见他一拳打在了中年男人的下巴上，中年男人的步子一个踉跄，险些站不稳。

"唉，你干什么呢？"中年男人身后的年轻男人站出来拦住了丁柏。

"让开！"丁柏生气地说。

"你小子想打架是吧？"年轻男人也毫不退步。

"丁先生，算了吧。"江怡可在旁边劝道。

不料话音刚落，不知是谁先出的手，两人很快就扭打到了一起。

中年男人清醒过来，拎着酒瓶子冲了上来。眼看着酒瓶就要打到丁柏身上，江怡可连忙上前阻拦。

"啪！"酒瓶砸在了江怡可的脑袋上。周遭顿时安静下来。江怡可感觉有液体沿着脸颊流下来，她下意识地去摸了摸。

"快！快叫救护车！"不知是谁喊了一句。

之后发生的事，江怡可其实一直是有意识的，只是没力气动，也没力气说话。外面的灯光透过救护车的车窗折射到她的脸上，很柔和的光，就像是杭州给人的感觉，内敛却有味道。

江怡可的意识彻底清醒是在第二天早上。她躺在病床上，闻到消毒水味，一扭头，看见许京正站在窗边打电话。

"吃饭的事下次再说吧。我这边朋友出了点儿事，下次有机会我请你……哎，你等一下啊，我朋友醒了，先不和你说了。"许京把电话挂断，凑到病床边上，看着江怡可，问："可儿，你感觉怎么样？"

江怡可怔怔地盯着许京看了一会儿，才反应过来说："没事，就是头有点儿晕。"

"医生说你有点儿轻微脑震荡，感到头晕很正常，需要卧床休息几天。"

江怡可点了点头。许京叹了口气，说道："你这次真是吓死我了，好在只是轻微的外伤。医生还说了，你最近过度疲劳，加上营养没跟上，才会晕倒，这两天我给你好好地补补。"

江怡可笑了笑，说："不用这么麻烦的。"

许京摇了摇头，目光中带着几分开玩笑的嗔怪道："可儿，你还是那样，到哪儿都有烂桃花。丁柏为了你的事在派出所里做了一晚上的笔录。当年你也是这样，廖洛……"许京说着话，声音突然弱了下去。

江怡可意识到许京的别扭，转移话题问道："丁柏现在怎么样了？"

"本来就是对方先挑事，他们自然心虚，已经申请私下调解了。这事儿你就不用操心了。"

江怡可没有接话，她心里还是有些愧疚的，刚来杭州就惹事，还把无辜的人牵扯进来。

许京想了一下，说道："对了，丁柏给你介绍的那家公司面试时间在后天下午，地址他已经发给我了。我看以你现在的情况，还是不要去了吧。左右不过是一家初创公司，我一开始就不是很满意，我再给你找别的工作。"

"就我这点儿小伤，还一直赖在床上休息，别让人笑话了。那个广告策划公司我挺喜欢，你把地址给我吧，我后天去看看。"

许京看江怡可的样子还挺积极，只好说："那我用微信发给你。你刚醒，别想那么多，再睡会儿，我出去给你买点儿吃的。"

"好。"江怡可应了一声，闭上了眼。

面试这天，江怡可卡好了时间，到公司的时候还有五分钟就开始面试，大家领了号坐在大厅候着。

江怡可环顾了一圈，都是一些年轻的面孔，有几个好像还是刚毕业的大学生。江怡可的眼眸垂了垂，没想到，她还要和这些年轻人一起去竞争职位。

"这个是公司今年筹备的项目，您先看一下。"

旁边传来一个男人的声音。江怡可下意识地看过去，目光猛地一顿。这张脸，江怡可几天前才在许京家的照片上看到过，廖洛，他怎么会在这里？

江怡可突然感觉眼前一阵恍惚，脚下有些不稳。这两天因为脑震荡，她的头会时不时地犯晕。

"你没事吧？"旁边的女生连忙扶住了江怡可。

"没事儿。"江怡可摆了摆手。她看到廖洛的目光有一瞬间落在自己的身上，之后又很自然地移开，就像是在看一个陌生人。

陌生人！江怡可这些年都没有什么表情的脸，一时间显得有些凄凉。

"你的脸色不太好，要不要先去医院？"旁边的女生看到江怡可的脸色，关心地问道。

江怡可笑了笑，说："我没事，谢谢你。"

"七号准备。"叫号的人大声喊道。

"到我了。"江怡可拿起号码牌，站起身。

"加油。"女生鼓励道。

江怡可点头离开，后背挺得笔直。

面试结束比预期得早，江怡可收拾好简历，刚出电梯，就接到了许京的电话。

"你的面试怎么样？"

"还好。"

"结果什么时候能出来？"许京又问。

"也就这两天吧。"

"正好杜冰说这两天她要去试婚纱，让咱俩一定要好好帮她把把关。"

"嗯。"江怡可淡淡地应了一声，"你让她定个时间吧。"

"还有，我今晚有工作，不能陪你吃饭了，要不我给你叫份外卖吧？"

"不用了，我想一个人出去逛逛。"

江怡可一个人走在路上，夜里的风有些凉，路上的人少了很多，在各色灯光的梦幻浪漫中，多了几分安逸静谧。

江怡可望了望路两边的法国梧桐，将身上的外套裹紧了一些。她记得曾经有人和她说过，相互交错的树干像极了想要拼命拥抱在一起的恋人。

"前面有家咖啡馆，我们先进去喝杯咖啡暖暖吧，我快冷死了。"

旁边响起了一道熟悉的声音，江怡可循着声音看去，是白天面试时候那个关心她的女生，没想到这么巧。

"你看看这大冷天的，你非要出来。"站在女生身边的男青年一边把女生外套后面的帽子给她戴上，一边埋怨道，看样子应该是她的男朋友。

"哎呀，我这不是马上就要工作了，担心以后没时间出来嘛。"

男青年无奈地看了女生一眼，拉着她朝咖啡馆走了过去。

"可儿，把外套穿上。"恍惚中，江怡可听见一个声音。

"廖洛！"

江怡可猛地回头，周围炫目的光很刺眼，却没有她幻想中的人，原来她又幻听了。

"今晚可真冷啊！"江怡可自嘲地笑了笑，转身朝地铁站走去。

江怡可回到许京家时，已经十点多了。

"你怎么才回来？"

江怡可刚一开门就听见许京的声音。

"你不是说今天要很晚才能回来吗？"江怡可反问道。

许京瞪了江怡可一眼，说："现在不算晚吗？"

江怡可被许京逗笑了，点点头道："当然算。"

"要不要来点儿夜宵，冰箱里应该还有几袋泡面。"许京说完走向冰箱开始翻找。

"不用了。"江怡可拒绝道。她现在一点儿食欲都没有。

许京挑眉道："你不舒服？"

"没有啊。"

许京将冰箱门关上。

江怡可问："你怎么不吃了？"

"一个人吃没意思。"

第二天，江怡可和许京到婚纱店的时候，杜冰正坐在那里挑选款式。她一看见江怡可便激动地喊道："可儿！"

江怡可有些激动地走向杜冰，她和杜冰也有许多年没见了。

杜冰和江怡可不一样，相比于江怡可这些年的动荡沧桑，杜冰的生活可以说是一直很稳定。从大学毕业后直接当了老师，现在又找了在国企上班的老公。

杜冰有些惭愧地拉过江怡可的手，说："可儿，我最近一直在忙婚礼的事，也没时间去看你，你别见怪啊。"

"咱们姐妹之间不需要说这些，何况还有许京在。"

"许京啊，我是不放心。"杜冰说道。

许京在旁边听到这话不乐意了，说："唉，杜冰，把话说清楚。"

杜冰假装没听到许京的话，拉着江怡可看婚纱图片，说："来，可儿，帮我看看这套婚纱好看吗？我觉得这个领口稍微有点儿大。"

江怡可还没说话，许京就在一旁插嘴道："这不挺好的吗？多性感。"

"我可不要。"杜冰轻瞪了许京一眼，连忙翻到下一页，拉着江怡可问："这件呢？裙摆好像有点儿小。"

"嗯！"江怡可点点头，"裙摆要大一些才好看。"

许京有些不耐烦地说："哎呀，你光看有什么用啊？直接去试好了！"

"你懂什么，一件件地试多浪费时间。"

江怡可在一旁无奈地笑了笑，这俩人还是和当年一样，互相看不顺眼。

"大姐，你在这儿来回看才是浪费时间。"

"以前给可儿挑婚纱的时候怎么没见你这么不耐烦啊？"杜冰顺嘴接话，又瞬间意识到自己说了什么后猛地顿住。

周围一下子安静了，就连旁边的服务员都跟着一怔，忍不住探过头来看看发生了什么。

"可儿，我不是故意这么说的，我……"杜冰有些焦急地胡乱解释。

"没事。"江怡可的头低了低，不知道该怎么开口，她不想大家因为她的事相处起来拘束。

许京没好气地看了杜冰一眼，靠在沙发上，朝服务员招了招手，指着杜冰手里的杂志说："摊开页面上的那件婚纱，找个合适的尺码给她试试。"

"好的，杜小姐请跟我来。"

杜冰看了江怡可一眼，没有说话，跟着服务员一起去了试衣间。

江怡可看向许京劝道:"京儿,咱们三个能在杭州聚在一起不容易,你别因为这点儿小事儿和杜冰置气。"

"她就是不会说话,哪壶不开提哪壶。"

江怡可叹了口气道:"我结过婚本来就是事实,有什么不能提的?"

"那你出事那年呢?她管过你吗?"许京说话时又生气又无奈,这话她不仅是在说杜冰,也是在说自己。这些年,在江怡可需要朋友在身边的时候,她们都不在。

江怡可沉默了一会儿,说:"那时候大家都刚毕业,本来事情就一大堆,自顾不暇。我理解。"

两人说话的工夫,杜冰已经换好了婚纱。

"真好看!"江怡可走过去看着镜子里的杜冰,由衷地赞美道。

杜冰笑了笑,欲言又止。想了一下,才说道:"不管怎样,你能来杭州,我很高兴。"

江怡可笑着点点头。其实她本来没打算来杭州的,那时候她刚离婚,很迷茫,刚巧得知杜冰结婚的消息。当时杜冰和她说:"我要结婚了,希望你和许京都能到。不管大家当年经历了什么,一切都会好起来的。"

这一句话,彻底击溃了江怡可所有的防备。她想,如果她们姐妹三人在一起,那生活是不是可以重新开始?

想到这里,江怡可说:"我知道。以后我们三个都在杭州,还可以互相照应。"

"嗯!"杜冰点头。

第三章　搬新家

两天之后，江怡可收到公司通知，她的面试通过了，下周一就去上班。

许京一听立马嚷嚷着要好好庆祝一下。江怡可拗不过许京，只好应了下来。

许京决定请江怡可去吃烤肉，她叫了曹大斌和丁柏一起。

许京和江怡可先到，曹大斌和丁柏晚了几分钟，也没有太迟。不过两人还是被许京借着由头罚了酒。

丁柏喝完了酒，开口问："大小姐今天这么大方，是有什么喜事吗？"他说话时状似无意地看了江怡可一眼。

"我闺密通过了面试，所以找你们来庆祝一下。说起来这事还要感谢丁柏呢！"话落，许京举起酒杯敬了丁柏一杯。

丁柏笑了笑，说："那我也恭喜江小姐了。"

"对了，可儿，我还不知道你公司在哪儿呢？"许京话头一转，看向江怡可。

"在四环那边。"

那里离许京家有些远,所以江怡可想着等面试结果一出来,就在公司附近找个房子。

"那么远!"许京的语调低了几分,有点儿小失望,她还想着以后能常常和江怡可见面呢。

"京姐,你要是舍不得江小姐就搬到我那儿去,我离江小姐近。"曹大斌开起玩笑来一点儿都不看人脸色。

许京没好气地瞪了曹大斌一眼,没说话。

"我这两天就准备在公司附近找个房子。"江怡可说出了自己的想法。

许京叹了口气说:"你下周一才上班,还有五六天时间呢,别太着急。"

"江小姐若是不嫌弃的话,我倒是知道有个不错的房子,环境也很好,我可以带你去看看。"丁柏突然说道。

许京看向丁柏,问:"你那房子靠谱吗?交通什么的方不方便?"

"地铁一号线直达江小姐的公司。"

许京点点头,心想,这可以说是很方便了。

江怡可笑着谢道:"那就麻烦丁先生了。"

"江小姐叫我丁柏就好。"

许京挑眉看了丁柏一眼,又朝服务员招了招手说:"来,把剩下的肉都烤了吧。"

一旁的曹大斌眼睛一亮说:"京姐,你今天晚上这么高兴,不如考虑考虑给我介绍对象的事儿呗。"

"起开,我身边都是正经姑娘,干啥给你祸害?"

"京姐,你这可就错了,怎么能是祸害呢?咱都是正经谈恋爱。"

许京懒得理曹大斌,说道:"你们先吃,我去趟洗手间。"

丁柏将手机递给江怡可说:"江小姐把手机号码输进去吧,房子的事我还要和你联系。"

江怡可愣了一下,接过手机,将自己的号码输了进去,随后又把手机还给丁柏。

丁柏拨通江怡可的手机号,说:"这个是我的号码。"

江怡可点头,拿起手机存了一下。

旁边的曹大斌看着两人的互动,发出暧昧的笑声。

"江小姐运气不错。"丁柏突然说道,"我听说你去的这家公司新进了一轮天使投资。"

江怡可笑了笑,说:"是挺好的,起码不会发不出薪水。"

许京从洗手间出来,老远就看见江怡可和丁柏拿着手机靠得很近。她挑了挑眉,走过来问:"你们聊什么呢?"

"没什么。"丁柏把手机收起来,回了一句。

许京又看向江怡可。

江怡可愣了一下,随即摇摇头说:"没什么,我们就是互相存了一下手机号。"

许京眉毛一挑,目光在江怡可和丁柏之间打转,最后什么也没说。

接下来,许京、丁柏和曹大斌一杯接一杯地喝酒。江怡可酒量不好,只喝了几杯。直到服务员过来说要关店的时候,四个人才收拾东西离开。

回到许京家的时候,已经是凌晨了。江怡可见许京精神还不错,开口问道:"京儿,这些年,你酒量见长啊。"

许京闻言苦笑两声道:"这不是没办法嘛。"

"酒喝多了容易伤身。"江怡可叹了口气,"还是少喝得好。"

"好好好。"许京含糊地应了两声。

江怡可想了一下,又问:"我看你身边的朋友也不少,怎么还没男朋友?"

许京愣了一下,说道:"没有合适的呗。你也知道,现在遇到一个合适的人多不容易。"

江怡可原本只是随口一问,听到这句话,心中一阵酸楚。是啊,想遇到一个合适的人,太难了。

两人又坐了一会儿,就去洗漱睡觉了。

第二天早上,丁柏通过手机号加了江怡可的微信,顺便约她去看房。

中午的时候,丁柏带着江怡可去看了他说的那套房子。房子不大,不过一个人住足够,而且干净整洁,光线很好,家具也齐全,这让江怡可很满意。

"这次真的要谢谢你。如果不是你帮忙,我还真找不到这么合适的房子。"江怡可十分感谢丁柏,这次的人情她算是欠下了。

"这两天就搬过来吧?"丁柏扯开了话题。

"嗯!"江怡可点头。

丁柏又问:"需要找搬家公司吗?"

江怡可略微愣怔,随后轻笑:"没那么多行李,我一个人就可以。"

话落,丁柏忽然扯过江怡可的胳膊,将她拉向自己。

江怡可慌忙抬头,不小心撞上了丁柏的肩膀。

江怡可有些不好意思地别过头,发现是小区里的一个孩子骑着自行车从她身边经过，丁柏是怕她被撞到才会拉她。

"谢谢。"江怡可道谢，不动声色地抽回胳膊，与丁柏拉开一些距离。

丁柏眉头微动，低头看了眼手表说："一起去吃个饭吧，我知道这附近有一家不错的面馆，先给你领个路。"

江怡可正要拒绝，丁柏已经走在了前头，他转过头问："你来杭州，有没有吃过片儿川？"

"片儿川？"江怡可微怔。

"片儿川可是正宗的杭州传统风味小吃，我带你去尝尝。"

吃过饭，江怡可回到了许京家。她把看房的情况告诉许京，决定周六就搬过去。

周六下午，江怡可开始收拾东西，准备搬到新家去。其实江怡可带过来的行李就只有一个包，收拾起来很方便。

许京自然是舍不得江怡可，毕竟这一走，两个人隔了大半个城，以后各自有工作，见面更不容易。

江怡可也不舍得和许京分开，不过年纪大了也都明白，聚散终有时。两人聊了一会儿，眼瞧着天都黑了，再不走就晚了。

"可儿，照顾好自己。"许京站在门口，依依不舍地给了江怡可一个拥抱。

江怡可点头道："你也是。"

"以后你要是有什么事就去找丁柏，他的工作不那么忙，可以随叫随到。"

"好。"

"还有，你现在刚进了一家公司，起步阶段肯定会很忙，但你别总想着工作，照顾好自己。"

"我知道,毕竟年纪也大了。"江怡可还不忘开玩笑。

许京笑了,说:"走吧,我送你下楼。"

"嗯。"

一出门就看见了丁柏的车,江怡可有些意外,却也能猜到。怪不得许京刚才在家里就同她依依惜别。

许京朝丁柏招了招手,和江怡可说:"我让他来的,这么晚了,你一个人走我不放心。"

江怡可抿了抿嘴,没有说话。

丁柏下了车,脸上挂着笑容,说:"江小姐,好久不见。"说完很自然地去拿江怡可的行李。

江怡可将行李递给丁柏,转头看向许京,说:"我先走了。"

"嗯。"许京点了两下头。

江怡可上车以后,朝着车窗外的许京挥挥手,让她回去。

"你们还真是姐妹情深。"丁柏一边转动方向盘,一边调侃道。

"是啊。"江怡可笑着点头,又问丁柏,"你和京儿是怎么认识的?"

"朋友的聚会上。"丁柏眨了一下眼,"我们聊得投缘,自然就认识了。"他的语气有些不正经,却让人不反感。

"你呢?听说你们认识很多年了?"丁柏反问道。

江怡可点头道:"我和京儿是发小,一起长大的。"

"怪不得。"丁柏有些唏嘘,"当初怎么没有一起来杭州?"

"我结婚了。"江怡可很自然地回答。

很少会有女人把自己结过婚的事挂在嘴边,丁柏扭头看了江怡可一眼,发现她的神情依旧是淡淡的。

"江小姐既然来到杭州,那么一切就该重新开始了。"丁柏的话听起来颇有深意。

江怡可笑了笑，没吱声。

路过一家超市的时候，丁柏突然把车停下来。

江怡可疑惑地看向丁柏，丁柏笑着解释道："既然是搬家，肯定有很多东西要买，这家超市东西挺全，我们先来逛逛。"

"好。"江怡可点头，然后跟着丁柏进了超市。

江怡可推着购物车转了一圈，只挑了些日用品。

丁柏偶尔往购物车里放一些他觉得有用的东西。

"这位先生，新品打折，过来看一看吧。"售货员拿着一套厨具热情地朝丁柏招了招手。

让江怡可颇为意外的是，丁柏还真走过去瞧了瞧。

售货员又望了望丁柏身后的江怡可，看了看购物车里的东西，笑道："小两口搬新家啊！"

江怡可微怔，正要解释，丁柏已经开口道："是朋友。"

听到这话，售货员的笑容有些僵硬。

丁柏转头看向江怡可，说："这套厨具挺好的，你看看需不需要？"

江怡可走过去看了看，点点头道："挺好的。"说完将厨具放进了购物车。

"不知道江小姐以后炒菜时会不会想起我？"丁柏状似无意地说了一句。

江怡可落在商品上的目光微微一顿，装作没有听到。

付款时，江怡可早早地把银行卡准备好。还好丁柏没有抢着付钱的打算，只是顺手接过江怡可手中的购物袋，走了出去。

一个小时后，两人到达江怡可租住的小区。

"杭州的夜,可以说处处是风景了。"江怡可下车以后看到周围的夜景,不由得感叹了一句。

丁柏将行李和购物袋提在手里,说道:"我送你上楼吧。"

江怡可点点头,走到丁柏身边,从他手里接过几个袋子。

走到家门口,江怡可掏出钥匙开了门,然后转身看着丁柏说:"谢谢你送我过来,还帮我置办东西。"

"举手之劳,不用客气。你早点儿休息,我先走了。"丁柏把手里的东西递给了江怡可。

"好。"江怡可笑着接过,看着丁柏进了电梯,才进到屋里。

江怡可收拾好房间的时候已经十一点了。她匆匆洗了个澡,睡觉前看了眼手机,刚好看到丁柏发的朋友圈。

"今夜的风,刚好。"

配图是他们在路上看过的街景。

第四章　物是人非

周一早上,江怡可被闹铃叫醒。她简单地收拾了一下,出门去坐地铁。

到了公司,江怡可先参加了早会,之后就在自己的工位上熟悉工作内容。一上午,她连和同事说句话的时间都没有。

到了中午,陆续有人离开去吃饭。江怡可这才停下来活动了一下颈椎。

"嘿,你还记得我吗?"

旁边传来了一道声音,江怡可愣了一下,扭头看去,原来是那天关心过她的女生。

江怡可微笑道:"当然,那天还没来得及谢你。"

女生连忙说道:"没事没事,应该的。以后咱们就是同事了,还请你多多关照。对了,我叫苏筱络。"

"江怡可。"

"那我以后就叫你可儿姐吧。"苏筱络说。

"好。"

"可儿姐,你现在要去吃午饭吗?我们一起吧。"

"嗯。"江怡可点头。

"我毕业之后一直到处玩儿,现在忽然忙了起来,我还真不适应呢。"

原来是一个刚毕业的小姑娘。江怡可笑了笑,问道:"我看你不像是杭州人,你是在这里念的大学吗?"

"不是。"突然聊到这个话题,苏筱络显得有些落寞,"我是在东北念的大学,家也在那边,我是为了男朋友才来杭州的。我刚毕业,在哪儿发展都一样。可我男朋友已经在杭州工作两年了,老板很看好他。他现在属于事业的上升期,我自然要来陪他。"

年轻真好,江怡可在心里感叹。为了一个人来到一座陌生的城市,定然要承受许多心酸。

"可儿姐,你呢,你是杭州人吗?"苏筱络反问道。

"我也不是。"江怡可摇头,"只是在一个地方待久了,就想要到别的地方去看看。"

"真好,这样真洒脱。"苏筱络一脸羡慕地说。

洒脱?活到三十岁,还是一无所有,这样的洒脱未免代价太大。江怡可心里不免有些心酸。

两人又聊了几句,来到公司附近的餐厅吃饭。

菜上来后,苏筱络迫不及待地吃了几口。

"这里的饭菜味道不错啊。"苏筱络笑着说。

看到苏筱络满足的笑容,江怡可不由得心生感慨,还真是个单纯的姑娘,一顿可口的饭菜便足以让她开心。

"可儿姐,第一次见面的时候,我就感觉你好像经历过很多事一样,对什么都看得很淡。而且你很坚强,好像没有什么事能难倒你。"苏筱络歪着脑袋,偷偷地看了江怡可好几眼。

江怡可笑着摇头道:"你还不明白。"

苏筱络不服气地说:"我看人可准了呢!"

吃完饭,苏筱络去了洗手间,江怡可站在餐厅门口等她。

这时,一辆车从江怡可身侧开了过去,她像是被什么吸引了一样,看了过去。

车子在前方不远处停了下来,一男一女从车上走了下来。

看清人后,江怡可的呼吸一滞。居然是廖洛!

江怡可不禁感叹杭州真的很小,这已经是她第二次看见廖洛了。

不知道廖洛说了什么有趣的话,逗得身边的女子一笑,而廖洛的眉眼间也尽是温柔。

在江怡可的记忆中,廖洛这样温柔的神色很少见,倒是皱眉的样子多到数不清。

那时许京还说:"江怡可,不是我说你。你就是一厢情愿。"

那时候江怡可不以为意,但现在这句话听起来真实得可怕。

廖洛似乎是察觉有人在看他,他转过头,目光落在江怡可的身上。江怡可并没有躲开,就这么看着他,脸上的神情也没有变,依旧淡淡的。

廖洛准备走过来的时候,苏筱络突然跑到江怡可身边,挽起她的胳膊,用略带埋怨的语气说道:"可儿姐,你干吗呢?我叫你好几声了。"

"可能是这边声音太嘈杂,我没听见。"江怡可笑着解释道。

当江怡可再朝那边看去时,廖洛的身影已经消失不见。

"可儿姐?你看什么呢?"苏筱络问道。

江怡可摇摇头说:"没什么,快到上班时间了,我们回去吧。"

"好。"

两人转身朝着公司的方向走去。

忙碌的一天总是过得很快,一转眼就下班了。正巧江怡可和苏筱络都要去赶地铁,两人就一起出了公司的大楼。

刚一出门口,苏筱络的脚步猛地一顿。江怡可还没反应过来,就见苏筱络跑向门外站着的男青年,激动地问道:"你怎么在这儿?"

"接你回去。"男青年简短地说了四个字。

"你怎么也不和我说一声啊?你是不是在外面等很久了?"

"没有很久。"男青年微笑着说。

"傻不傻啊你?"

"我们走吧。"

苏筱络刚要抬脚,转头抱歉地看了江怡可一眼。

江怡可笑着说:"你先走吧。"

最后,苏筱络还是没忍心留下江怡可一个人。只不过苏筱络挽着男青年的胳膊走在前面,而江怡可走在后面,目的地还是地铁站。不知道为什么,今天这条路对江怡可来说好像格外漫长。

"唐逸,我以后也要好好工作,努力追上你的步伐。"苏筱络高兴地说。

"好。"

"你不说一点儿鼓励我的话吗?"苏筱络撒娇道。

"好好努力。"

"这算什么鼓励?"

"好好好,我相信你一定能成功,我等着你追上我的步伐。"唐逸安抚道。

"那你说我们是不是也会在杭州有个家？想想就好激动。"

"会有的。"

"那我要在市区买一套大房子！"

"好！"

苏筱络和唐逸的声音渐行渐远，江怡可的耳边却一直"嗡嗡"地响。她仿佛看到了曾经无数次出现在梦里的画面。她也曾和相爱的人手牵手走在路上，一起畅想属于两个人的未来。只是后来那个画面里只剩她一个人。

江怡可心事重重地回到家，刚坐到沙发上就接到了父亲的电话，这是她来杭州以后家里打来的第一个电话。

"你在那边怎么样？"

父亲的声音听起来有点儿疲惫。自从经历了那件事以后，他就一直是这样的状态，对什么事都不主动、不关心，好在江怡可已经习惯了。

"挺好的，我找到工作了，住的地方离公司也不远。"

"嗯，既然安顿好了，就好好的，别再折腾了。"

江怡可听到这话，鼻头微微一酸。果然，父亲对她离婚的事还是耿耿于怀，觉得她离婚，就是不安分守己。

"我知道了。"江怡可淡淡地说。

"行了，忙了一天，早点儿休息吧。"

江怡可放下手机有些愣神。八年前的事，看起来廖洛已经忘记了，但在她心里却始终是一个解不开的结，难道是她错了吗？

江怡可叹了一口气，起身进了洗手间。直到睡着，她也没想出答案。

公司的工作很多,之后的几天江怡可每天都要加班。周四上午,江怡可正在上班,突然接到了杜冰的电话。

"你在哪儿?"杜冰的情绪似乎不太好。

江怡可皱了皱眉,说:"我在上班。"

"上班?你找到工作了?"

"嗯,没来得及和你说。"

杜冰迟迟没有说话。

江怡可问:"出什么事了吗?"

"没什么,就是想找你出来聊聊。"

"周末吧,我现在没有时间。"

"好,那就等周末再约。"杜冰说完挂断了电话。

"可儿姐,你周末有事?"一旁的苏筱络探了个脑袋过来。

"嗯。"江怡可点头。

苏筱络想了一下,抿嘴道:"可是我听说周末公司好像要安排聚会。"

"聚会?"

"是啊,这两天咱们天天加班,老板说周末要带咱们出去放松一下。"

"再说吧。"江怡可叹了口气。公司这边毕竟还没有准确的消息,看来只能到时候再安排了。

快要下班的时候,接到通知又要加班,办公室里一片怨声载道。不过这也可以理解,毕竟是初创公司,老板的压力也很大,而这些压力自然就转到了员工身上。

"工作怎么样?"丁柏突然发过来一条微信。

江怡可疲惫地按了按太阳穴,回道:"很忙,但是很充实。"

"公司还在起步阶段,忙一些很正常。"

"嗯。"

"工作上有什么不懂的,尽管来问我。"

江怡可看见这句话愣了一下,如果她没记错的话,丁柏应该是一个设计师。

丁柏好像知道江怡可的疑惑,又道:"我最近也有在涉猎广告的工作。"

江怡可恍然大悟,回道:"好,一起学习。"

很快,上班后的第一个周末到了。苏筱络提过的聚会始终没有得到确切的消息,江怡可就把这件事放在了一边,周日晚上和杜冰约了一起吃饭。

地点是杜冰选的,是一家川菜餐厅,据说很有名。

虽说是出来玩,但是江怡可看出杜冰的脸色并不好。不过杜冰没说,江怡可也就没有多问。

结果菜还没点几个,杜冰就叫了好几瓶啤酒。

江怡可皱了皱眉,明天她还要上班,而且酒这东西,她一直不喜欢。她想了想,还是忍不住说:"杜冰,有什么事说出来大家一起解决,你都快要结婚了,出来买醉不好。"

杜冰靠在座椅上,把头一低,说:"别提了,这婚可能结不成了。"

"闹矛盾了?"江怡可试探着问道。

"从开始准备结婚到现在,他什么都不管不问,现在反过头来说我没做好,他早干吗去了?"杜冰的声音拔高了一个调,邻座的女生扭头朝她们的方向看了看。

江怡可知道杜冰的脾气一直不是很好,劝道:"要结婚了,事情自然多，有什么问题你们多沟通就好了。"

啤酒上桌，杜冰倒了一大杯，一口喝掉了一半说："可儿，这回我是真的累了。"

"两个人是需要磨合的，这个过程肯定会辛苦一些。你们都已经走到结婚这一步了，彼此也都了解，双方坐下来谈谈，没什么解决不了的。"

"磨合？他磨合什么了？这些年不都是我在包容他吗？"杜冰说着又要去拿酒。

江怡可按住了杜冰的手。从进门到现在，杜冰一点儿东西也没吃，江怡可担心她再喝几杯就倒了。

"可儿，你就让我喝吧，我心里堵得慌。"

江怡可叹了口气说："要不我给你老公打个电话，让他过来，你们坐下来好好谈谈。"

"我不谈。"杜冰脸色一沉。

"事情总是要解决的。"

杜冰没说话，趁江怡可不注意，又将剩下的半杯酒喝了下去。

江怡可无奈地看着杜冰，正琢磨着该怎么办，手边的电话突然响了起来，是许京。

餐厅里很吵，江怡可和杜冰说了一声，走了出去。

"喂，可儿，周末出去了吗？"电话刚一接通，许京就先问道。

"我和杜冰在外面吃饭呢。"

"你和杜冰？"许京颇为诧异。

"嗯，她和她老公闹了点儿矛盾。"

许京冷哼一声道："她还是老样子，有事就想起你来了。"

"我看她情绪是真不好。"江怡可朝着杜冰的方向看了看，"这会儿都喝好几瓶酒了。"

"那你打算怎么办,就这么让她喝?"

江怡可抿嘴说道:"大不了,喝醉了就先把她带回我家。"

"你就是心软。"

"大家都是一起长大的。"

许京顿了一下,又说道:"怎么样,用不用我过去?"

"算了,这儿这么远,你也挺忙的。"

"最近飞得趟数确实有点儿多。"许京懒洋洋地说了一句,"还有,我也懒得听她说那些事。"

"哪个人还没点儿烦心事。"

话落,江怡可就听见杜冰那边有动静,转头看了看,像是在打电话。

"好了,杜冰好像又有事,我先不和你说了。"江怡可赶紧挂了电话。

杜冰一边喝着酒一边和电话那边唠叨:"你说说,从房子的装修,到婚礼的请帖、场地、酒席,哪件事你管过?我们还没结婚呢!你这是给你家娶了个保姆吗?"

"忙忙忙,你就知道忙,谁还不用上班了?要是什么都不想管,这婚你干脆别结了!"

江怡可坐在对面看着杜冰,心里突然有些羡慕。杜冰的样子才像是她们这个年龄段女人的常态,会被家里各种琐事纠缠,会想要得到理解和重视。

不知道说了多久,杜冰总算挂了电话,低着头,一言不发。

江怡可坐到杜冰旁边,拍了拍她的背,宽慰道:"好了,没事了。"

"可儿,从前的事我有许多错。"过了许久,杜冰才出声。

江怡可微怔道:"好好的,提过去的事干什么?"

"以前我觉得人稳稳当当,按部就班地活着,就是对的,所以才会对你的事冷眼旁观。可是谁的一辈子是一帆风顺的?我现在算是明白了,为了别人委屈自己,根本就没有必要。"

江怡可的眼眸垂了垂,看来杜冰这一次是真的失望了。

"我以前甚至还觉得你被廖洛坑成那样一点儿也不值得可怜,谁让你先去招惹他呢。"

江怡可微微皱眉,看来杜冰是真喝醉了,话越说越离谱了。

在这之后,杜冰一个人开始自言自语,江怡可也不知道该怎么插话,只好安静地在一旁听着。

第五章　前尘唤旧梦

江怡可扶着杜冰从餐厅出来，好在夜里凉风徐徐，杜冰也跟着清醒了不少。

"今晚先去我家吧？"江怡可说道。

"不用了。"杜冰摇摇头，随后扯出一个笑容，"可儿，今晚谢谢你了。"

江怡可笑了笑，说："没事，只是这么晚你一个人回去，我不放心。"

"我已经没事了。"杜冰坚持道。

"这里也不太好打车，你就先和我回去吧。"

杜冰笑了笑，说："我明天也是要上班的。"

江怡可抿抿嘴道："那我们溜达一会儿，确定你酒醒了，我才能放心。"

杜冰笑了笑，没有拒绝。

"可儿，一见到你我就忍不住想起过去的事……"杜冰想起刚才自己又胡乱说了好些话，有些抱歉。

江怡可了解杜冰,她嘴快,实际上没有恶意,便主动岔开话题道:"你刚刚醉得糊涂,说话都是'呜呜'的,我都没听清。"

"我那是被气得。"杜冰很自然地接上话。

两个人你一言我一语地聊着,不知不觉,江怡可竟然带着杜冰走到了公司的附近。

"可儿。"杜冰的脚步忽地一顿,"那……是廖洛吗?"

听见"廖洛"两个字,江怡可脑中霎时一片空白,她机械地循着杜冰的目光看去。

眼前的一对男女,确实是廖洛和之前见过的女人。她和廖洛偶遇了三次,有两次廖洛都是和这个女人在一起,应该是女朋友吧,又或许是……老婆?

江怡可被自己的想法吓了一跳,这个女人是谁,和她又有什么关系呢?

双方目光相接,廖洛眯了眯眼,他清楚地看见了杜冰和江怡可。现在他可以肯定,他上次看到的就是江怡可,但江怡可为什么会在杭州呢?

江怡可的手紧紧地抓住了杜冰的胳膊,下意识地想要逃,甚至有些慌张。她维持了八年的冷静居然被瞬间打破,在廖洛面前她始终溃不成军。

廖洛动了动嘴,他现在不知道该如何称呼江怡可。

廖洛身边的女人看了眼江怡可,又看向廖洛,问:"你们认识?"

杜冰感觉到江怡可的紧张,八年后居然在这样的场景下重逢,这是谁也想不到的。杜冰的酒意迅速消散,她心里升起一股火。

"不认识!"江怡可抢先一步出声,拉着杜冰转身离开。

"可儿，你为什么要走开呢？"杜冰被江怡可拉出去好远才开口问道。

江怡可停住脚步，她为什么要离开呢？她也想问自己，明明她有很多问题想要问廖洛。

见江怡可没有说话，杜冰迟疑了一下，还是没忍住，说道："当初他把你害得那么惨，到现在连个解释都没有，你难道就不想问问吗？"

"杜冰，我来杭州是想重新开始。我不想因为廖洛，又回到八年前那场噩梦里。"江怡可找了一个看似完美的借口。

杜冰不理解地问："难道你就这样放过廖洛吗？"

"我已经想好了。"江怡可疲惫地叹了口气，"遇见廖洛的事，先不要告诉京儿。"

依许京的性格，就算翻江倒海，她也一定会让廖洛给江怡可一个交代。

"嗯。"杜冰点头应了下来，然后劝道，"这件事你还是好好想想吧。"

江怡可不知道自己是怎么回到家的，就像是行尸走肉一般，漫无目的地走着，没想到就这么走回来了。

江怡可的脑子里反复浮现出廖洛身边的那个女人的样子，精致姣好的面容，还有高雅的气质。所以廖洛是为了她，才不要自己了吗？

现在江怡可承认她输了，原来她心心念念的不只是廖洛的一句交代，还有廖洛这个人，所以刚才她才会想要逃。

江怡可浑浑噩噩地睡了过去，也忘记了定闹钟，醒来时发现上班已经迟到了。

刚上班一周就开始迟到,江怡可免不了被经理批评。不过江怡可也不是脸皮薄的小姑娘,不会太在意。

"可儿姐,你的脸色看起来不太好。"苏筱络看着江怡可一脸心疼地说。

江怡可笑了笑,说:"可能是没睡好。"

"老板也真是的,总让我们加班,连周末都要霸占。"苏筱络忍不住嘟囔了一句。

江怡可板着脸看了苏筱络一眼,她笑着吐了吐舌头。

其实苏筱络也没说错。江怡可自从来了公司,工作一直繁忙紧凑,每次许京打电话来,江怡可都是匆匆说几句就挂了。她忙到连打电话的时间都没有,而且谁也不知道这种状态要持续到什么时候。

江怡可听说,因为受不了这种高压,公司里已经有人在盘算着递交辞职报告了。毕竟这里不少人是刚从大学走出来,哪里吃得了这份苦。

令江怡可意外的是,苏筱络一直都没有说要放弃,江怡可还夸赞了她一番。随后才得知,她不过是因为不想被男朋友看不起,这才不肯离开。江怡可想,恋爱的积极作用倒是在她身上体现得很明显。

"可儿姐,你条件这么好,怎么就没想找一个男朋友呢?"

在一起时间久了,苏筱络也开始八卦起来。

江怡可抿抿嘴道:"我现在对这些事不是很感兴趣。"

"那可不行,女人的年龄不能拖。你就应该出去找找,说不定就能碰到一个合眼缘的呢?"

江怡可笑了笑,说:"缘分这东西,不能强求。"

苏筱络神秘兮兮地摇了摇头说:"缘分来了,你就要抓住,否则它就自己溜走了。"

江怡可挑眉,苏筱络继续说道:"就像我和我男朋友,当年就是我主动出击的。"

"是你主动的啊!"江怡可倒是没想到苏筱络还有这样的故事。

"不然呢?等那个闷葫芦主动,说不定我俩就错过了。说起来,我去追他还费了好大一番力气。"

听到苏筱络这句话,往事就像决堤了的洪水在江怡可的脑中翻涌。

那年,江怡可刚上大学,有一次,她去父亲的公司,无意间看见廖洛,从此,她便再也忘不掉。

"京儿,我现在什么都不想管,我只知道,我不能错过他。"

"别了,你俩不合适。"

许京那时候没少劝江怡可。可是她偏偏就是固执地认为,很多事,只要她努力就会变好。

"廖洛,廖洛……"

从看见廖洛的第一眼起,江怡可便每天反反复复地念着他的名字。

"赵叔,咱们公司是不是有一个叫廖洛的人?"江怡可问。

"是啊。"

"那你给我安排一个小职位呗,实习生之类的。"

"你啊。"赵叔一眼就看出了江怡可的小心思,不过还没忘了夸一句,"廖洛那小子不错。"

江怡可记得她去做实习生的第一天,赵叔把她带到廖洛面前说:

"廖洛,这是公司新来的实习生。我安排她做你的助理,你有什么杂事交给她做就好。"

廖洛皱着眉拒绝道:"我不需要助理。"

那个时候的江怡可还算机灵,她随即恳求道:"我只是想要一个实习的机会。"

赵叔拍了拍廖洛的肩膀道:"你刚升职,工作忙,一些零碎的活交给她做就行了。"

廖洛拗不过赵叔,答应了下来。

廖洛皱着眉认真工作的样子非常有魅力。江怡可可以坐在那里一上午,什么都不做,只是偷看他。

现在想来,廖洛或许早就发现江怡可的小心思了,毕竟,自己那么笨。而他,又是那么聪明。

"我让你准备的文件呢?"廖洛突然问道。

"哦!等一下!"江怡可翻着抽屉找了半天就是找不到,结果廖洛在桌子上找到文件,随后若无其事地走开。

江怡可整理资料的时候,怕廖洛分辨不清,上面贴满了彩色的纸条。

想到这些,江怡可自嘲地笑了笑。那时候,真傻!

晚上,江怡可刚到家,外面就下起了雨。这场雨来得悄无声息,有些冷,江怡可窝在被子里,什么也不想干。

或许可以养只宠物,江怡可百无聊赖地想着。她从小便想养一只宠物,可惜这个想法到了三十岁还是没有实现。

江怡可叹了口气,随手拿起手机,刷了刷朋友圈,没想到还真让她刷出一条感兴趣的消息来,是许京刚发的一条朋友圈。

"细雨，咖啡，和他。"

下面配了三张图，分别是雨滴，咖啡，和一个男人的背影。这个男人的背影看上去还不错，看来许京是有情况了。不过自己居然要透过朋友圈才知道许京的恋情，江怡可心里有些生气。

江怡可一个电话拨过去。

"喂？"许京的声音传了过来。

"你在哪儿？"江怡可问道。

"咖啡馆。"许京一字一顿地说，听起来心情不错。

江怡可幽幽地问："和谁啊？"

许京搅了搅咖啡，笑道："你不是都看到了吗？"

"男朋友？"江怡可眉头微蹙。

"嗯。"许京答应得很爽快。

"什么时候的事？"江怡可诧异，她刚搬出来还不到半个月。

"就是这周的事啊！"

"你这发展得有点儿快啊！"江怡可调侃道，"怎么认识的？"

"飞机上。"许京无视江怡可的调侃。

飞机上？江怡可觉得有些不靠谱。不过江怡可也没说什么，她知道许京是个有分寸的人。

许京发出邀请道："周末出来聚一下啊，我带你见一见他。"

"周末我不一定有时间，可能又要加班。"江怡可无奈地揪了揪身上的棉被。

许京不满地说："你怎么还在加班啊？上周不是加过了吗？"

"没有办法。"江怡可抿了抿嘴。

"都怪丁柏，他给你找的这是什么工作啊？"提到丁柏，许京又来了兴致，"丁柏最近有没有和你联系啊？"

"没有。"江怡可如实回答,他们确实很久没有联系了。

许京有点儿小失望地说:"他帮了你那么多忙,你就没想着请人家吃顿饭?"

江怡可笑了笑,说:"我没有时间啊。"

"都是借口,可儿,你年纪也不小了。"

"你这是把自己交代出去了,就开始惦记我了。"

许京知道江怡可的心结,也知道江怡可现在没那么多心思,便说道:"好了,不和你说了,我和我家老钱好不容易出来一趟。"

江怡可在心里默默地给许京记了一笔重色轻友的账。

挂了电话,江怡可才发现有微信消息。打开一看,是工作群。上下翻看两眼,原来是公司准备做一个公众号,她要负责杭州特色美食文化和生活习俗。江怡可觉得挺好,她刚好有很多地方还没有去过。

江怡可顺带着看了眼苏筱络负责的内容,居然是情感板块,这恐怕要难住她了。

果然,江怡可的脑中刚闪过这个念头,苏筱络就发了消息过来。

"可儿姐,我惨了,平时的工作就应付不过来,现在又要弄什么公众号,还是情感类的,我做不了啊!"

江怡可回道:"情感方面你不是很有经验吗?"

"可是我只会和'闷葫芦'打交道。"

江怡可笑出了声,道:"你可以记录一下你们的生活,这应该也算是情感类的。"

发完信息,江怡可就去洗澡。出来时才看到苏筱络回的消息:"可儿姐!你真是太聪明了,明天的午饭我请客!"

第六章　感情之事，如人饮水

转眼到了周五，工作并没有想象中繁重。江怡可想了一下，给许京发了条微信："周末不用加班。"

许京的行动非常快，立马安排江怡可和老钱见面。地点是在一家咖啡馆。

"老钱，你能不能快点儿！"

未见其人，先闻其声，江怡可忍不住笑了。看来许京和老钱相处得很随意。

之前江怡可在许京朋友圈的照片里看见过老钱的背影，现实中的他更显瘦弱一些。大抵是因为中年男人大多体型发胖，腰板挺直的并不多的缘故，所以老钱给人的感觉确实要年轻很多。

许京拉着老钱在江怡可的对面坐了下来。

"你好。"江怡可先和老钱打了声招呼。

"京儿的闺密，看起来果然气质不俗。"

江怡可笑了，一句话，夸了两个人，这个老钱很会说话。

许京看了一眼老钱，转头对江怡可说："你不用和他客气。"

服务员走了过来，三人点了咖啡。

"说说你们是怎么认识的？"江怡可问道。那天在电话里许京说得很含糊。

许京倒是毫不隐瞒地讲道："那天我飞国际航线，恰巧遇见了从比利时回来的老钱。我们彼此都有好感，就互留了联系方式，慢慢地就在一起了。"

许京说得直截了当，老钱在一旁摇了摇头，似乎是嫌许京说的版本不够好。

许京脸色一沉，不过随后又被老钱的一句话逗得嘴角弯弯，只听老钱说道："是她的美丽大方先吸引了我。"

江怡可笑着说道："老钱很幽默。"

三人又聊了许久，江怡可不得不承认许京会被老钱吸引是有道理的，他很懂许京。

"下午想干什么？"许京抬头问江怡可。

江怡可听许京这样问，心想她应该是有了安排，便答道："都可以。"

"那我们去逛街吧，东西就让老钱拿着。"许京提议道。

江怡可看向老钱，老钱冲她苦笑。

女人逛街向来很麻烦，三人来来回回走了许多地方，就连江怡可都觉得有些疲惫，老钱却一声抱怨都没有。

许京去了洗手间，江怡可和老钱站在不远处等她。一个年轻靓丽的女孩突然走过来，朝老钱打招呼："嗨，老钱，你怎么在这里？"

江怡可挑了一下眉头，看样子老钱和女孩似乎很熟。

只见老钱朝女孩扬了扬手里的购物袋，苦笑道："逛街。"

女孩点了点头，又看了眼江怡可问："你的新女友？"

老钱摇摇头说："她的朋友。"

女孩笑了一声，称赞道："不错哦！"说着她凑到老钱的耳边说了句什么。老钱轻笑了一声，女孩的手在老钱的肩上拍了两下，就走开了。

江怡可看着这一幕微微皱眉，正想问老钱和女孩的关系，许京刚好从洗手间出来。她看了女孩的背影一眼，问："你认识？"

"见过两面。"老钱答了一句。

江怡可顿时对老钱的好感消散了不少，直觉告诉她，老钱和女孩的关系并不简单。

许京倒是没有怀疑，看向江怡可说道："我们去喝点儿什么吧。"

"好。"江怡可应了一声。

三人找了一家小店坐了下来，许京不管和老钱说什么都很开心，江怡可不想扫她的兴，一时也不知道怎么开口才好。

分开的时候，许京将江怡可送到了地铁口。江怡可笑许京谈恋爱以后感性了许多，弄得就像是她们以后都见不着了似的。

回去以后江怡可一直在想要不要告诉许京老钱和那个女孩的事，纠结了一晚上，都没想清楚。

第二天中午吃饭的时候，苏筱络有些担忧地问："可儿姐，你是不是有什么心事啊？我看你一直心不在焉的。"

江怡可没想到自己表现得这么明显，不过她确实是因为许京的事有些烦心，便答道："大概是最近太累了。"

"可儿姐，你也不用太拼了，身体重要。"

"嗯！"江怡可点了点头。

江怡可和苏筱络吃了饭一起往公司走，没想到居然在楼下碰见了丁柏。

丁柏朝江怡可招了招手。江怡可走上前问:"你怎么在这里?"

"正巧来这儿附近办点儿事,顺便来看看你。"

苏筱络的目光在两人之间暧昧地打量着,笑着说:"可儿姐,我先上去了。"

说完,不等江怡可说话就匆匆地跑开了,江怡可顿时哭笑不得。

丁柏挑眉道:"新同事挺好相处的?"

"嗯!"江怡可点头,"就是一个刚毕业的小姑娘。"

丁柏笑了笑,说:"本来想找你吃顿饭的,不过看你这样子应该是吃过了。"

"改天吧,应该是我请你吃饭才对。"之前丁柏帮了不少忙,江怡可一直想找个机会感谢一下。

丁柏的眼皮一抬,说:"那我就先记下了。"

"好。"

两人说完都沉默了下来。过了一会儿,丁柏又说道:"许京的新男友,你应该已经见过了吧,听说人还不错。"

提起老钱,江怡可有些头疼,淡笑道:"挺好的。"说完又抬头看了眼公司大楼,"再不回去,我又要晚了。"

"那你先进去吧,我也要走了。"

江怡可转身离开,丁柏望着她的背影皱了皱眉。

江怡可刚回到办公室坐下来,就见苏筱络探了个脑袋过来。江怡可被苏筱络的眼神盯得发毛,只好主动解释道:"只是朋友。"

"我知道。"苏筱络一副我很懂的样子。

江怡可有些无奈,但也没继续解释。

苏筱络想了一下，提醒道："可儿姐，可能只是你没有意思，但不代表别人没有啊！"

"别乱想。"江怡可呵斥道。

苏筱络微微撇嘴，把脑袋收了回去。

江怡可摇摇头，心想，小姑娘越来越八卦了。不过苏筱络的话倒是提醒了她，有些人，还是保持距离得好，不管是丁柏，还是廖洛。

江怡可并不知道，自己想要与之保持距离的人会出现在公司楼下。廖洛站在路边，看着眼前的大楼，掐灭了指尖的烟头。他到底在期待什么呢？只是因为在这里偶遇过，所以就抱着一丝希望看看能不能再见一面？可见到之后呢？他也不知道该怎么办。

时间一点一滴过去，直到下班时间，廖洛都没有看见江怡可。看着从身旁经过的年轻情侣说说笑笑的样子，廖洛有些恍惚。

那时候他比较忙，总是很晚才下班，所以会让作为助理的江怡可先走。可是，江怡可总是不肯，坐在一旁小心翼翼地看着他工作，一点儿声音也不敢出，他却还是被搅得心烦意乱。

江怡可差不多是最后一个出来的，现在她只想回家泡个热水澡好好休息。

廖洛看见江怡可走出大楼，眼睛都不敢眨一下。他原本不敢抱太大的希望，没想到江怡可真的在这里上班。

夜色很深，廖洛又站在暗处，江怡可并没有注意到他，自顾自地朝地铁口的方向走去。

廖洛迟疑了许久，不由自主地跟了上去。走了两步才后知后觉地停了下来，自嘲地笑了笑。他这算是什么？江怡可早已为人妻，即使现在他们再次遇见也改变不了什么。从始至终，他只能得到江怡可的一句"不认识"。

江怡可站在地铁口，无意识地回头张望了一番，随后走了进去。

自从那天看见老钱和别的女孩有亲近的举动，江怡可好几天都心不在焉。

犹豫了很久，江怡可还是拨通了许京的电话。作为朋友，她不得不去提醒许京。

"喂，京儿，你在干吗？"

"又在飞机上忙了一天，我现在只想马上睡个美容觉。"许京的声音听起来很疲惫。

江怡可犹豫着要不要开口。

"你有事？"许京问。

江怡可的眼眸微垂，道："你和老钱最近怎么样了？"

"挺好的啊。"

江怡可轻咬了一下嘴唇，说："我总觉得你和老钱进展得太快了，你应该多花些时间了解他。"

"我们现在不就是在互相了解吗？"许京有些不以为意地说。

江怡可叹了口气，道："我还是建议你先冷静一下。"

许京沉默了一会儿，幽幽地说道："可儿，我怎么觉得你今天说话怪怪的？"

"我只是担心你。"

许京笑了笑，说："都三十岁的人了，感情的事我还处理不好吗？"

眼看许京没有听进自己的话，江怡可赌气地说了一句："你要是真能处理好，我就不用操心了。"

"老钱他成熟、帅气、多金,到底哪里让你不满意了?"

"这只是表面。"

许京的声音明显失去了耐心,说:"所以你到底要表达什么?"

江怡可揉了揉太阳穴,说:"我就是想要让你再多了解他一些。"

"我已经很了解他了,难道你比我还了解他吗?"许京深吸了一口气,"可儿,你就直说吧。"

江怡可皱眉道:"我怀疑他和别的女孩有接触。"

"什么时候的事?"

"那天在商场,他和那个女孩表现得关系很不一般,我感觉不太对劲儿。"

"他认识一个女孩不是很正常吗?"

江怡可抿了抿嘴道:"我知道这只是我的怀疑,所以我希望你可以再了解了解他。"

许京没有说话,电话两边的人沉默了很久。

"江怡可,你能不能不要那么理想主义?"

过了好久,电话那边才传来许京的声音,她的声音有些低沉,让江怡可觉得压抑。

"你觉得这些都是我胡乱想的吗?"江怡可淡淡地说。

"你从前就是这样,谈恋爱就要对方身边只有你一个人。我今天也累了,不想再听你说什么老钱和别的女孩的事。我们都已经不小了,为什么你的眼里还是只有那一套?"许京开始语无伦次起来,"好了,我真的累了,明天还要上班,睡觉吧。"

说完,许京就把电话挂断了。

江怡可怔怔地放下手机,她和许京多年未见,许京对她的了解还停留在多年前,没有丝毫的信任。她说不上伤心,只是心头像是被什么堵了一样。

第二天上班，江怡可刚坐下，苏筱络就献宝似的把自己写的文章给江怡可看。

这些天，苏筱络的公众号经营得不错，阅读量很大，足以小赚一笔。也许是有感情经历的原因，她的文字很有感染力。

"可儿姐，我能取得这样的成绩，你功不可没。正好你负责的公众号是美食类的，咱们找一家杭州特色饭店，我请客，怎么样？"苏筱络在江怡可耳边滔滔不绝地说。

"好，地方你选。"江怡可因为昨天的事有些心不在焉。

"那我要好好地挑一挑。"苏筱络一边拿着手机查找，一边嘟囔，"说起来，我来杭州也好久了，好多地方还没去过。"

苏筱络越说越激动，连说了好几个地方，最后选定了一家杭帮菜馆，据说是老字号，就在西湖边上。

江怡可正要应答，手机突然响了一声，苏筱络第一时间警惕地挑眉。

江怡可看了眼手机，是微信消息，丁柏发来的，说他在公司楼下。

"我先下去一趟。"江怡可和苏筱络说了一声就出去了。

"你怎么来了？"江怡可走向丁柏，她记得距离丁柏上次来这里才过去没几天。

"我这段时间一直都在这附近办事儿。"丁柏一边说着一边将手里的咖啡递给了江怡可，"给你带的。"

江怡可的头微微垂了一下，没有伸手去接，说："之前答应请你吃饭的事一直都没实现，却要从你这里拿东西。"

丁柏笑了笑，道："不过是两杯咖啡而已，而且我只是顺便带的。"

江怡可接过咖啡,说:"下次你到这附近来一定要提前和我说。"

"好。"丁柏一口应下。

两人一时沉默。

"你快上去吧。"丁柏打破沉默,"外面日头挺大的。"

"嗯。"江怡可点了点头,"你也快点儿回去吧。"

拎着咖啡回到办公室,江怡可递给了苏筱络一杯,说这杯是给她准备的。苏筱络开心地笑了笑,不过这回倒是没有多嘴,只是说:"可儿姐,你这个周末要是没有事的话,咱们就定下了啊。"

周末?江怡可想,短时间内许京应该不会再来找她了,便应道:"好,就我们两个人?"

"当然,说好和你吃饭,我才不会带家属呢。不过等你有了家属,咱们倒是可以坐在一起吃饭。"苏筱络眯着眼睛,笑得意味深长,江怡可一看就知道她在想什么。

江怡可装作没听懂,笑着说:"咱们这周的任务量可不小,周末要想出去,你可要抓紧才行。"

"知道了。"苏筱络可怜巴巴地说道。

第七章　深爱成怨恨

到了周末,江怡可来到吃饭的地方。这是一家地道的杭帮菜馆,装修风格很是古雅,光是瞧着便让人觉得心境平和。

不过这家饭馆实在太火了,江怡可和苏筱络只去晚了一会儿,前面便排了几十桌。两人在西湖边上逛了好久,才等到空位。

东坡肉,叫花鸡,大刀饼,杭帮酱丁……苏筱络把能叫上名字的菜通点了一遍。菜上来后,二人尝了几口,果然没让人失望,值得等这么久,而且物美价廉。苏筱络还没吃完就嚷嚷着下一次还要来。

江怡可也觉得在这里吃饭,是一种享受。

"江怡可。"

听到有人叫自己的名字,江怡可转过头,看见一张熟悉的脸。她愣了一下,是廖洛的朋友——邹旭。

邹旭看见江怡可转过头,嘴角挂上了冷笑,那神情似是不屑。

江怡可不由得感叹,究竟是这世界太小,还是他们太有缘分,怎么一个个的都在杭州碰上了呢?

"你怎么来杭州了?"邹旭先开口问,"来旅游?你老公呢?他怎么没跟着一起?"

邹旭的语气很不客气，江怡可一时僵住，皱眉看向邹旭。

"我似乎没有必要和你解释这些。"江怡可淡淡地说了一句。自从和廖洛分开后，她几乎没有见过邹旭，不知道这人对她哪来这么大的敌意。

"是呗。"邹旭点了点头，"你是不用跟我解释，毕竟你又没有背着我跟别人结婚。"

原来廖洛是这么和别人说的？江怡可顿时觉得好笑道："所以呢，你要替廖洛讨回公道吗？"

邹旭摸了摸后脑勺说："江怡可，你还真是让我大开眼界啊，你……"他的话还没说完就让人打断了。

是廖洛！他抓住邹旭的胳膊，只一个眼神，就让邹旭闭上了嘴。

江怡可抬头看着廖洛，这是八年来她第一次离廖洛这么近，近到一伸手就能碰到廖洛，一股悲伤的感觉自她的心底蔓延开来。

"抱歉，他今天喝了点儿酒，说话可能有些难听。"廖洛看向江怡可说。

"喝了酒就可以乱说话吗？"江怡可冷笑道，"邹先生应该欠我一个道歉。"

邹旭一听急了，道："江怡可，你简直不要……"

廖洛皱眉看向邹旭，邹旭瞬间没了声。

"那我在这里替我朋友给江小姐道个歉。不好意思，江小姐，刚刚冒犯了。"

江小姐？江怡可的嘴角微动，他还是和以前一样，一番话说得从容不迫。

"廖先生言重了，大家都是出来玩儿的，自然也不愿意闹得不愉快。"

邹旭愤怒地吸了一口气，看样子很不服气。不过碍于廖洛，他没敢开口说什么。

"江小姐愿意理解自然好，为表诚意，江小姐这桌的饭菜就由我买单吧。"廖洛的面容依旧冷峻。

"那我先谢过廖先生。"

"客气了。"

邹旭用警告的目光看了江怡可一眼，跟着廖洛离开了。

饭桌上顿时安静了下来，这份安静与刚刚的紧张氛围形成了鲜明的对比。

"可儿姐。"苏筱络小心翼翼地开口。

"你吃好了吗？"江怡可有些勉强地笑了笑。

"嗯嗯。"苏筱络连忙点头。

"我们也走吧。"江怡可一秒钟也不想待在这里。

刚出门便看见了廖洛，他的背影看上去有些模糊，却又那么地清晰。不管是以前，还是现在，江怡可总能在人群中一眼看到他。

江怡可低下了头，转过身，朝着相反的方向走去。

苏筱络难得没有八卦，而是跟在江怡可的旁边，偶尔会用余光偷偷看她。

一直以来，苏筱络觉得江怡可是一个娴静温柔的人，直到亲眼看见了刚刚的事，苏筱络才看见她身上偶然间流露出的悲伤，她把自己包裹得太好了。

这样掩饰自己很辛苦吧？可是看江怡可的样子好像已经习惯了。苏筱络想。

"抱歉，发生了这样的事。"江怡可突然开口。

苏筱络被吓了一跳，连忙摆手说："可儿姐，你说什么抱歉啊！分明是那个人不讲理，上来就阴阳怪气的，好像谁欠了他似的。我当时都忍不住想动手了。"

看苏筱络说得如此激动，江怡可难得弯了弯嘴角。

气愤吗？或许吧，明明是廖洛先背叛了她，现在却一股脑地把错都推到她身上来。如果说她有错，大概就是不应该爱上廖洛。

自打从饭店出来，邹旭就能感觉到廖洛周身环绕着一股可怕的气息，一张脸绷得紧紧的。他忍了半天，还是开了口，说："我知道这事是我做得不对，可我也是为你打抱不平啊！你为了她在美国拼命工作，累到胃出血直接住院，差点儿把命搭上。可是她呢，背着你悄无声息地就嫁人了，这换成谁也接受不了啊！"

廖洛没有吱声，邹旭越说越起劲儿："更何况当年还是她死活缠着你的。你说要是没有她，以你的能力，早就做出自己的一番事业了，还用等到现在？现在她跑到杭州，指不定是听说你发展得不错，想回来在你身上捞一笔，我……"

车子猛地停下来，邹旭眼睛一瞪，心脏"突突"地跳，喘了半天，生气地说："廖洛，你怎么开车的啊？"

廖洛转头看向邹旭，一脸严肃地说："邹旭，以后我不想从你的嘴里听见任何她不好的话。"

"为什么啊？"邹旭一脸不解，"你敢说她没有对不起你吗？"

"这是我和她的事。"

车内一时静了下来。

"行，廖洛，你行！"邹旭被气得有些语无伦次，"你以为谁愿意管你这摊子破事儿。"邹旭说完直接推开车门下了车。

廖洛背靠在车座上，仰起了头。至今他都不知道当年发生了什么事。他曾无数次梦见江怡可穿婚纱的样子，直到看见江怡可穿着婚纱嫁给了别人，那种痛苦他永远都忘不了。可不管怎样，他都没有恨过江怡可，因为舍不得。

那天在菜馆偶遇廖洛和邹旭，让江怡可连着几天心情都不大好，加上和许京一直没有联系，就更是让她心烦意乱。她翻看许京的朋友圈，发现许京和老钱的恋爱生活很是滋润。她的话，许京半点儿也没往心里去。

江怡可将手机丢到一旁，望着天花板想了许久，听见手机响了一声，拿起来一看，是丁柏的消息。

"今天和许京小聚了一下，见到了她男朋友，你怎么没来？"

江怡可想了想，回了三个字："加班，忙。"

"公司的事情还是那么多吗？"

"好了很多，已经渐渐走上正轨了。"江怡可回道。

"好好干，我很看好你。"

江怡可回了个"加油"的表情。等了一会儿，没等到丁柏的回话，江怡可就去洗澡了。

江怡可洗完澡回来，看到丁柏的新消息："许京挺关心你的。"

江怡可眉头微蹙，想了许久，回道："我知道。"

丁柏秒回："还以为你睡了。"过了一会儿，又道，"你说请我吃饭那件事安排得怎么样了？"

"还在想。"

"那想好了告诉我。"

"好。"

"明天还要工作，早点儿休息，晚安。"

江怡可愣了一下，放下手机，没一会儿就迷迷糊糊地睡着了。

又过了几天，江怡可正和苏筱络在外面吃午饭，突然许京给她打来电话。她微怔，最后还是接了起来。

"喂？"

"你在干吗？"许京的语气有点儿别扭。

"在吃饭。"

许京那边的声音顿了一下,说:"我给你买了个礼物,你记得收。"

"礼物?"江怡可微微诧异,她既没有过生日,又没有什么值得庆祝的事,这个礼物送得有些突然。

"是我早就看好的,顺手就买了。"许京的语速有些快。

"我知道了。"

江怡可说完这句话,气氛突然变得有些微妙。过了一会儿,江怡可先开口道:"你最近工作怎么样?"

"还好,不是很忙。"许京反问,"你呢?"

"我这边也还好。"江怡可淡淡地答。

"那你先吃饭吧。"

"嗯。"

电话挂断,江怡可有些心不在焉。

坐在对面的苏筱络抬头问:"可儿姐,有什么事吗?"苏筱络最近老实了不少,连玩笑都不怎么开。

"没事,收到了一个礼物。"

收到礼物怎么是这副模样?苏筱络微微低下头,自从那天听到江怡可已经结婚的事,想起之前她还开江怡可的玩笑,觉得自己真是少根筋。从那以后她就不敢再多说了。

苏筱络的小心思自然瞒不过江怡可,江怡可平静地笑道:"我已经离婚了。"

苏筱络听到这话,脸上露出愕然的表情。

江怡可接着说:"以前是觉得没什么好说的,现在想来还是有必要告诉你。你也不用刻意避讳,我早就不在意了。"

"可儿姐。"苏筱络听江怡可这么说,有些心疼她,一时也不知道该说些什么好。

"我懂你的意思,你是个心善的姑娘,总是喜欢替别人着想。"

"可儿姐。"苏筱络突然有些委屈地说,"我为了男朋友来到这个陌生的城市,身边连个能说话的朋友都没有。不过我还是幸运的,因为我遇到了像你这么好的人。"

江怡可看着苏筱络,心里有些不是滋味。想起自己也曾这样一腔孤勇地喜欢一个人,突然有些怀念那时的自己。

周五,曾在办公室里传了许久的聚餐突然间有了着落。

苏筱络本来和唐逸约好一起出去玩,现在却不得不取消。为此,她一整天都在江怡可的耳边唠唠叨叨。

第二天晚上,公司的人来到聚餐的饭店。中途苏筱络拉着江怡可去了洗手间,还不忘吐槽道:"你说大家都不熟悉,非要坐在一起吃饭,整个饭局太尴尬了。"

江怡可笑了笑,说:"大家能一起出来吃个饭不容易,互相认识一下也是好的。"

"可儿姐,我要是能像你这么淡定就好了。"苏筱络靠在墙边,一脸艳羡地看向江怡可,"我现在很烦躁,根本静不下来。"

"那我陪你在这儿站会儿。"

"咱们吃完晚饭应该没别的活动了吧?"

江怡可挑挑眉说:"我刚刚好像听经理提了一句,待会儿还要去唱歌。"

"唱歌?"苏筱络忍不住拔高了声调,"谁愿意去啊?"

江怡可朝苏筱络比了一个噤声的手势道:"好了,唱歌而已,也不会太久。"

苏筱络苦着脸不说话,江怡可拉着她的手,两个人又回到了饭桌上。

男同事老韩看向江怡可笑道:"小江,你回来了,刚刚经理还在夸你文案写得好呢！"

老韩是公司里为数不多的年长的员工，他偶尔会在办公室说几个笑话来活跃气氛，同事们都很喜欢他。

江怡可笑了笑，说道："在座的可都是高手，我看经理今晚怕是要夸不完了。"

"好了。咱们的饭也吃得差不多了。走，去唱歌，老韩。"经理说着看向老韩："我听说你唱歌好听，一会儿可要多唱两首。"

老韩连忙摆手说："我这岁数大了，嗓子也不行了，还是让年轻人来吧。"

"唉，你这就是谦虚了。走，咱们先动起来。"

到了KTV，气氛比刚才好多了，大家都抢着话筒跃跃欲试。苏筱络拉着江怡可坐在一旁，无聊地玩着手机。

"唉，不是说今天廖老板会来吗？"

听到"廖"字，江怡可下意识地转过头。只听坐在旁边的女同事问刚刚说话的人："廖老板是谁？"

"我们公司不是刚进了一轮天使投资吗？就是这个廖老板投的。"

"是他啊，我听说年轻有为，长得还不错。"女同事说。

"就是啊，只可惜今天没能见着他。"

"人家是投资商，大老板，怎么会来参加我们这种小聚会？"

"也是。"

江怡可听着两个人的对话，自嘲地笑了笑。想必是同姓吧，她居然还在一旁听得如此认真。

从KTV出来，苏筱络深吸了一口气，说："天啊，里面简直太闷了。"

江怡可笑着摇头道："你这个年纪不是应该很爱热闹吗？"

"热闹可不是像这样的。"苏筱络努着嘴说，"热闹应该是一堆志同道合的人之间的狂欢。"

江怡可无奈地看着苏筱络，感觉自己和苏筱络真的有代沟。

江怡可话头一转道："我们打车回去吧。"她看了看手机，"现在已经晚了，应该没有地铁了。"

苏筱络点点头道："同意。"

江怡可看了看四周，正要找可以打车的地方，突然听见有人在叫她。她循着声音看去，竟然是曹大斌。

"你怎么在这儿？"看着曹大斌走过来，江怡可先开口问。

"和几个朋友出来玩儿。"曹大斌在江怡可的身前停住，目光在苏筱络的身上停了一瞬，"你们也是过来玩的吗？"

"公司聚餐。"

曹大斌挑了一下眉头说："那你们现在是要回去吗？"

"嗯。"江怡可点头。

"怎么回去？"曹大斌又问。

"打车。"

"那我送你们吧。"曹大斌说着转身就走，"你们先在这里等一下，我去取车。"

江怡可正要开口婉拒，曹大斌已经走远了。

苏筱络好奇地看了曹大斌一眼，又看向江怡可，问道："可儿姐，他是你朋友？"

"嗯。"江怡可点点头。

"你们是怎么认识的啊？"

"他是我朋友的朋友。"

"哦。"苏筱络应了一声。

很快，曹大斌开着车过来了。江怡可带着苏筱络上了车。

曹大斌转头看向江怡可，笑道："可儿姐，你同事看上去年纪不大啊,不会还是学生吧?"

江怡可愣了一下,才说道:"她刚毕业。"

曹大斌又看向苏筱络,问:"你是哪儿的人?"

"东北的。"苏筱络说。

"看着是挺像的。"

苏筱络疑惑道:"哪里像?"

曹大斌挑着眉头思索了一下,说:"说话的方式就很像。"

苏筱络笑了一声道:"是吗?很多人还说我不像东北的呢。"

"像,越看越像。"

"那你呢?杭州本地人?"苏筱络顺势问。

"你看呢?"

"这个我可看不出来。"

曹大斌轻笑道:"算是吧。"

两个人来回闲聊,时间过得很快,不一会儿就到了江怡可住的小区。江怡可看向曹大斌说:"那我就先回去了,筱络就拜托你了。"

"放心吧,肯定给你安全送到。"话落,曹大斌把车开走了。

江怡可微微蹙眉,她觉得曹大斌今晚有点儿奇怪,但一时又理不出个头绪。随即她摇了摇头,转身上楼。

第八章　怕疼仍人之本性

周二下午下班前，江怡可突然被经理叫到办公室，她有些不明所以，回想一下自己最近的工作，觉得没有出现什么大的纰漏，就坦然走了进去。

"小江，来，快坐下。"

经理这个人看着很和善，不过明眼人都知道，他若是真狠下心来，可是半分情分也不留。

"经理。"江怡可没有坐下。

"最近工作感觉怎么样？干得还顺手吧？"

江怡可笑着答道："挺好的。"

"行，那我也不跟你废话。"经理从桌上拿过一个文件，递给江怡可，"这是公司新接的一个项目，你看一下。"

江怡可微怔，接过文件，看了两眼。这个项目不算大，但若真要做下来，也不太容易。

"怎么样？有信心吗？"经理说话素来直接。

江怡可不确定地问了一句："经理，你的意思是要把这个项目交给我吗？"

"公司的确是有这个意向，现在就看你的意思了。"

"我会把这个项目做好的。"江怡可说道。

"好。"经理扯开嘴笑了，交代道，"回去好好准备吧，争取这周把方案给我。"

"是。"

接到新的项目，从前的工作也不能落下，江怡可忙得不可开交，每天只能睡两三个小时。结果方案刚一交上去，人就倒下了。不得不承认，她真的已经不再年轻了。

江怡可强撑着起床上班，吃了药也没见好。苏筱络一直唠叨着要她去医院打针。

中午丁柏发消息问什么时候去吃饭，江怡可想着自己还在感冒，就打着工作的幌子往后拖了拖。

上个周末丁柏提起这事儿的时候，江怡可就说要工作，现在还是这个借口，江怡可的心里有些过意不去。不料丁柏接到消息后，竟然直接打了电话来。

江怡可犹豫了一下，还是接了电话。

"喂。"江怡可带着浓重的鼻音开口。

电话那边丁柏明显停了一下，然后问道："生病了？"

"小感冒。"

"听着挺严重啊。"丁柏紧张地问，"有没有去医院？"

"已经吃过药了，好多了。"

"光吃药不行。"丁柏的语气很严肃，"下午你请个假，去医院看看吧。"

"嗯。"江怡可敷衍地应了一句。

"你是因为感冒才不和我去吃饭的?"丁柏又问。

江怡可听到这话有些哭笑不得,心想,他还真是满脑子都是吃饭的事。

"放心吧,不会差你的。"江怡可郑重承诺道。

"好了,多注意休息,多喝热水。"

"嗯。"听到"多喝热水"这句话,江怡可有些想笑。

本来以为这件事就这么过去了,可没想到,中午江怡可刚和苏筱络出去,就在门口看见了丁柏。

江怡可被吓了一跳。直到丁柏走到她面前,才反应过来,问道:"你怎么来了?"

"带你去医院。"丁柏很自然地说道。

江怡可无奈地说:"我自己能去。"

"我都到了,你总不至于让我无功而返吧?"丁柏歪着脑袋,一副谅你拿我也没办法的样子。

"我下午还要上班。"江怡可还在挣扎。

"可儿姐,你就放心去吧。请假的事我会帮你说的。"苏筱络这个时候倒是反应很快。

"这样不好。"江怡可拒绝道,"不和老板说一声就走了,这像什么话?"

"你都这样了,咱们办公室里谁不知道你病得严重?放心吧,老板会理解你的。"苏筱络表现得很积极。

江怡可刚要张口辩解,苏筱络赶紧道:"快去吧,办公室里的人还怕你传染他们呢!"

"我这不是流行性感冒,我……"

"我先去吃饭了,饿死了。"苏筱络打断江怡可说道。

"我只是累的……"江怡可的话还没说完,苏筱络就丢下她跑了。

"走吧。"丁柏笑着说道,他难得看到江怡可的脸上有这么抗拒的表情。

江怡可是真的很怕打针。她怕打针的事,廖洛可以说是她身边唯一不知道的人。许京他们还因为这件事嘲笑她许久。

"一个女人要坚强,坚强的女人最有魅力。"类似的话在那个时候的江怡可面前都是废话。她认为人都觉得痛苦了,就不应该憋着自己,该哭的时候放肆地哭就好了。她因为怕疼没少哭,打针的时候眼泪更是止不住。她从来不怕别人笑话,却害怕廖洛不喜欢。

还在做廖洛助理的时候,有一次,江怡可跟着廖洛一起工作,一切都很顺利。可不巧的是,江怡可出门的时候手被门夹伤,流了好多血。

最怕疼的江怡可当场就愣在那里,脑子里都是蒙的,却有一件事记得清清楚楚——不能让廖洛觉得她不够坚强。后来,廖洛拉着她去医院。她一路强忍着面无表情,廖洛问她话,她也不怎么答,只说不疼,害得廖洛以为她是被夹了脑袋。

只有江怡可自己知道,去拍片的时候刚一离开廖洛的视线,她的眼泪就流了下来。

擦药的时候,江怡可的后背挺得老直。医生看着她那副正襟危坐的样子微微诧异,看向廖洛,说:"你抓着她点儿吧。"

廖洛听医生的话,去抓她的胳膊。

江怡可一躲,拒绝道:"不用,我不疼。"说话的时候还故意露出一个笑容。

廖洛一愣,放开了江怡可。

药水擦在伤口的时候是真疼，江怡可的眼泪不争气地喷涌而出。医生被她的样子吓了一跳，动作下意识地轻了许多。

江怡可不知道费了多大力气才让自己没有叫喊着把手抽出来，反而淡定地用另一只手抹了抹脸说："没事，药水进眼睛里了。"

后来得知这件事的时候，许京笑得前仰后合。她知道江怡可是个连打针都会发出杀猪般叫声的人，居然为了在廖洛面前表现出自己很坚强，不但没喊疼，还故作镇定。

许京说："江怡可，我觉得你可以去写篇议论文了，标题就是'一个女生能为了她喜欢的男生装到什么程度？'你简直甩那些假装打不开瓶盖的女生好几条街。"

江怡可听到这话，只能苦笑。

江怡可回过神的时候，丁柏已经开车带她走了好远。

"我饿了。"江怡可突然开口道。这么多年，她什么事都挺过来了，只有怕打针这件事一直没变。所以现在，能逃就赶紧逃吧！

丁柏一愣，瞪着眼睛疑惑地看向江怡可。

江怡可继续道："我本来要去吃午饭，结果就被你强行带走。"

"咱们先去医院，之后我再去给你买点儿粥。"丁柏和江怡可商量。

"没吃饱，哪有力气看病啊？"江怡可幽幽地说。

不是说生病都没有胃口吗？丁柏忍不住腹诽，不过还是妥协了，说："好，我们先去吃饭，你想吃什么？"

"什么都行。"江怡可笑着说，其实她又不是真饿。

丁柏四处张望了一下，正巧看见不远处有个粥店，说："那我们去喝粥？"

"好。"

找了好久才找到一个停车的地方,两人走到了粥店。眼看着江怡可走路有点儿飘,丁柏叹了口气说:"应该先去医院的。"

江怡可看了丁柏一眼,没有说话。反正已经到粥店了,她现在就是要吃饭。

江怡可点了一份红枣莲子粥。丁柏怕她吃不饱,又点了两屉小笼包。

"你不吃点儿吗?"江怡可问。

"我已经吃过了。"丁柏说完又看着她,"病得这么重,拖很久了吧?"

江怡可笑了笑,说:"也没几天,我一直在吃药。"

"这么大人了,不知道照顾自己。"丁柏斜了江怡可一眼说。

江怡可撇撇嘴,她自认为把自己照顾得挺好。

"其实,生病不一定非要打针,吃点儿药,多喝水,过几天就好了。"江怡可委婉地说道。

"那是普通的小感冒。"丁柏一脸郑重,"你这情况再发展下去就是肺炎了。"

"你不用去上班吗?"江怡可见说不通,马上转移了话题。

丁柏顿了一下,说道:"我已经辞职了。"

这个答案让江怡可十分意外,问道:"好好的,怎么辞职了?"

"想做点儿别的。"丁柏说得随意。

联想到丁柏之前提到在研究有关广告策划的工作,江怡可觉得丁柏可能是想转行。但是以丁柏的雄心壮志应该不只是转行这么简单,不过江怡可也没有多问。

过了一会儿,服务员送来了做好的包子和粥。

"你点的粥。"

江怡可看着眼前的这份粥,微微蹙眉,她没胃口。她的小动作没逃过丁柏的眼睛,丁柏笑着说:"怎么,你不是饿了吗?"

"是啊。"江怡可说完勉强喝了几口,表情很是痛苦。

"不想吃的话,我们就先去医院吧。"丁柏又说道。

江怡可看着眼前的粥笑了笑,说:"不能浪费食物。"

"你就这么不想去医院?"丁柏直接拆穿了江怡可。

"只是不想打针。"她现在病得这么严重,去了医院肯定要打针的。

"不想打针?"丁柏不是很理解,"为什么?"

"因为疼啊。"江怡可回答得理直气壮。

丁柏听到这个答案时,整个人明显愣了一下。

江怡可又补充了一句道:"而且我觉得自己吃点儿药就好了。"

打针能有多疼?丁柏忍住没有说出口。

江怡可忍不住问:"所以,可不可以先不去医院?"

看惯了江怡可看淡一切的样子,现在抗拒打针的江怡可反倒更生动了一些。丁柏饶有兴趣地问道:"怎么那么怕疼?"

"不知道。"江怡可认真地摇头,"从小就怕。"

想当初江怡可的父亲还因为这件事嫌弃过江怡可,说江怡可天生就娇气,不像他的孩子。

"从小就怕?"丁柏很诧异。

"性格使然,而且我也不觉得丢人。我还见过能扛两百斤重物的壮汉也怕打针呢!"江怡可说得理所当然。

丁柏算是彻底被打败了。在打针这件事上,江怡可算得上真的不讲理。

"我们走吧。"见江怡可吃不下,丁柏说道。

江怡可叹气,合着她刚才那么多话算是白说了。

"我不能眼睁睁看着你病死。"丁柏的语气不容置疑。

病死?还真严重。江怡可赌气道:"不去。"

丁柏突然轻笑了一声:"那就直接叫救护车吧。"说着他一本正经地掏出了手机。

江怡可皱眉,坐着没动,她不信丁柏会真的拨过去。

然而令江怡可没有想到的是,电话竟然通了。

"我和你去。"江怡可急忙说道,因为感冒叫救护车,太丢人了。

丁柏动作缓慢地挂掉了电话,他不过是随便拨通了一个朋友的电话,江怡可竟然就被唬住了。

想到这里,丁柏微微别过头,他怕自己绷不住在江怡可的面前笑出声来。

缓和了一下情绪,丁柏看向江怡可说:"我们走吧。"

江怡可算是怕了丁柏,利落地起身,朝着门外走去。丁柏站在她后面,不由得弯起了嘴角。

到了医院,挂号,问诊,接下来就是江怡可最害怕的打针。

针还没扎进去,江怡可就下意识地把手缩到了身后,满脸抗拒。

护士和坐在旁边的丁柏都是一愣。

"这位小姐,麻烦你把手伸过来。"护士的语气听起来有些无奈。

江怡可抿了抿嘴,迟疑了一下,把手拿了出来。

护士很快就将针头插进血管,江怡可紧闭着眼睛别过头。护士将胶布贴好,临走之前还投给江怡可一个不屑的眼神。

"已经好了。"丁柏看向江怡可说。

江怡可缓缓地睁开眼,眼角还挂着一滴泪。丁柏微怔,随即笑道:"江小姐,你还真是……"后半句他也不知道说什么好,只好忍不住地笑。

这样的笑,江怡可早就习惯了,她看了丁柏一眼,不做理会。只是当她的目光落在吊瓶上时,暗暗叹了口气,不知道什么时候才能打完。

"要不要吃点儿东西?"丁柏敛起笑意问道。刚才江怡可没喝多少粥,一定会饿的。

江怡可摇了摇头,她现在可没有心情吃东西。

丁柏目光一转,看见旁边的小孩正吃着棒棒糖,心思一动,说:"我去旁边的超市买瓶水。"

江怡可点点头。丁柏起身走开。

第九章　阴错阳差的偶遇

公司里,同事看到刚刚吃完饭回来的苏筱络,问道:"唉,筱络,你怎么才回来啊?"

苏筱络往办公桌走的脚步一顿,不解地看向说话的同事。

"哎呀!"同事急忙解释,"今天下午有大老板来公司视察,经理说了,让我们早早地准备好,你怎么还优哉游哉的?"

苏筱络一愣,道:"我不知道啊。"

"你别愣着了,赶紧去坐好。"

"哦哦。"苏筱络匆忙应了两声,赶紧往回走。

苏筱络还没走到工位,就听见经理的声音传了过来:"廖总,你看,这就是我们员工平时工作的地方。"

苏筱络下意识地转过头,经理身边站着一个男人,看上去很面熟。

"苏筱络!你站在那里干吗呢?"经理的声音把苏筱络敲醒。

"我……"苏筱络正要解释,忽然想起来经理身边站着的就是那天她和江怡可在菜馆碰到的男人。

廖洛的视线在办公室里扫了一圈,没有看见江怡可,心里涌出一股说不上来的失落。

今天他是故意到这里来视察的。上一次他在公司楼下碰见江怡可,确定江怡可在这里上班。就像是命运和他们开的一个玩笑,江怡可碰巧进了他投资的公司,之后他们又多次在这附近偶遇。可是偏偏当他来找江怡可时,江怡可却不在这里。

"还不赶紧坐回去。"

公司经理的一声呵斥拉回了廖洛的思绪,只见苏筱络有些不知所措地回到了工位。

"廖总。"经理转头满脸堆笑地看着廖洛,生怕他会怪罪。

廖洛轻点了一下头说:"办公室的环境还不错。"说完目光落在苏筱络旁边空荡荡的办公桌上,"那边怎么空着?"

"哦,坐在那里的员工今天突然发了高烧,请了半天假,去医院了。"经理解释道。

高烧?廖洛的眉头微微挑起,什么也没说,转身离开了公司。

苏筱络看见廖洛离开,顿时松了一口气,随即又担心廖洛会不会是故意来找江怡可的麻烦的?

在医院里打点滴的江怡可自然不知道办公室里发生的事。她看着丁柏从购物袋里掏出的一大把棒棒糖,有些反应不过来。丁柏这是真把她当小孩子了。

"不想吃吗?"丁柏逗江怡可道。

当然不想!江怡可看着丁柏,忍住翻白眼的冲动。

丁柏拆开一个棒棒糖的包装,递给了江怡可。见江怡可摇头,他坚持不放手。最后江怡可只好勉为其难地收下棒棒糖。

丁柏咧开嘴，笑得扬扬得意，就像一个恶作剧得逞了的少年。

江怡可挥了挥手里的棒棒糖，扭过头不想看丁柏。

"廖总？"助理见廖洛突然停下了脚步，循着他的目光看向不远处的座椅上拿着一根棒棒糖嬉戏的男女，不由得开口叫道。

廖洛的手握在一起，又松开，转身说道："我们走吧。"

助理站在原地一个愣神，随后赶紧跟上了廖洛的步伐。

打完点滴已经是三个小时以后的事了。两人出了医院，丁柏看向江怡可说："我去取车，一起去吃个饭吧。"

江怡可点了点头，这会儿她确实有点儿饿了。

丁柏刚走开，江怡可的电话突然响了起来。她拿起手机看了一眼，是苏筱络打来的。

"喂？"

"可儿姐。"苏筱络这一声称呼可谓是"九曲十八弯"，声音里满是委屈，激得江怡可起了一身鸡皮疙瘩。

"怎么了？"江怡可笑着问。

"我被经理批评了，这个月的奖金也没了。枉我这么辛苦地加班，这下子算是白忙乎了。"

"怎么我才离开半天，你就犯错误了？"

"才不是我犯错误呢！"苏筱络连忙反驳道，"还不是公司大老板来视察，我又不知道。我刚吃完饭回来，就看见经理带着大老板进了办公室。我……"说到这里苏筱络一顿，话锋一转，急匆匆地说，"可儿姐，你猜我今天看到谁了？"

江怡可被苏筱络这个突然的转折弄得一愣，问："你看见谁了？"

"就是……那天咱们在菜馆碰到的人。"

"廖洛？"江怡可下意识地出声。

"对，就是他！"苏筱络想起经理叫他廖总，想着应该就是这个人，"你都不知道，他居然就是给咱们公司投资的大老板。我看他那天和你还闹了不愉快。可儿姐，你说他该不会是来故意找你麻烦的吧？"

江怡可听见苏筱络的话，大脑顿时一片空白。她有一连串的问题要问，却又不知道该从何问起。

迟迟没有等到江怡可回话，苏筱络忍不住问："可儿姐，你怎么了？没事儿吧？"

"没事儿。"江怡可的声音听起来有些心不在焉。

苏筱络以为江怡可是在担心，连忙安慰说："可儿姐，你不用担心，大不了你就辞职，以你的能力不愁找不到工作。"

这次的项目江怡可完成得特别出色，大家都是有目共睹的。

"放心吧。"江怡可笑了笑，"他不是来找我麻烦的。"

说出这句话的时候，江怡可自己都愣了一下。原来她潜意识里认定廖洛不是挟私报复的人，即使廖洛曾给她造成很深的伤害。

"好了，我还有事，先不和你聊了。"江怡可看到丁柏已经开着车过来了，急忙说道。

苏筱络这才想起江怡可在医院，急忙问了一句："可儿姐，你的病好没好点儿啊？"

"已经好多了。"

"那你多注意休息，我去工作了。"

"好。"

江怡可上了车，丁柏转头看向她，微怔，说："你的脸色看起来不太好，出什么事了吗？"

这么明显吗？江怡可心想，看来自己真的不适合隐藏秘密。她笑了笑，说："没什么，可能是饿了。"

丁柏微微挑了一下眉头，顺着江怡可的话问："想吃什么？"

"片儿川。"

"好。"丁柏会心一笑。

吃完饭，丁柏送江怡可回家。

江怡可下了车，有些不好意思地说："又耽误了你一天。"

丁柏闻言脸色故意沉了下来，说："怎么是耽误？"

不算耽误吗？丁柏在医院陪了自己一下午，什么事都没有做。她欠丁柏的人情，只用一顿饭怕是还不了了，真让人头疼，江怡可想着。

丁柏叹了口气说："我本来就没什么事。"接着又说了一句，"明天中午，我接你去医院。"

"不用。"江怡可果断拒绝道。

丁柏皱眉道："你至少要打三天的针，否则没有效果。"

江怡可抿嘴道："我自己可以去。"

丁柏无奈地说："明天中午在公司门口等我。"说完不等江怡可回话，便开车走了。

江怡可站在原地歪了歪脑袋，愣了一会儿，转身上了楼。

第二天上午十点，江怡可就和经理请了假。

苏筱络诧异地看着正在收拾背包的江怡可，问："可儿姐，你怎么这么早就走啊？"

江怡可交代道："筱络，你中午要是在楼门口看见丁柏，就和他说我去医院打针了，让他先回去吧。"

"不是……"苏筱络愣了一下，"可儿姐，你让他陪你去多好啊。"

你自己一个人,我也不放心啊。"苏筱络说着又觉得不对劲儿,眯着眼睛,"可儿姐,你是在躲他吧?"

"我不能总麻烦他。"江怡可背起包说了一句。

苏筱络不以为然地说:"可他愿意被你麻烦啊。"

"别乱说。"江怡可瞪了苏筱络一眼,快步离开了。

江怡可从公司出来,坐上公交车去医院。她一想到又要打针就发愁,可如果她的病迟迟不好,丁柏必然会再带她去医院,到时候她会亏欠丁柏更多。

打针的时候,江怡可发现还是昨天的护士,她看见江怡可的时候明显愣了一下,看来是对江怡可记忆颇深。

江怡可深吸了一口气,缓缓地把手递给护士。

护士甩了甩针头,江怡可见状又把手缩了回去。

护士歪着头,面色不善地看着江怡可说:"这位小姐,你还当自己是小朋友吗?"

江怡可抿抿嘴,有些不好意思,还未伸手,眼前的光突然暗了下去。江怡可下意识地抬头,居然是廖洛!

不知为何,江怡可看见廖洛,竟然迅速把手伸到护士面前,针头插进她的血管,她竟然都没有反应,她还是习惯在廖洛面前故作坚强。

护士打完针看了一眼廖洛,脸色比刚才好太多了。她犹豫了一下,轻声问道:"先生,你们是一起的吗?"

廖洛点头。

护士撇了撇嘴,说:"要是有什么事,你直接来找我就好。"

"嗯。"廖洛应了一声,走到江怡可旁边坐了下来。

江怡可的心跳突然加速。她在心里苦笑,暗骂自己没出息,她不是有很多话想问廖洛吗？怎么现在人就在身边，反而说不出来了？

那些幻想中见到廖洛要大声质问他当初为什么消失的场景，仿佛一下子就成了泡沫。

"过得好吗？"廖洛先开口，声音有些低沉。

这些年廖洛变得更加成熟了。这样一想，江怡可的鼻头一酸，努力不让自己的眼泪掉下来。

"挺好的。"江怡可微微偏过头，从牙缝里挤出了这句话。

廖洛的双手交叉放在膝盖上，身子往前探了探。他想江怡可应该过得挺好，所以这些年他刻意地不去打探江怡可的消息，他怕自己忍不住毁掉江怡可的幸福。

"怎么来杭州了？"

"在深城待腻了。"江怡可淡淡地回答。

廖洛捏了捏眉头，两人之间又是一阵沉默。

两个人心里都堆了太多的问题想要问对方，可是谁也开不了口，他们都太害怕得到不愿意听的答案。

过了许久，江怡可问："你怎么在医院？"

"一个朋友在这里。"其实他是在这里故意等着江怡可的。"我去买点水。"

江怡可点头，廖洛起身走向超市。她望着廖洛的背影，心情复杂。

第十章　最难清算的是人情

中午，苏筱络从公司走出来，果然在门口看见了丁柏，连忙走过去朝他招了招手。

"江怡可呢？"丁柏四下张望了一下，没有看见江怡可的身影，疑惑地问苏筱络。

苏筱络抿了抿嘴，答道："可儿姐，她去医院了。"

"医院？"丁柏很吃惊。

"嗯。"苏筱络点头。

丁柏脸色一沉，掏出手机拨通了江怡可的电话。

江怡可有些费力地拿出了手机，一看来电显示是丁柏，立马明白了怎么回事。她盯着手机屏幕做了一番心里准备，才接通了电话。

"你在哪儿？"丁柏上来便问道。

"我在医院。"

"为什么不等我？"

廖洛提着一大包零食走了回来，见江怡可正在打电话，皱了皱眉，板着一张脸在她旁边坐了下来。

"我不想麻烦你。"江怡可觉得有些话还是有必要和丁柏说清楚。

"我说了这不是麻烦。"

"在我心里是。"江怡可的声音淡淡的,甚至有些冷漠,"丁柏,我不想欠你太多。"

丁柏沉默,良久才道:"那你照顾好自己。"

"嗯。"江怡可应了一声。

电话切断,江怡可转头看向廖洛,看见他旁边的满满一大袋零食时,不由得愣住了。

廖洛的嘴角动了动,才说道:"我想你可能爱吃。"

"廖先生,我已经不是小孩子了。"江怡可有些无语。

廖洛挑眉,他还记得以前江怡可打针的时候那假装坚强的模样。

江怡可的眼眸垂了垂,心想反正她已经骗了廖洛那么久,现在更没必要说穿。

"我早就知道。"廖洛突然开口。

"嗯?"江怡可看向廖洛,心想,没头没尾的,他知道什么了?

"你怕疼。"

廖洛早就知道江怡可最怕疼,怕到让人匪夷所思的地步。之所以不拆穿她,是觉得她的样子很可爱。

江怡可瞪大了眼睛,那是她引以为傲的伪装,居然早就被看穿了?

"那你为什么不和我说?"江怡可忍不住问。

廖洛看着江怡可,一时语噎。

江怡可微微一笑,现在再问这个问题,又有什么意义呢?其实她在廖洛面前就像是一个百般讨好观众的跳梁小丑罢了。

气氛一时有些微妙。这时,护士忽然走了过来,扬了扬手里的药瓶,说:"我来换药。"

江怡可抬头看了看药瓶,明明还剩下不少,想着护士应该是冲着廖洛来的。江怡可下意识地看向廖洛,现在的廖洛已然是一个事业有成的男人,典型的高富帅,女孩子对他自然是趋之若鹜。

想到这里,江怡可嘴角弯了弯,笑容略显苦涩。她算不算是廖洛成功路上的一个垫脚石呢?

江怡可的笑容让廖洛心里一怔,他看向护士,说:"药瓶给我吧。"

护士摇了摇头道:"没关系的,先生,我在这里等着就好。"

"你没有别的病人需要照看吗?"

"哦……"护士迟疑了一下,有些尴尬地将药瓶递给廖洛,"那就麻烦先生了。"

廖洛没有说话,护士讪讪地在原地站了一会儿,转身走开了。

江怡可看着这一幕,眉头微皱。

廖洛转头去看江怡可,眼中带着疑惑,他以为江怡可不喜欢这个护士,所以才会让她离开,难道是自己理解错了吗?

两人都没有开口,先后撇开头。

不久,廖洛给江怡可换了药瓶。江怡可抿了抿嘴,开口说道:"你走吧,我一个人在这里就好了。"

廖洛拿着空药瓶,愣了一下,应了一声。

居然就这样同意了,他大概早就想离开了吧?江怡可有些郁闷地想着。

"照顾好自己。"廖洛站起身来嘱咐道。

江怡可点点头。

廖洛的脚向前踏了一步，顿了一下，然后大步走开。他想江怡可大概是不想让别人看见他在这里。

江怡可觉得心底的一丝暖意在廖洛离开后也消失了，她的心情一下跌到了谷底。

下午，江怡可刚回到办公室，苏筱络就凑了过来叫了一声："可儿姐。"

"什么事？"江怡可看着苏筱络问。

苏筱络撇了撇嘴，说："可儿姐，你今天是没看到，丁柏给你打完电话那失落的样子，就像是被全世界抛弃了一样。我在旁边看着都心疼。"

听到这话，江怡可愣了一下。那天丁柏陪她去医院之后，她就想好了，她对丁柏的态度必须明确，不能让丁柏产生不该有的感情。

苏筱络见江怡可没有回话，又悻悻地缩回头去，心想自己好像又说错话了。

江怡可看到苏筱络的样子，就知道她在想什么，便笑着宽慰道："没事儿，你说的这些我都明白。"

苏筱络点头，又问："可儿姐，你吃过午饭了吗？"

江怡可的眼眸垂了垂说："吃过了。"其实她完全没有心情吃饭。

"嘿，筱络，你没跟怡可说说咱们那位投资人吗？"一旁的同事孟静探过头问道。

苏筱络先是下意识地看了眼江怡可，又疑惑地看向孟静。廖洛来公司视察已经是昨天中午的事了，孟静现在说这件事干什么？

孟静笑着解释道："我也是突然想起这件事，就来和你们聊聊。怡可，你不知道，那位投资商长得可真是一表人才，又是大老板，咱们整个办公室的女人都有点儿心动呢！"

江怡可笑了笑，没说话。

苏筱络在一边接话道："这事儿我都和可儿姐说完了，你就别再凑热闹了。"

"我这不是看怡可没看见他嘛。"孟静说着顿了一下，又道，"不过以后还是有机会见到的。"

"嗯。"江怡可应了一声，孟静这才满足地缩回身子继续工作。

苏筱络在孟静看不见的时候撇了撇嘴，嘀咕道："怎么哪里都有她？"

江怡可瞪了苏筱络一眼，说："别乱说话。"

不过孟静的话倒是给江怡可提了个醒，冥冥之中，她和廖洛之间好像又开始有了千丝万缕的联系。

连着打了三天针，江怡可的病终于好得差不多了。这两天丁柏虽然没有再出现在公司附近，不过也总会打电话来问候江怡可。

周五晚上，江怡可想起欠丁柏的那顿饭，于是拨通了丁柏的电话。

"喂？"电话很快接通，丁柏的声音带着淡淡的疲惫，不过还是能感觉到他的心情不错。

"周六有时间吗？"江怡可问道。

丁柏那边顿了一下，回道："当然。"

"突然想起我还欠你一顿饭，周六中午一起去吃饭吧。"

"好啊。"丁柏很快答应了下来。

"想去哪里？"

"嗯……"丁柏沉吟了片刻，说了一个地方。

江怡可知道那家饭店，因为她负责公司美食版块的公众号这一阵子,她为此做了不少攻略,杭州的特色美食确实很多。

"好。"江怡可一口应下。

周六这天,阳光正好。丁柏本想开车去接江怡可,却被江怡可婉拒,最后他只好和江怡可约定在饭店见面。

丁柏选的饭店内部环境非常好,相比于那些大火的饭店,这里的空位很多,也不会显得拥挤。而且菜品的种类很多,味道也不错,性价比非常高。

让江怡可没有想到的是,她居然在这里遇到了一位熟人。

江怡可和丁柏是在室外用餐的,在他们斜对面的方向正好坐着一个让江怡可很熟悉的身影。江怡可盯着那人看了好几眼,也不敢确认,直到那人起身准备离开,她才上前去试着打了个招呼。

"林叔叔?"

那人的身形顿了一下,转身看向江怡可,明显愣怔了一下。过了许久,才迟疑道:"你是……可儿?"

江怡可笑着点头。看来她没有认错,眼前的这个男人就是父亲的好友,当年纵横商界的人物——林东。

林东的目光有一瞬的游离,随后又笑得和蔼,说:"可儿啊,真是好多年没见了,你现在是愈发地出挑了,叔叔都不敢认了。"

江怡可微微低头道:"林叔叔说得我都不好意思了。"

这时丁柏走到江怡可身旁。林东是杭州市数得上号的企业家,他自然是认识的。

江怡可转头看了一眼丁柏,向林东介绍道:"这是我的朋友,丁柏。"

林东点了点头,说:"小伙子瞧着不错。"说着林东看了眼手表,从包里拿出了一张名片递给江怡可,"可儿,叔叔那边还有点儿事,就先不和你聊了。这是叔叔的名片,你以后要是有什么事,直接来找叔叔就好。"

江怡可接过名片说:"那我就先谢过林叔叔了。"

林东说了声"客气了",转身离开。

丁柏的目光在林东的背影上停了一瞬,转而诧异地看向江怡可。能够认识林东这样的人物,看来江怡可的身份也并非表面上这样简单。

经历了一个小插曲,两人又重新回到餐桌上,丁柏看着江怡可面前几乎没怎么动过的菜,问道:"不合胃口吗?"

江怡可微怔,随即说道:"很好吃,只是我吃不太习惯。我更喜欢一些有特色的小馆子。"

"看来这次我选错了地方。"

"没有,味道很好。"

丁柏想了想,提议道:"我知道有家小馆子不错,下次我带你去吃,怎么样?"

"好啊。"江怡可点头。

"那就这么定下来了。"

回去之后,江怡可撰写公众号文章,准备周一发布。毕竟刚刚跟丁柏一起去的这家杭帮菜馆很不错,有很多东西可以写,文章的末尾处她还提到了丁柏说的那家小馆子。她和丁柏约定下个月初去,那个时候两人的时间都比较空闲。

文章的落款,江怡可用的是大学时候取的笔名——楠菀。她记得廖洛问她这个笔名有什么含义,她半天说不上来。那时候心思简单,觉得笔名听起来文艺就是极好的,哪里会想那么多。

忙忙碌碌的一个月过去了,不过这个月对江怡可来说非常充实。

经理交给她的几个项目,她都完成得非常好,为此经理没少夸她。对于现在的她来说,没有什么能比在工作上取得成绩更让她有成就感的事了。

这天,江怡可刚上班不久就接到了丁柏的微信。

"工作怎么样?还好吧?"

"刚刚结束了两个项目,目前很轻松。"江怡可回道。

"那周末见?"

"好。"

过了好一会儿,丁柏又发消息道:"我去接你吧?"

"我们还是在饭店见吧。"

江怡可刚发完消息,就听到苏筱络问道:"在和谁发消息?"

江怡可转头看向苏筱络,见苏筱络一脸恹恹的表情,有些奇怪地问:"刚月初,你怎么一副这样的表情?"

"我和唐逸吵架了。"苏筱络闷闷地说。

唐逸?江怡可想了一下,这才想起是苏筱络的男朋友。看苏筱络这模样,两人应该是吵得挺严重的。

"怎么回事?他惹你生气了?"

苏筱络的脸色愈发地难看,沉默了一会儿,说道:"何止是惹我生气这么简单,他……"

江怡可见苏筱络欲言又止,感觉事情可能真的很严重。

苏筱络绝望地叹了口气,说:"他和上司的女儿已经暧昧许久了。"

这个消息来得太突然了,之前江怡可从来没有听苏筱络提起过。江怡可冷静地分析道:"你是怎么知道的?"

苏筱络激动地说:"我是从他的聊天记录上看到的。以前他的手机上录有我的指纹，我随时可以看，昨天我突然发现我打不开他的手机了。其实我本来没想看什么的，可是他突然的防备，让我不得不谨慎。我就和他闹了半天，让他把我的指纹重新录进去。晚上，我越想越不安，就拿他的手机看了看，结果……"她越说越委屈，到最后情绪已经绷不住，眼泪"哗哗"地往下流，"结果我就看见他和那个女人的聊天记录了。"

"然后你就和他吵架了？没有听他解释？"江怡可拿起纸巾擦了擦苏筱络眼角的泪水，顺着她的话问。

苏筱络从江怡可的手里拿过纸巾，擦了擦鼻涕说："解释什么？证据都在那儿摆着呢！"

一旁的孟静听见动静，竖着耳朵开始偷听。

江怡可看了孟静一眼，拍了拍苏筱络的后背，道："你怎么也该听听他的解释。"

"可儿姐，那是你没有看见他们说的那些话，什么'天冷了多穿衣服'，还约着一起去看电影。"

江怡可正要开口安慰，一旁的孟静忍不住了。她朝苏筱络问："筱络，你这是怎么了？叫人给欺负了？"

苏筱络抬头看了孟静一眼，没心情理会她，撇了撇嘴。

江怡可看向孟静，淡淡地解释道："没什么事，谁还没有个不高兴的时候。"

"我看她这样子，不像是不开心这么简单。"孟静不死心，接着说。

江怡可的眼皮微垂，笑道："孟静，前一阵子，筱络因为上班时间不好好工作被扣了奖金，现在咱们要是再聚在一起闲聊，恐怕咱们两个的奖金也保不住了。"

孟静听了江怡可的话，悻悻地闭嘴。

江怡可见现在也不是和苏筱络说这些话的时候，只好对她说："这样吧，你今晚下班先跟着我走，咱们回去商量一下这事怎么解决。"

"嗯嗯。"苏筱络可怜巴巴地点点头。

"好了。"江怡可擦了擦苏筱络脸上的泪，"你这样哭，让别人看见不好。"

"可儿姐，你真好。"苏筱络扑进江怡可的怀里。

第十一章　失恋综合征

下班之后，江怡可领着苏筱络回了自己家。

江怡可把东西放下，看向苏筱络问："怎么样，你想好该怎么办了吗？"

苏筱络摇摇头说："还没。"

"要不你先给他打个电话，你们再好好聊聊吧。"江怡可提议道。

"不要。"苏筱络想都没想就拒绝，随后又解释道，"我们才刚吵完架，我打电话过去就是我在服软。更何况，我一点儿错都没有。"

"那要怎么样？分手？"

听到江怡可的话，苏筱络怔怔地瞪大了双眼。过了许久，才闷声道："我还没想过。"

江怡可在苏筱络的旁边坐了下来，语重心长地说："遇到问题逃避总不是办法，要想着怎么解决才是。"

"可是我现在心里乱乱的，一点儿头绪也没有，更不知道应该怎么解决。"

江怡可叹了口气，说："这样吧，你先给他打个电话，问问他，和那个女人是怎么认识的？现在是什么关系？还有这件事他预备怎么解决？"

"可是……"苏筱络还是有些犹豫。

"这些问题现在都实实在在摆在你们面前，你必须要面对。"

苏筱络抿了抿嘴，挣扎了许久，终于下定决心，掏出了手机，看向江怡可说："可儿姐，我现在就打过去啦？"

"嗯。"江怡可点了点头。

电话拨过去好久都没人接，就在苏筱络以为要自动挂机前电话接通了。

"喂。"唐逸冷淡的声音响了起来。

"唐逸，我们聊聊吧。"苏筱络鼓起很大的勇气说出这句话。

"嗯。"唐逸不经意地应了一声。

"你和她是什么……"

"我们分手吧。"

苏筱络的话还没说完就被唐逸打断，这五个字就像炸弹一样在苏筱络的脑子里轰然炸开，她一下子停止了思考。

时间似乎被拉得很长很长，直到电话被挂断的"嘟嘟"声拉回了苏筱络的思绪，她慌张地再次拨通唐逸的电话，却听到"对不起，你所拨打的电话已关机，请稍后再拨"的提示音。苏筱络不信，颤抖着手拨了好几遍，眼泪也跟着"噼里啪啦"地往下掉。

江怡可被苏筱络的样子吓了一跳，问道："怎么了？"

"可儿姐！"苏筱络扔掉手机，"唐逸他……不要我了。"

江怡可急忙抱住苏筱络，安慰道："没事的，也许他只是在和你置气。"虽然嘴里这样说着，但江怡可明白，这个时候，一切替唐逸开脱的语言都显得苍白无力。

"可是他关机了,他不会再接我的电话了,他不会再理我了,他不要我了,我该怎么办啊?"

听着苏筱络崩溃的声音,江怡可的鼻头也跟着一酸。她懂,她都懂,那是一种瞬间被全世界抛弃的感觉。

苏筱络坐在那里哭了许久,哭得累了就坐在那里发呆,一句话也不说。

江怡可看着苏筱络的样子很是心疼。可安慰人这种事,她还真不擅长。想了许久,她说道:"要不要喝点儿酒,我下楼去买。"

苏筱络还是愣神,好在她还是点了一下头,算是给了江怡可一个回应。

"你在这里乖乖等我。"江怡可嘱咐了一句,随便换了双鞋,就下了楼。

江怡可从便利店出来的时候,在马路上看到了苏筱络的身影。江怡可愣了一下,连忙追了过去。

"苏筱络,你这是要去哪儿?"

"我想去找唐逸。"苏筱络低着头说。

江怡可抿抿嘴,想了一下,说:"我和你一起去吧,你一个人,我不放心。"

苏筱络没有拒绝,只顾闷着头往地铁口走。江怡可快步跟上。

江怡可跟着苏筱络来到一个老旧的小区,走进最里面的一个单元楼,楼门口连门锁都没有。

离家门口越近,苏筱络的脚步就越显急促。她匆忙地掏出钥匙,开门时,手还因为紧张而微微有些颤抖。

打开门,里面一片漆黑。苏筱络打开灯,朝着里面连喊了两声,一声比一声绝望,唐逸显然不在家。

苏筱络跑到卧室，打开衣柜，眼泪终于止不住流下来，衣柜里面唐逸的东西，已经被收拾走了。

唐逸就这样离开了，甚至一张纸条也没有留下。

"明明做错事的人是你，凭什么你可以这么决绝地离开？凭什么？！"苏筱络站在衣柜前放声哭喊，却没有人回应她。

江怡可将房门关好，走到苏筱络的身边安慰道："他也没什么值得你留恋的了。"

苏筱络无力地坐在床上，目光落在江怡可手里提着的啤酒上。江怡可拿出来一罐啤酒递给她。她苦笑着接过，一下子猛灌了好几口。

江怡可坐在苏筱络旁边，听着她讲述她和唐逸之间的事。

"刚喜欢上他的时候，我很自卑。那时他已经毕业，还找到了那么好的工作。而我呢，上大学的时候没少荒废时光，对未来一片迷茫。我后来想，不管怎么样，我都不想错过他。最差的结果也就是失去他，总好过我根本没有努力过，所以就拼命地追求他。没想到，我的死缠烂打真奏效了，他居然答应和我在一起了。毕业的时候，同学们都很伤感，只有我还挺开心的，因为我终于可以去找他了。我一个人提着行李来到人生地不熟的杭州。因为这事儿，我没少和我的父母置气……"

也许是累了，苏筱络说着说着，就停了下来。江怡可起身去了趟洗手间，回来时看见苏筱络已经躺在床上睡着了。

江怡可给苏筱络盖上被子，注意到她的手里还握着手机。手机的屏幕是亮着的，屏幕上显示着她和唐逸的微信聊天界面。上面是一条标记着红色感叹号的消息："你在哪儿啊？"

江怡可走到阳台上，手里握着一罐啤酒。她之前觉得酒难喝死了，直到和廖洛分开，她才开始感叹酒真是个好东西。不过，她从没有让自己喝醉过，感觉有些微醺的时候，就不喝了。这些年，她一直让自己清醒地记着，在她最需要廖洛的时候，廖洛都做了些什么。

八年前的事，她好久没有再去回忆了。

"喂，赵叔。"

"小可啊，公司出事了，已经闹上法庭了，现在需要廖洛出庭作证，可是我们找不到他。你快看看，能不能联系上他？"

江怡可脑袋里"嗡嗡"地响，闹上法庭？这么大的事，父亲怎么都没和她说过。

"喂，小可，你在听吗？"赵叔没有听见江怡可的声音，又急着问了一遍。

"我在，我在。"江怡可连声答道，"我现在就给廖洛打电话。"

"电话打不通，你快试试别的办法，得尽快让他从美国赶回来才行。"

"好好好。"江怡可挂断赵叔的电话，立刻拨打廖洛的号码，结果电话那头居然提示号码是空号。

之后，江怡可想尽了一切办法去联系廖洛，结果一无所获。在开庭前的最后几天里，她几乎把所有的希望都寄托在了廖洛的身上，甚至飞到了美国西雅图。最后却被告知，他早就已经离开了。

一直等到父亲入狱，江怡可才从自我欺骗的谎言中清醒过来。

阳台上的风吹过，江怡可抱着自己蹲下身来。岁月匆匆，不知不觉已经八年了。如今，她和廖洛在杭州遇见，她知道有些事早晚要去面对，这就是现实的残酷。

苏筱络醒过来的时候已经日上三竿了，桌子上摆好了早餐，而江怡可已经离开。她在桌子上留下了一张纸条，说去上班了，会帮苏筱络请假的。

早餐很丰盛，苏筱络却没有胃口，但还是强迫自己吃了一些，毕竟这是江怡可悉心准备的。

吃完饭，苏筱络迷迷糊糊地回房间睡觉，直到听见一阵敲门声。

是唐逸！苏筱络的脑中第一时间浮现出这个念头，她匆忙间只穿了一只拖鞋就去开门，结果却是送外卖的。

苏筱络把外卖放在桌子上，又一头扎进被子里。

孟静看着苏筱络的工位，好奇地探过头问道："怡可，筱络怎么没来啊？"

江怡可有些疲惫地按了按太阳穴，敷衍道："她身体不太舒服。"

孟静唏嘘了一声："我看你这脸色也不太好啊，这黑眼圈重的。你俩到底发生什么事了？"

"没什么事，赶上换季容易生病，你也要多注意身体。"

孟静见江怡可的神情冷淡，知道她什么也不会说，只好住了嘴。

江怡可一下班买了份粥就直接奔苏筱络家去了。等了许久，苏筱络才来开门。结果江怡可一进门就看见中午她点的外卖完好地放在桌子上。

江怡可无奈地叹了口气，把粥放在桌子上，走到床边拉了拉苏筱络，说："筱络，我买了粥，你起来喝点儿。"

"我不想喝。"苏筱络的声音透过被子闷闷地传了出来。

"多少吃点儿，你这样子很容易生病的。"

"可我真的不想吃。"

"苏筱络。"江怡可把苏筱络的被子掀开，"你这么折腾自己有意思吗？"

苏筱络呆呆地看着江怡可，拉了拉被子。只是江怡可拽得紧，她没能拉回来，只好把枕头扯过来搂在怀里。

江怡可仰头叹了口气，把被子丢回到苏筱络的身上，生气地说："那你就一直这样躺着吧，我也不管了。"说完她便走到客厅，自顾自地喝起粥来。

江怡可忽然想到，那时许京看着她一蹶不振的样子，一定也是这样一边心疼着，一边又不知道该怎么帮忙吧？所以最后才会在她嫁人之后选择离开。

她还记得许京那时候说："江怡可，你那副半死不活的样子，我真的看不下去了。"

江怡可叹了一口气，往事不堪回首。她喝完一碗粥，看到苏筱络还在那里睡着，转身去厨房把剩下的粥放到微波炉里热了热，之后拿起包走到门口，说："苏筱络，我走了，你好自为之吧。"

回应她的是一片沉默。

江怡可将门打开，开门声在寂静的屋子里显得尤为刺耳。床上的苏筱络一个激灵，光着脚跑了下来，一把抱住江怡可，哭着说："可儿姐，你别走。"

江怡可抿抿嘴，故意让自己的声音显得冷淡，说："你都这样了，我也没有办法。"

"我去喝粥。"苏筱络委屈巴巴地说。

"先去把鞋穿上，地上凉。"

"那你别走。"苏筱络不放心地说。

"嗯，我不走。"

三天后，苏筱络的状态改善了很多。时间终究还是一剂良药，能安抚人心里的伤，却也无形之中拿走了许多东西。公司所有人都看得出来，苏筱络脸上的笑容少了许多。

周六，江怡可待在苏筱络家里陪着她，两人一起坐在床上追剧。苏筱络还是时不时地发呆，不过精神已经好多了。

"别忘了，明天约好吃饭的。"

看到丁柏发来的短信，江怡可扭头看向旁边的苏筱络说："明天一起去吃饭吧，据说是一家很有特色的小馆子。"

苏筱络撇撇嘴，说："我可不想去当电灯泡。"

虽然被调侃了，但江怡可第一次没有反驳，毕竟现在苏筱络难得有心情调侃她。

"那我给你打包一些带回来。"

"嗯。"苏筱络点头。

第二天，江怡可和丁柏来到约好的地方。看得出来这家餐厅是杭帮菜馆的装修风格，带着几分古韵典雅的味道。

江怡可刚点完菜，就拍下菜单的图片给苏筱络发过去。

丁柏挑眉看着江怡可，笑着问："怎么，这是要写攻略？"

"不是，朋友在家，我让她选几道菜，一会儿给她打包回去。"

"你和朋友住在一起？"

江怡可的头低了低说道："朋友最近生病，我去照顾她几天。"

"还真是不够你忙的。"

江怡可笑了笑，没有接话。

菜很快就上齐了，江怡可尝了尝味道，点头赞道："不愧是杭州本地人选的馆子，味道真心不错。"

"你喜欢就好。"丁柏说着将自己面前的虾爆鳝给江怡可夹了一些。

第十二章　有些等候注定无期

"先生，您要吃点什么？"

廖洛悄无声息地走进来，在距离江怡可不远处的角落坐下来。

"就把那桌的菜给我也来一份。"廖洛指着江怡可的方向，朝服务员说道。

服务员心里有些诧异，也没多问，只是说："先生请稍等，菜很快就会为您准备好。"

"嗯。"廖洛点点头，目光落在丁柏身上，上次在医院遇到的男人也是他。看江怡可的样子，似乎与他走得很近。

快吃完饭的时候，苏筱络发来消息，她让江怡可自己看着带几样菜就可以。

江怡可点了几个菜打包。

菜很快做好了，正好江怡可和丁柏也吃完了，就直接去结账，结账时前台的人注意到江怡可手里打包的饭菜，笑着说："你们小两口若是觉得好吃，经常来啊。"

江怡可听到服务员的话，正要反驳，丁柏先一步道："我们先出去吧。"

"嗯。"江怡可点点头，不过是一句话而已，她也没有必要过分追究。

出了门，刚走两步，江怡可注意到有一道目光一直在她身上停留，转头一看，竟然是廖洛。

廖洛就站在那里，直直地看着江怡可，见她回头，目光也丝毫没有闪躲。

"怎么了？"丁柏见江怡可的脚步停住，疑惑地问道。

江怡可的眼眸微垂，轻声道："没事。"

"本来想带你在这周边走一走，不料你还打包了饭菜。"丁柏看着江怡可手里的手提袋，眼神有些幽怨。

江怡可笑了笑，说："想出来走，有很多机会的。"

"就要入夏了。"丁柏突然感叹道。

江怡可点了点头。不知不觉间，她来杭州竟然有两个多月了。

丁柏提议道："那出去走一走吧，现在正是出游的好时候。"

江怡可有些愕然地看着丁柏，心想，原来他刚刚的话都是在为这句话做铺垫。只是江怡可感觉他们两人最近一起出来的次数太频繁了。

"叫上京儿和老钱一起吧。"江怡可说道，这样总好过他们两人单独去。

丁柏皱眉，没有说话。

江怡可仰头看天，接着说："说起来，我和京儿也好久没有一起出去了，大家工作都忙，这样的机会可不多。"

"好。"丁柏只好应下，"那你来联系许京吧。"

"嗯，好。"

江怡可没让丁柏送她，而是坐公交车回去。下车以后又走了很久才到苏筱络家小区门口。刚进小区，就看见一辆黑色的车在离她不远的地方停了下来。江怡可停住脚步，眯了眯眼，看见廖洛从车上下来。

廖洛没有直接走向江怡可，而是靠在车门上，点了一支烟。烟雾在他的身边缭绕，让他整个人看上去落寞了许多。

他什么时候开始抽烟的呢？江怡可想，他们还在一起的时候，廖洛从不抽烟。

不知过了多久，廖洛掐灭了烟头，朝着江怡可走了过来。

江怡可眉头微蹙，闻到廖洛身上带着浓浓的酒气。

廖洛看江怡可的模样，不由得苦笑。他看了江怡可发的公众号文章，想着碰碰运气，没想到真的遇到了。看到她和别的男人说说笑笑，他坐在一旁一口菜也吃不下，酒倒是喝了不少。

"江怡可，你怎么来杭州了？"廖洛的声音有些沙哑，"你给我的折磨还不够吗？"

江怡可听到这句话，突然间不知道是该哭还是该笑。自己能带给他什么折磨让他良心不安？他若真的良心不安，当年就不会消失得无影无踪。

"那个男人是谁？他不是你老公，我知道。"廖洛自顾自地说着，许是酒意有些上头，他开始口不择言。

"和你有什么关系吗？"江怡可没好气地说。

廖洛一愣，沉默了片刻，自嘲地点头道："是，你和我从来都没有关系，没有关系。"

江怡可的眼皮垂了垂，侧身挪出一步，准备离开。若还站在廖洛面前，她不知道自己会做出什么来。

突然，廖洛抓住江怡可的手腕，江怡可皱了皱眉。廖洛转头看她怒道："既然你要找别人，那我是不是也可以？"

江怡可的双眼不由得瞪大，他怎么能说出这种话？

就在江怡可愣神之际，廖洛的吻猝不及防地落在江怡可的唇上。

不可言说的屈辱堆在心头，江怡可一把推开廖洛，反手给了他一巴掌，厉声道："就算是，你也不够资格！"

这句话彻底让廖洛清醒了过来，他动了动嘴，说不出话来。

江怡可没有理会廖洛，转身离开。

走到苏筱络家门口，江怡可敲了敲门，然后背靠在墙上，身体微微蜷缩着，仰起头不让眼泪掉下来。

苏筱络打开门，看见这一幕，愣了半天，问道："可儿姐，你这是怎么了？"

"没事。"江怡可站起身摇了摇头，将手中的菜递给苏筱络，"可能需要再热一下了。"

苏筱络还是有些不放心，又问："是不是丁柏欺负你了？"

"他哪敢欺负我啊。"江怡可笑了笑。

苏筱络接过菜，没有动关心地问："可儿姐，你可不要吓我。"

"真的没事。"江怡可努了一下鼻子。

苏筱络又有些不确定地看了江怡可两眼，之后走到厨房，把菜放进了微波炉。

江怡可走进卧室，倒在床上。心想，自己真是疯了才会让廖洛一而再再而三地羞辱。

苏筱络坐在客厅吃饭，扭头看向卧室的方向，问道："可儿姐，你要不要再吃一点儿？"

"不了，我很饱。"

苏筱络一边大口吃菜,一边连连夸赞道:"可儿姐,这个味道真是太赞了,改天我一定要和你一起去店里吃。"

听着苏筱络这么用心地呵护自己的情绪,江怡可笑着回应说:"好,我们两个一起去。"

吃完饭,苏筱络乖乖地来到床边和江怡可坐在一起。江怡可看着她说道:"筱络,要不你先搬过去和我一起住吧,我那边的环境会比这里好一点儿。"

"可儿姐,你要走吗?"

江怡可点头,她的东西都在那边,她不能放着一个空房子不住,还付着房租。可是让苏筱络一个人住在这里她又不放心,毕竟楼道里连个门锁都没有。

苏筱络有些犹豫,过了许久,才道:"那可儿姐你先回去吧,我自己在这里就好了。"

江怡可眉头微蹙道:"你和我一起回去吧,若是觉得房间小,我们可以慢慢找一套大一点的。"

"我想留在这里。"苏筱络小心翼翼地说,"这样唐逸还能找到我。"

江怡可闻言站了起来,她一时之间竟也不知道说些什么好。

"可儿姐,你别生气,我……"苏筱络有些费劲儿地组织语言,"或许,我只是在这里住习惯了。"

听完苏筱络的话,江怡可一晚上没理她。苏筱络也自知理亏,所以一直给江怡可端茶送水,讨好她。

江怡可其实是心疼苏筱络,想着不能让她这么陷下去,所以才会生闷气。

第二天下班,江怡可回了自己的家,苏筱络没有跟过去。江怡可叹气,想着,这丫头挺有主见的,像极了当年的自己。

晚上,江怡可拨通了许京的电话。自从那天她在许京面前说过老钱的不好之后,许京和老钱的关系还是跟之前一样亲密,反倒是她们两人的关系冷淡下来了,不像江怡可刚到杭州时那般亲热了。

江怡可知道两人的心里都憋着一口气。许京气的是,江怡可因为一点小事儿就在她面前搬弄老钱的不是;而江怡可则是气许京的不信任。她都已经说得很清楚了,许京对老钱的态度却丝毫未变。

可是赌气归赌气,两人到底是这么多年的朋友,许京先前还送了江怡可礼物,算是退了一步,她也不能咄咄逼人。毕竟提防老钱这件事,还要她来做。

"喂?"电话那边许京的声音响了起来。

"京儿,周末有空吗?"

许京那边顿了一下,问道:"有,什么事?"

"丁柏和我说要出去走一走,你和老钱也一起吧。"

"行。"许京简单地应了一句。

"那就约在周末吧。"

"好。"

许京说完这话,气氛一时沉默下来。

过了一会儿,许京淡淡地说道:"我这边还有事,就先挂了。"

"嗯。"

江怡可挂上电话,正准备躺下睡觉,突然接到丁柏的消息。

"睡了吗?"

江怡可看着手机屏幕,心想这么晚,丁柏应该是有什么要紧事,于是回道:"还没。"

"本来只是睡不着,才发了这条消息,没想到你也没睡。"

原来只是闲着没事，江怡可摇摇头，又打出几个字："我现在准备睡了。"

"我想自己开办一家广告公司。"丁柏直截了当地说。

江怡可并不觉得意外，她看得出来，丁柏是一个很有雄心壮志的人。

丁柏接着说："现在是互联网最好的时代，也是创建公司很好的机会，我不想就这样放弃。"

"你的想法很不错，我表示支持。"

丁柏看见江怡可的消息，又迟疑了许久，欲言又止，最后回道："谢谢你的支持，不早了，快去休息吧。"

江怡可总觉得丁柏似乎有什么话没有说完，不过她也没有多问，只是顺着丁柏的话回道："嗯，你也早点儿休息。"

"晚安。"

第十三章 真相,一场大错

周六上午,大家约好在西溪湿地见面。

丁柏最先到,而后是江怡可,接着是许京。

见只有许京一个人,江怡可四下望了望,确定老钱不在,她才朝许京问道:"老钱呢?怎么没和你一起来?"

"老钱去谈生意了,可能要晚一点儿才到,叫我们不要等他。"

"我去取票。"丁柏说道。他早就在网上订好了票。

"好,我们在这里等你。"许京笑着说。随后又看向江怡可说:"丁柏一直都很细心。"

江怡可明白许京的意思,就故意把话岔开说:"早就听说这边的风景很美,可惜春天的时候没来,现在已经入夏了。"

许京顺着江怡可的话说:"现在也不错啊,可以游船赏荷。"

"嗯。"江怡可点点头。

因为是周末,这边的人不少。两人等了一会儿,丁柏才拿着票走过来。

"老钱大概什么时候到?"丁柏问许京,大家需要计划一下路线。

许京想了一下，说："大概还要十几分钟。"

"嗯……"丁柏沉吟了片刻，提议道，"这样吧，我们先在周边逛逛，等老钱来了，再一起去坐摇橹船。"

"行。"许京应下。转头又去问江怡可："可儿，你觉得怎么样？"

"好。"江怡可点头。她对这儿也不熟悉，跟着丁柏他们走就好了。

三人走了一会儿。许京不由得感叹道："我以前来这边都是直接坐船，现在发现步行也挺有意思的。"

丁柏笑着接话道："只是步行太累了，像你这样的大小姐，走一会儿就受不了了。"

许京斜了丁柏一眼，说："那也比你强。"

江怡可笑着看两人斗嘴。这里确实不错，只是随意的一站，便觉置身于如诗的意境之中。

"喂。"

三人走得正尽兴，许京接到了老钱的电话。

"好，我知道了，咱们就在卖船票那儿见吧。"

许京挂了电话，歪着头看向江怡可说："老钱把他的生意伙伴也带来了。"

"生意伙伴？"丁柏一阵诧异，"男的女的？"

许京白了丁柏一眼，说："当然是男的。"

突然多了一个男人，这对丁柏来说可并不是一件开心的事。

许京却不这么想，她只当是看热闹了，于是催促道："咱们快点儿，老钱估计都到了。"

许京老远就看见了老钱的身影，连忙朝他招了招手喊道："老钱。"

老钱抬头看向许京,他身边的生意伙伴也跟着抬头。

许京在看清老钱身边人的那一刻突然愣住了,随后她下意识地看向江怡可。

江怡可看见廖洛的那一刻,感觉周边的空气仿佛都跟着凝滞了。

怎么又是他?江怡可觉得命运似乎特别喜欢和自己开玩笑。明明是想要躲开的人,却一次次的遇见。

老钱看到许京的反应有些诧异,随后又看向廖洛,问:"怎么,你们认识?"

许京的情绪有些复杂,没有说话。

廖洛笑着说:"是多年未见的老熟人了。"

"廖洛,你好意思吗!?"许京一时没忍住,直接反驳道。

江怡可拉了拉许京的手,示意现在不是说这些的时候。

廖洛眉头微皱,有些不明所以。

气氛一时有些微妙,老钱站出来说道:"既然是老熟人就更好了,我们不能光在这里站着,先去坐船吧。"

许京看向廖洛,说:"怎么,你还要跟着一起吗?"

"京儿。"老钱朝许京使了个眼色,示意她说话不要太冲了。

"我不明白许小姐为什么是这样的态度?"廖洛说出了心里的疑惑。

毕竟老钱和丁柏还在这里,而且是廖洛和江怡可之间的私事,许京不方便多说,一时有些哑然。

"可能有些小误会,说开就好了。"老钱在中间充当起和事佬,"廖先生,我们先走吧。"

"嗯。"廖洛不经意地看了丁柏一眼,点头应道。

"你……"

许京刚要上前和廖洛理论，却被江怡可一把拉住，说："我们走吧。"

许京担忧地看了江怡可一眼，嘟囔道："还真是冤家路窄！八年没见了，却在这个时候碰着了，我一定要找时间去和他理论清楚。"

江怡可听着许京的话，有些心不在焉。往前走了两步，一个不留神扭了脚，跌倒在地。

"啊！"江怡可轻呼了一声，许京忙着生气，也没注意到。等她反应过来时，廖洛已经先一步来到江怡可的旁边。

"你怎么样？"

江怡可皱着眉头，没有出声。她最怕疼，现在没有叫出声已经是她的极限了。

廖洛没有管太多，直接将江怡可抱了起来，说："你们留在这里，我带她去医院。"

许京当然不能眼睁睁地看着廖洛把江怡可带走，转头朝老钱嘱咐道："你和丁柏留在这里，我去看看。"说完就追了上去。

丁柏见状也要跟上去，老钱拦住他，说："兄弟，去那么多人也没用。"

丁柏愕然地看着老钱，心想，怎么最后剩我和老钱在这儿，这叫什么事儿啊！

老钱倒是会找话题，问道："我听京儿说你准备创业？"

"嗯。"丁柏的心思全在江怡可身上，听到老钱问他，下意识地点点头。

廖洛的车停在附近，他把江怡可抱上了车，许京也跟着上去。

到了医院，廖洛先去给江怡可挂了急诊号，之后又和许京扶她去拍了片子。

所幸江怡可没有伤到骨头,只是软组织挫伤,回家按时敷药就可以了。

三人从医院出来,站在门口,一时无言。

"先送可儿回家吧。"许京说道。

"嗯。"廖洛应了一声。

江怡可看了两人一眼,看许京这架势,是有话要和廖洛谈。只是过去的事,她已经不想再去提起了。

江怡可想了想,说:"京儿,你先回去吧,我有些话要和廖洛单独说。"

许京直接拒绝道:"不行,你和他单独在一起,我不放心。"

"许小姐似乎对我有很大的意见。"廖洛幽幽地说了一句。

许京冷笑着说:"我难道不应该对你有意见吗?"

廖洛沉默了一会儿,说:"我们之间或许有误会,干脆到附近的咖啡馆聊聊如何?"

许京根本无法冷静下来,说:"误会?廖洛,你当年干了那样的事,一句误会就想轻飘飘地揭过吗?"

"去咖啡馆吧。"江怡可看了眼周围的人群,这里确实不是说话的地方,既然要谈,那就三个人一起说。

廖洛走过去扶江怡可,却被许京推开。

"她现在走路会很疼。"廖洛皱眉说道。

江怡可看了廖洛一眼,说:"我没事,走吧。"

看到许京和江怡可的态度,廖洛没有再坚持。

到了咖啡馆,三人选了靠窗的位置坐下。

服务员走过来,问道:"三位要喝点儿什么?"

"美式咖啡。"许京先说道。

"柠檬水。"江怡可随后说。

廖洛看向服务员道:"两杯美式咖啡,一杯柠檬水,柠檬水要常温,谢谢。"

"好的,请稍等。"

服务员走后,空气一时安静了下来。

过了一会儿,许京语气不善地开口道:"廖洛,这么多年没见,你倒是发展得越来越好了。"

廖洛还没说话,许京又接着说:"当初还真是小看你了。"

廖洛眯着眼睛,把身子向前探了探,问道:"我到底做了什么,让你对我有这么大意见?"

"我就问,八年前在美国,你为什么不联系我们?"

"我……"廖洛一时语噎。他确实有一段时间没有联系江怡可,但他也是身不由己。

许京冷笑道:"怎么?你说不上来了?"

廖洛联想到许京之前说过的话:"那段时间,你们发生了什么事吗?"

"装!你接着装!那么大的事,你当真一点儿都不知道?"许京不怒反笑。

"我该知道什么?"廖洛感觉有些不对。

许京气得不知道说什么好了。

廖洛很急,他看向江怡可。

江怡可的手不由得蜷缩了一下。过了一会儿,她轻飘飘地说了一句:"有意思吗?"

那段时间,几乎所有的媒体都在报道父亲的事,廖洛居然说自己不知情？

"连你也是这样的态度？"廖洛皱眉，看两人的样子，怎么像是他做了什么十恶不赦的事。

"好，我和你讲，看你还怎么装。"许京恶狠狠地说，"八年前，可儿的父亲被人陷害，闹上了法庭，急需你出庭作证，关键时刻，却怎么都联系不上你。可儿甚至跑到美国西雅图去找你，找了一圈才知道，当时你已经不在西雅图了。后来可儿的父亲因为此事进监狱了。事情就是这样，我说完了，你知道了？"

廖洛一脸的不可置信，想了许久，才问道："你是说，伯父的公司出事了？"

"你还好意思叫他伯父？你知不知道，因为你没有出庭作证，他在监狱里整整待了五年！"许京想到江家当时的情况，不禁怒火中烧。

廖洛按着太阳穴，摇摇头："我真的不知道。"

廖洛想起当年的事，至今都不明原委。那时他在美国，莫名其妙被人冤枉，还因此进了警局，与外界的一切联系都被切断了，他费尽周折才证明了自己的清白。最后他身无分文，回国后，却被告知，江怡可已经结婚了。他不死心，直到看见江怡可和丈夫一起逛超市，才相信这个残忍的事实。伤心落寞之际，他就跟着朋友回到美国。至于江怡可父亲的事，他真的不知情。

"对不起。"廖洛看向江怡可，诚恳地说道，"那段时间，我自己都不知道出了什么事，突然被抓进警局，与外界断了联系。现在想来，或许就是那个陷害你父亲的人做的。"

"廖洛，你还真会找借口啊！直接就将一切责任推给了不相干的人。你知不知道，可儿因为这件事受了多少苦？父亲入狱，还欠下巨债，那些要债的人找上门，后来……"

"好了，京儿，你不要再说了。"江怡可突然出声打断了许京的话。

廖洛的心里内疚不已。他恨自己没能在江怡可最需要他的时候陪在江怡可身边。

"可儿，我……我不知道……"

江怡可无力地靠在椅子上，她是真的累了。不管之前的缘由是什么，她都不想再提起过去的事了。

许京看着眼前的两个人，一时不知道该说什么好。

廖洛微微低头，抿了抿嘴，又看向江怡可，问道："你这些年过得好吗？"

"我这些年过得挺好的。"江怡可笑着说，"虽然出了那样的事，但好在我遇到了现在的丈夫。"江怡可知道，自己离婚的事，廖洛并不知情。

许京诧异地看向江怡可，她知道江怡可已经离婚了，怎么还说这样的话？

江怡可暗自朝许京摇了摇头，许京没有再吱声。

廖洛沉浸在自己的落寞之中，没有注意到两人的小动作。他捏了捏手指头，点头说了三个字："挺好的。"

江怡可深吸了一口气，说："既然过去的事都说清楚了，那我们就算两不相欠了。"

廖洛略愣了一下，两不相欠？他们该如何两不相欠？然而看着江怡可淡笑着的脸，他竟说不出反驳的话。

"也好。"廖洛无奈地说。

第十四章　劳苦未得功高

当年的事情说开了，江怡可觉得自己应该慢慢放下了，毕竟重要的是现在。

这天，江怡可下班回到家，正要躺下，电话突然响了起来。江怡可一看，是父亲。她愣了一下，接起了电话。

"喂，可儿，最近怎么样？"

父亲的语气还是那样，即使说着关心的话，语气也是冷冷的。

"挺好的。"

"工作都还习惯吗？"

"习惯。"

江父顿了一下，又说道："杭州那边气候好，城市也发达，怕是你早把老家给忘了。"

江怡可听着父亲的话，觉得有些不对劲儿，问道："爸，家里是出什么事儿了吗？"

江父沉吟片刻，说道："没什么事儿，就是老家的房子要拆迁，我想着你对老家也没什么留恋，干脆拿了钱，就当是卖了。"

"那是老家的房子，怎么能不要？"江怡可连忙说道，"不就是拆迁吗？我们再添一笔钱购置新房就好了。"

江父听到这话，没有吱声。

江怡可明白，父亲是舍不得老家的房子，说到底不过是因为家里没钱罢了。

江怡可笑着宽慰道："爸，你先别急。钱的事，我来想办法。"

"你能想什么办法？"江父叹着气说。

"你放心吧，京儿还在杭州呢，不是还有她吗？"江怡可安慰道，"爸，拆迁公司要是来问，你就说我们要添钱换新房。"

"好，我知道了。"江父应了一声，"没事我就挂电话了。"

"好，爸，你照顾好自己。"

电话被挂断，江怡可盯着渐渐暗下去的手机屏幕，有些愣神。

第二天刚上班，孟静就被叫到了经理办公室，半个小时后她黑着一张脸走了出来，把文件往办公桌上一丢说："我不想干了。"

周围的同事上前问道："孟静，这是怎么了？"

"我明明什么事也没做错，结果经理二话不说，直接就和我发火。"

"唉，就这点儿事啊！经理这人你还不知道吗？还不是公司最近接了个棘手的项目，偏偏没人能做，他正因为这事烦心呢。"一个同事安慰道。

"什么项目啊？这么棘手？"旁边又一个同事问道。

"我也不清楚，只是听说这类项目我们公司之前没人做过，没有经验。"

江怡可听到这个消息，若有所思。

刚吃完午饭回公司，江怡可就被经理叫到了办公室。江怡可猜测，八成和上午同事们谈论的项目有关。

"小江啊，最近工作怎么样？不累吧？"经理看上去挺疲惫的，看来这事确实让他压力很大。

"最近工作挺轻松的。"江怡可随口回答道。

经理递给江怡可一份文件，说："我这儿有个小项目，你先看看，要是能做，你就做吧。"

江怡可翻开文件看了看，这类项目，她之前已经做过几个，应该不是同事所说的项目。

见江怡可愣神，经理抬头问："怎么，有问题？这类项目你不是做过吗？"

江怡可抿了抿嘴，说道："我听办公室的同事说，公司最近有个项目，还没有人做。"江怡可说这话时心里一阵忐忑。没办法，谁让她最近缺钱呢！

经理挑挑眉道："是有这么回事，怎么？你感兴趣？"

"我是觉得挺有挑战性的。"

"太好了！"经理像是撂下了一个大担子，转身从身后的书架上抽出了一个红色的文件夹。一边递给江怡可，一边说道，"咱可先说好，这个项目对咱们公司来说至关重要。你要是搞砸了，饭碗可就不保了。"

江怡可深吸了一口气，说："经理，你就放心吧，我一定会尽力的。"

经理将文件夹递给江怡可满怀希望地说："你回去好好研究研究，有什么需要帮忙的，就赶紧来找我。"

"好。"江怡可一口应下。

回到工位后，江怡可认真地研究起手里的文件。这项目确实有些复杂，至少江怡可一遍看下来，一点儿头绪都没有。

转眼就到了下班的时间，同事陆续离开，只有江怡可仍然坐在那里奋战。其实只有她自己知道，忙了这么久，还是一点儿进展都没有。

电话突然在这个时候响了起来，江怡可看了眼来电显示，是丁柏。

"喂，找我有事？"

"没什么事，你的脚不是刚好吗，想带你去吃顿好的。"

"我最近可能没什么时间了。"江怡可的语气有点儿低落。

丁柏顿了一下，问道："怎么了？"

"我刚接了一个项目，执行起来很困难。"

"那巧了。我不是要开公司吗？刚好接触了不少专业人士，介不介意我先拿你这一单练练手。"

江怡可心下一喜，不过还是谨慎地问："这样会不会太麻烦你？"

"不麻烦，我刚好可以先试试！"

"好。"丁柏都这么说了，江怡可自然也没有拒绝的道理。

丁柏沉默了一会儿，又问："你现在该不会又在加班吧？"

猜得还真准！江怡可忍不住腹诽。

"没有，我现在准备回去了。我一个人在这里，也琢磨不出什么来。"

"那明晚我去接你，我们一起到我的工作室讨论。"

"你都已经成立工作室了？"江怡可有些惊讶。

"是啊，地点已经找好了，只是装修方面还需要点儿时间，你来了可别嫌弃。"

江怡可笑了笑，说："那我可要好好去看看。"

第二天晚上，丁柏准时出现在江怡可的公司楼下。

苏筱络看见丁柏愣了一下，打趣道："可儿姐，我好久都没看见丁柏了。"

不料这句话正巧被丁柏听到。他走上前解释道："前一阵子工作忙。"

苏筱络意味深长地笑了笑，说："你们这是去吃饭？"

江怡可无奈地摇头说："是去讨论工作。"

"可儿姐，那我先走了。"苏筱络撇了撇嘴说。

"嗯。"江怡可应了一声。

看着苏筱络朝着地铁口走去，江怡可叹了口气，苏筱络这丫头，似乎还没有要放下的意思。

"怎么了？我看你好像挺担心她的？"丁柏在一旁疑惑地问。

"我只是怕她心思太单纯了。"

"心思单纯也没什么不好。"

江怡可的眼皮垂了垂，是啊，说到底自己还是羡慕苏筱络的。

有了丁柏的专业团队加持，项目顺利了很多，很快就通过了前两轮比稿。为此，江怡可还被经理夸奖了一番。

在江怡可松口气的同时，感叹自己又欠了丁柏一个大人情。

第三次比稿的时间定在这个月的最后一天，所以这些天江怡可下班以后就直接去了丁柏的工作室。

这天，江怡可照常来到丁柏的工作室。人还没有来齐，只有两个人坐在那里闲聊。

"那丁总怎么办啊，这批投资要是到不了手，他这公司八成就要倒闭了。"

听着两人提起丁柏，江怡可好奇地问："出什么事了吗？"

说话的两人相互看了一眼，沉默了一会儿。

其中一个人说道："你没听说吗？有一个投资商突然撤资了，现在恐怕丁总的公司周转很困难。"

江怡可蹙眉，这件事她还真没听丁柏提过。

"消息准确吗？"江怡可又问。

"千真万确，我是听丁总的助理说的。我还听说丁总最近因为这件事到处找人想办法。"

江怡可闻言眼皮微垂。这时，丁柏走了进来。她下意识地看过去，丁柏整个人看上去确实有些疲惫。

"你到了。"丁柏看见江怡可，勉强露出一个笑容。

"嗯。"江怡可点了点头，"你今天不忙吗？"

其实丁柏完全可以不用过来的，这个团队很专业，他们一直沟通得很好。

丁柏的眸光有一瞬的黯淡，道："最近公司的事情不多，就顺便来看看，说不定还能和你们学到一些东西。"

联想到刚刚听到的事，江怡可抿了抿嘴。

晚上回家，江怡可坐在床上思索了很久，眼前突然一亮，从包里拿出了林东给她的名片。

林东是父亲的朋友，后来父亲出事，林东也受到牵连，去了海外，此后就断了联系。

江怡可觉得若是她和林东开口，说不定林东会愿意帮这个忙。虽然她并不想和过去的人产生关联，但现在看来也没有其他办法了。

想到这里，江怡可拨通了名片上的号码。

"喂，你好。"电话很快接通，是一道陌生的女声。

江怡可愣了一下,问:"你好,我找林东,林董事长。"

"请问你是?"

"我是江怡可,是林董事长朋友的女儿。"

"好。"电话那边的声音顿了顿,"请等一下。"

过了一会儿,电话那头的人换成了林东,说:"怡可啊,有什么事吗?"

江怡可笑了一声,默默地吸了口气,说:"是这样的,林叔叔,您还记得那天在饭店里和我在一起的人吗?他是我的朋友,自己开了一家公司,可是现在投资商突然撤资,公司运营出现问题。所以我想问一下,您最近有没有投资公司的打算?"

"这样啊。"林东沉吟了片刻,"那这样吧,你让你的朋友准备一下,我这两天抽空去他公司看看,如果可以的话,我会考虑的。"

"好。林叔叔,真是太感谢您了。"

"你和叔叔客气什么。对了,你爸他最近还好吗?"

"挺好的。"

"我也好久没去看他了,是该找个时间回深城了。"

江怡可笑道:"叔叔,你要是回去,我爸肯定会特别高兴。"

"等这边的工作忙完吧。"林东感叹了一句,"你以后要是有什么事就直接来找叔叔,我已经和秘书打过招呼了。"

"嗯,好。林叔叔,再见。"

挂断电话之后,江怡可想了想,又联系了丁柏。

"喂。"丁柏的声音听上去有些沙哑。

江怡可眉头微挑道:"你是感冒了吗?"

丁柏愣了一下,笑了笑,说:"没事,可能是家里的空调开得有些低。"

"还是要多注意一些。"江怡可劝了一句。

"你打电话来是有什么事吗？"丁柏问。

"你还记得上次我们吃饭的时候遇到的林先生吧。"江怡可假装随意地说，"他对你的公司很感兴趣，想要去考察一番，你好好准备一下，说不定他就决定投资了。"

林东怎么会无缘无故关注一个新人开的公司，想必是江怡可帮了忙。想到这里，丁柏一时心绪复杂。一方面，他的公司能得到投资当然是好事；另一方面，他感觉江怡可是想借这件事还他人情，好拉开他们之间的距离。

心思百转过后，丁柏苦笑道："这是好事啊！这些天我可要好好准备一下。"

电话这边的江怡可只当丁柏是高兴，并未听出别的意思，笑着说："那你好好准备，我这边的项目马上就要进行第三次比稿了，我先去忙工作了。"

"嗯，快去忙吧，有什么问题尽管跟我说。"

"好。"

没想到比稿却没有预想中的顺利。江怡可在讲稿过程中发现甲方一行人的脸色很难看。

江怡可也不知道问题出在哪里，只能一直按照最初的想法坚持到最后。

甲方公司的负责人最后说："你们的创意很好。但是很不巧，不久前，我们已经从其他公司那里看到了这个创意。"

江怡可心中一惊，强迫自己冷静下来，说道："不好意思，这个创意是我们团队共同策划的结果，应该不会与其他公司撞上。"

"抱歉。"甲方公司负责人摇了摇头。

"怎么回事啊？"经理走到江怡可的身边。

"我也不知道，也许是对家公司盗取了我们的创意。"

经理叹了口气，说："怎么能出现这样的疏忽呢？"

经理的话音刚落，甲方公司的人已经离开。经理失望地看了江怡可一眼，连忙跟了上去。

丁柏知道了这件事，对江怡可说："这件事我一定查清楚，给你一个交代。"

江怡可扯出一个淡淡的笑容道："你已经帮我很多了，如果没有你，我一个人恐怕连比稿的机会都没有。"

听江怡可这么说，丁柏更内疚了，但是现在说什么都显得多余。

第二天，江怡可准时到公司。没一会儿，孟静就过来传话："怡可，经理找你。"

比稿失败的事，同事们都已经听说，苏筱络更是一脸担忧地看向江怡可。

"没事儿。"江怡可笑着安慰苏筱络。

江怡可走到经理的办公室门前，迟疑了一下，敲了敲门。

"进。"经理的声音从里面传了出来。

"经理，你找我。"江怡可走进去说道。

经理放下手里的文件，看向江怡可，眼神很是沉重地说道："小江，这次比稿失败，公司的损失很大。"

江怡可抿嘴，说："我明白。"

经理说："公司管理人员开会决定，你可能要离开公司了。"

"好。"江怡可早就做好了心理准备，虽说心里不是滋味，但还是一口应了下来。

"其实你的工作能力,在公司里也是有目共睹的,我也很看重你。只是……"经理有些惋惜,可又不好多说。

"经理,您别这么说,我尊重公司的决定。"江怡可笑了笑,然后朝经理鞠了一躬,"感谢您的栽培。"

"嘿,她出来了。"孟静突然说了一句,聚在一起的同事瞬间散开。

江怡可摇了摇头,这是怕她不知道大家在讨论她吗?

"可儿姐。"苏筱络小心翼翼地看向江怡可,"我听他们说,你要离开了。"

"嗯。"江怡可点点头。她也挺舍不得这份工作的,只是该来的总会来。

见江怡可点头,办公室里顿时一片唏嘘。

孟静在一旁开口说道:"你们看,我没说错吧,这可是廖总说要辞退的,哪个人敢不听?"

闻言,江怡可收拾文件的手忽地一顿。苏筱络注意到她的动作,抿了抿嘴,不知道该说什么好。

江怡可的眼眸垂了垂,继续收拾东西。

江怡可的东西不多,很快就收拾好了。她抬头看向办公室的人,笑着说道:"感谢大家这段时间的陪伴,我就先离开了。"

此话一出,办公室里的人心里都很不是滋味。苏筱络直接掉下眼泪,哭着说:"可儿姐,我舍不得你。"

江怡可替她擦了擦眼泪,说:"没事的,大家都在杭州,以后还是可以出来聚的。"

"嗯。"苏筱络应了一声。

从公司门口出来,阳光正好打在江怡可脸上,她伸出手挡了挡。时间过得真快,不知不觉,她已经来杭州四个月了。

第十五章　爱情里多得是演员

"喂，可儿。"

江怡可刚回家不久，就接到了许京的电话。

"嗯。"江怡可应了一声，"有事吗？"

"我听丁柏说，你工作上出了点儿问题。"

"是啊，我可能要换份工作了。"江怡可的语气故作轻松。

许京笑了笑，说："换份工作也没什么不好，丁柏认识的朋友多，再让他帮你找一份。"

"不用了。"江怡可连声拒绝，"他已经帮我挺多了。"

许京不解地说："那有什么啊，这对他来说是件小事。"

"不了，正好我也想趁这个机会休息一段时间。"

"那好，要是想出去玩了，就直接打电话给我。"

"放心吧，我怎么会放过你。"

挂断电话后，江怡可惆怅地叹了口气。她下载了很多求职软件，一口气投了很多简历。这个时候，突然想起了刚毕业的那会儿，她也像现在这样，迫切地投简历、找工作。不过说来可笑，她这两次海投简历的经历,竟然都是因为廖洛。

江怡可刚躺下,电话又响了起来,看见丁柏两个字在手机屏幕上闪烁,江怡可迟疑了一下,接通电话。

"我听说……你被辞退了?"

"嗯。"江怡可应了一声,"正好,我最近工作太忙了,可以借着这个机会休息一段时间。"

丁柏愣了一下,他本来想劝江怡可到他的公司上班,听见江怡可这样说,只好先打消了这个念头。话头一转,道:"对了,今天林董事长到我的工作室考察了一番,他很满意,接下来就要讨论签合同的事宜了。"

"这是好事啊!"江怡可笑道。

"这件事还要感谢你。"丁柏也笑了,"所以你哪天要是再想工作了,就尽管跟我说。"

"好。"江怡可应了一声,"既然问题已经解决了,你早点儿睡吧。"

丁柏应道:"好,你也早点儿休息,晚安。"

"晚安。"

江怡可把手机扔到一旁,刚刚积攒下来的睡意,此时已经尽数被驱散。直到天色微亮,她才迷迷糊糊睡了过去。

过了几天,许京约江怡可出来吃饭。两人约在饭馆见面,从上次分开,她们也有段时间没见了。

许京见到江怡可后,直接抱了上去。

江怡可微微诧异,觉察到一丝不对,问道:"京儿,你怎么了?"

"就是好久不见,想你了。"

江怡可笑了笑,说:"我们先进去吧,我都饿了。"

点好了菜,许京开始和江怡可吐槽老钱。两个人好像默契地忘了之前的不愉快。

"我跟你说,他可不像刚恋爱那会儿了,现在说不接我电话就不接我电话,以前他哪儿敢啊!"

"早就和你说老钱不靠谱吧,你可要好好治治他。"江怡可开玩笑地说。

"我觉得你说得还真对。"许京接了一句。

菜依次上桌,许京又点了两瓶酒。

江怡可见状,劝道:"这都很晚了,就别喝酒了。"

许京笑嘻嘻地说:"喝点儿,咱们见面我开心。"

江怡可索性也不再劝她,只道:"你啊,就是让老钱宠的。"

"别,他可没宠我。"许京这话说得斩钉截铁。

江怡可忍不住问道:"你和老钱之间,是不是出什么事了?"

许京眼皮垂了垂,笑道:"没有,我俩好着呢!"

江怡可抿了抿嘴,没再多问。

两人吃完饭出了门,许京提议道:"我们在这附近走走吧,就当是消食了,我还不想和你分开!"

"好。"江怡可点点头,"你想去哪儿?"

许京正要开口,忽觉头顶上一阵凉意。

站在旁边的江怡可眼睁睁地看着一个女人往许京头上泼水,不禁瞪大双眼,这一切发生得猝不及防。

"不要脸的女人!居然还敢出来招摇!"女人张口骂道。

江怡可赶紧把外套脱下来,给许京擦了擦,然后对那女人道:"这位小姐,请你说话客气点儿。"

"客气?她做出那样的事,还叫我客气!"

周围的路人都停下来看热闹，更有甚者，还拿出了手机。

江怡可眼看着周围的人在指指点点，就赶紧带着许京离开。

闹事的女人不肯罢休，直接一个大步走上前，抓住许京的头发。许京也不是好欺负的，把江怡可的外套丢给她，和女人厮打了起来。

"许京！"江怡可上前拉架。

"我警告你，你和他已经分手了！"许京厉声喊道。

那女人眼看不敌，也不敢再造次，不甘心地说："如果不是你，他怎么会和我分手！我都看见了，那天就是你和老钱走在一起！"

"和他走在一起的女人多了，你怎么不去找别人？"许京反问道。

闹事的女人顿时哑然，一句话都不说了。

许京发出一阵冷笑，心想原来所有人都知道，老钱身边的女人多得是。

这么多人看着，许京不想再纠缠。她看向江怡可说："可儿，我们走！"

江怡可看了那女人一眼，点了点头。

走了没两步，许京说道："怎么办？我想去逛街了。"

江怡可看了一眼许京的一头乱发，颇显狼狈的模样。

"先回去吧。"江怡可说道，"你这头发湿着，该着凉了，逛街随时都能逛。"

"就是想再和你走走。"许京难得服软。

江怡可有些不是滋味地低下了头，说："我和你一起回去。"

许京诧异地看向江怡可道："怎么？舍不得我？"

"嗯。"江怡可应了一声。

"我的床可不大。"许京又说道。

"我又不是没睡过。"

回去的路上,许京把头靠在江怡可的肩上,江怡可明显感到肩上的衣服有些湿。只听许京笑着说:"看我这头发,还在滴水呢!"

江怡可没有拆穿许京,只道:"回去好好洗一洗。"

下了车,许京走进了楼下小区的便利店,提了许多啤酒。见江怡可一脸疑惑地看着她,她笑着说道:"家里没有,备点儿。"

"快点回去吧。"江怡可没有多说,只催促了一句。

刚走进客厅,许京就把啤酒打开。

江怡可瞪了许京一眼,说:"先去洗澡。"

许京摇摇头,表示不愿意去。

江怡可冷着一张脸,去抢许京手里的啤酒。

许京求饶道:"你在这儿等我啊,我去去就来。"

许京很快就洗好了,江怡可也紧随其后进去冲了个澡。等她出来时,许京已经坐在沙发上喝起了酒,看上去有点儿落寞的样子。

"少喝点儿,明天上班肿着一张脸可不好看。"江怡可坐到许京旁边说道。

"嗯。"许京不经意地应了一声。

然后就是一阵沉默,两个人都没有说话。

不知道过了多久,许京扔掉了手中的空酒瓶,突然说道:"那个女人我见过。"

江怡可诧异地看向许京,问:"你说什么?"

"我是说,那个往我头上泼水的女人,我认识。"

江怡可皱眉,又问:"你怎么会认识她?"

"她是老钱的前女友。"

江怡可听到这话,露出错愕的表情。

许京见江怡可这幅表情，笑了笑，说道："其实你也不用太惊讶，老钱的那些前女朋友里，她不算好看的。什么小艾啊，乔乔啊，都比她好看。"

"京儿。"江怡可不知道该说什么，只唤了许京一声。

"其实我知道你早就想问了。"许京接着说，"不过是不好意思开口，也因为我好面子，这事儿挺丢人的。"

江怡可蹙眉道："你和我说这些有什么丢人的？"

"毕竟我们之前因为这件事，闹了些不愉快。说到底，就是因为我不相信你。"许京说得直截了当。

许京这般坦然，倒叫江怡可不知道该说什么才好。

"可儿，与其说是我不相信你，倒不如说，我连自己都骗。"许京喝了一口酒，笑容苦涩，"我一直在暗示自己，老钱就是合适的人，而我也该嫁出去。甚至当我知道他离过婚，还有很多前女友的时候，我还在安慰我自己，这些都没什么。老钱他的条件好啊，可今天那女人在我头上泼的水，算是彻底让我清醒了。可儿，我已经三十岁了，我不再年轻了，经营一段感情对我来说代价太大了。我现在只是想找一个合适的人，结婚算了。"

江怡可听着许京的话，有些心酸。

许京虽说看起来大大咧咧，但她的心里比谁都渴望有个家。

想到这里，江怡可拍了拍许京的背，宽慰道："京儿，会遇到的，你会遇到那个真心对你好的人。"

"你说老钱为什么不是啊？"许京瞪着无辜的眼睛看向江怡可。

"是老钱不配拥有这么好的你。"

许京"扑哧"一声笑了，忍不住感慨道："可儿，还好这个时候你在我身边。"

江怡可开玩笑地说:"我还以为你有了新欢,就忘了我这个旧爱了。"

"来,我今天就跟你交个底。"许京神秘兮兮地说,"其实,我来杭州这几年,还真没交过什么真心实意的朋友。"

许京一个女孩子,独自在杭州打拼,很不容易。这一点,江怡可一直都知道。但现在听许京自己说出口,她还是忍不住难受。

"但是啊,我这辈子,就和杭州杠上了。我就是要在这里工作、成家。"

"好。"江怡可在旁边笑着回应着。

"可儿,你没什么打算吗?"许京转头问江怡可。

江怡可愣了一下,摇摇头说:"我没什么打算。"

"丁柏不是挺好的嘛!我看他对你挺上心的。"

"所以我才觉得欠了他许多。"江怡可淡淡地说。

许京眯了眯眼睛,试探地说:"你该不会还放不下廖洛吧?"

江怡可抿了抿嘴,不知道该怎么说。

江怡可的神情落在许京的眼里就算是间接地承认了。许京顿时急了,追问道:"不是,他给自己当年的恶劣行为找了个借口,你就信他了?"

"不是信不信的问题。"江怡可清楚,这些年她就没真正地放下过廖洛。

"江怡可,你也太没出息了!"许京皱眉,"他廖洛怎么就这么好?怎么就无可取代了?"

江怡可歪着头无奈地笑了笑,有些人遇见了,就是独一无二的。

"那你打算怎么办?为了他一生不嫁了?"许京又追着问。

江怡可点点头,说:"或许吧,其实一个人也没什么不好。"上一段婚姻告诉她，人这一生最怕的就是将就。

"那我收回之前的话。"许京撇了撇嘴，"你还是和廖洛走到一起吧，谁让你俩缘分这么深呢。"

"怎么？你就这么怕我孤独终老？"

许京幽怨地说道："我还想做你孩子的干妈呢！"

江怡可苦笑，这话题，真是越跑越偏。

第十六章　有缘的人总会相遇

第二天一早,江怡可觉得浑身酸痛,坐起身来才发现,她和许京在沙发上睡了一晚。扭头一看,许京果然还在睡着。她抬头看了眼墙上的钟,赶紧摇了摇许京的肩膀。

许京转过身,迷迷糊糊地说了一句:"我下午才上班呢!"

江怡可说道:"那你到床上睡去,在这儿睡多不舒服啊!"

许京挣扎了一番,跑到床上睡去了。江怡可也跟着,一觉睡到中午。

江怡可把午饭都准备好了,许京才起来。她简单地洗漱了一番,上桌吃饭,还不忘警告江怡可道:"你可不许走啊!"

江怡可笑了笑,说:"怎么,昨晚还没聊够啊?"

"那是,我还有不少秘密没和你说呢!"

"你的什么事我不知道?"

"还真有。"许京故意卖了个关子,"今晚回来说给你听。"

江怡可没有理会许京,不过她知道许京看上去没什么,心里估计还惦记着老钱呢。索性她投的简历都没有消息,留在这里陪着许京也无妨。

许京想了想,又说道:"我和你说,不光是杭州有美景,周边的古镇更有特色。过两天,我带你去古镇逛逛,怎么样?"

"古镇?"江怡可很感兴趣,"好啊。"

过了几天,许京轮休,她带着江怡可坐长途汽车去古镇。因为坐的是末班车,到了古镇天色已经暗下来。

下了车之后,她们又搭当地的三轮车来到古镇的中心。

这里的人方言很重,骑三轮车的师傅说了很多话,江怡可一句都没听懂。倒是许京,时不时地和师傅搭话。

下了三轮车以后,江怡可问许京为什么能听懂师傅的话。

许京说她也一句没听懂。不过她猜骑三轮车的师傅应该也听不懂她说话,两人"驴头不对马嘴"的对话也挺好玩的。江怡可苦笑着摇头。

两人为了看夜景,找了一家临水的宾馆住下。

古镇的景色果然很美,河边三两只小船,远处夕阳西下,将水面染成一片金色,有一种渔舟唱晚的意境。

许京拍了许多照片,发到朋友圈。

第二天一早,两人出发去逛景点,基本上有特色的景点,两人都逛了个遍。

傍晚时候,许京和江怡可去网上很多人都推荐的一家饭店吃饭,将特色菜点了个遍,最后两人都吃得有些撑了。坐了会儿,两人决定出去走走,顺便消消食。不想刚从饭店出来,就遇上了老钱。

"京儿。"老钱看到许京,兴奋地和许京打了声招呼。

老钱的身后跟着一人,江怡可探头看了一眼。待看清后,顿时有些愕然，竟然是廖洛。

"京儿，你怎么不接我电话？"老钱上前问道。

许京看着老钱，冷声道："我说过了，我们已经分手了。我现在也是你众多前女友中的一位了。"

"怎么说分手就分手啊？"

"我为什么要分手，你不知道吗？"许京已经失去了耐心。

江怡可也不想再和这两人纠缠，拉过许京说道："我们走吧。"

两人刚往前走了两步，又被老钱拦住，道："京儿，最起码你要给我一个理由吧？"

许京叹口气，道："你干了什么，自己不清楚吗？"

老钱眯着眼说："我干什么了？"

"老钱，你当我是傻子吗？你背着我和前女友们藕断丝连，当我不知道，是吗？"

"我只有你一个女朋友。那些都只是朋友。"

许京讥笑了一声，然后瞪了老钱一眼，快步走开了。

老钱又要追上去，江怡可在一旁拦住他说："京儿的话你没听见吗？她不希望你跟着她。"

"你总要给我一个解释的机会吧？"老钱冲着许京的背影说道。

"解释什么？你的前女朋友都已经找上门了。"江怡可想到那天许京的狼狈模样就气不打一处来，冷声道。

眼看着许京越走越远，老钱有些急了。他推了江怡可一把，生气地说："我俩的事，不用你管。"

江怡可被老钱这么一推，险些没站稳，向后退了两步。廖洛见此，一个拳头砸到老钱的脸上。

"啊！"江怡可被吓得惊叫出声。

走在前面的许京停下了脚步，掉头走了回来。眼看着廖洛将老钱打倒在地，许京连忙上前拦住他道："好了，不要再打了。"

廖洛看了江怡可一眼，收回了拳头。

老钱站起身，蹭了一下嘴角，朝廖洛喊道："廖洛，你是不是有病？"

廖洛瞪了老钱一眼，明显不愿再与他废话。

"好，你硬气是不是？我告诉你，今天你打人这事儿没完，我这就报警。"老钱说着掏出了手机。

江怡可顿时心头一紧。

许京抢过老钱的手机喊道："你闹够了没有？"

老钱抬头看向许京说："京儿，你跟我走，这事儿我就算了。要不然，没完！"

许京被老钱气得反倒笑了。她看着老钱的举动，就像是个地痞无赖。

"那你打吧。"许京将手机还给老钱。

听到这话，老钱反而有些迟疑。他想了想，放下手机，说道："京儿，你先跟我回去吧。"

"你做梦！"许京冷声道，说完看向江怡可，说："可儿，咱们走吧。"

江怡可点点头，向前的脚步却忽然一顿。

廖洛拉住了江怡可温和地说："既然碰见了，就坐下来喝一杯吧。"

江怡可皱眉，随即挣开廖洛的手。

许京看了眼江怡可，抢先说道："不好意思，廖先生，我们刚吃完，玩了一天也累了，就先回宾馆了。"

廖洛的眼睛直直地盯着江怡可。

"我想,我们之间已经没什么可聊的了。"江怡可没有看廖洛,淡淡地说了一句。

廖洛想起江怡可之前和他说过的两不相欠,笑着说道:"既然是两不相欠,那我们还可以做朋友。"

"做朋友就不必了。"江怡可说完就要跟着许京走。

廖洛上前一步拦住江怡可说:"非要这么绝情吗?"

"我们之间还有什么联系的必要吗?"

廖洛眯了眯眼,心想,江怡可之前看自己的眼神还没有这么冷淡,于是脱口问道:"你怎么了?"

江怡可一时不知道该说什么,反而笑了,反问道:"你这话什么意思?"

许京在旁边叹了口气,提醒廖洛道:"廖先生莫不是忘了,这可是你亲自放话把可儿从公司辞退的。"

廖洛愣了一下,反应过来,道:"那个项目的负责人是你?"

江怡可没有说话。

"抱歉,我不知道。那天的比稿,我临时有事没有去。至于会议上,我也只是提议辞退项目负责人,我并不知道项目的负责人是你。"

"你一向公允,既然要辞退项目负责人,那么是谁都一样,我也不会有怨言。只是希望,我们以后还是做陌生人吧。"江怡可说完,头也不回地走了。

河边的风吹过,卷走了一切喧闹,留下了一阵静谧。

"怎么说那么狠的话?"两人走出去很远,许京问道。

"只是觉得没有再联系的必要了。"

许京笑了笑,说:"对那件事,还是介怀的吧?"

江怡可也不否认地说道:"好像在他身边,我一直是那个小心眼儿的女人。"

"可儿啊,我有时候挺羡慕你的。"许京突然感慨道,"你和廖洛经历了那么多,还是放不下彼此。"

"放不下又如何呢?我们之间早就不可能了。"

"你这是承认了?"许京停下脚步。

江怡可微怔,她承认什么了?

只见许京笑着说:"你承认你放不下廖洛了。"

江怡可苦笑,原来刚才的感慨是许京装的,目的就是为了套她的话。

"我乱说的。"江怡可慌乱地掩饰道。

"我可是听见了。"许京笑着调侃,心里又打起了小算盘。

夜里,江怡可久久不能入睡。许京睡了一觉醒来,见江怡可还坐在窗边,问道:"你怎么还不睡?"

"蚊子太多了。"江怡可找了个借口。

"我们不是带了花露水吗?"许京眯着眼睛说。

江怡可没有接话,许京迷迷糊糊地又睡了过去。

第二天一早,江怡可因为晚睡,一反常态地在许京之后醒过来。

"你可算醒了。"许京在一旁说道。

江怡可愣了愣,她们不是打算明天回去吗?许京这是在急什么?

许京笑道:"你的手机刚刚响了好几声了,好像是有消息。"

江怡可不明所以地拿起手机看了看,果然有消息,是丁柏发来的。

许京暧昧地看了江怡可一眼,打趣道:"是丁柏啊!"

"我看见你投的简历了。"丁柏发的消息很直接。

江怡可微窘,心里有些尴尬的。许京不久前刚说过,让丁柏给她安排工作。

"我的创意团队解散了。"江怡可看到第二条消息。确实,出了盗取创意的事,这样的团队确实不能再留了。

"要不要考虑和我一起创业?"第三条信息是丁柏发出的邀请。

不得不承认,对于丁柏提出一起创业的主意,江怡可是有一丝心动的。可是,她还是决定拒绝。她知道自己这些年在经历了这么多事后,最大的收获,就是认清了自己。

想到这里,江怡可给丁柏回了消息:"抱歉,我现在只想做一个自由的人。"

不一会儿,手机响了,江怡可还以为是丁柏打来的,没想到是一个陌生号码。由于最近简历投了不少,她怀疑是哪家公司打来的,于是赶紧接了电话。

"喂,是我。"

这个声音江怡可再熟悉不过了,是廖洛。他怎么会有自己的号码,江怡可有些疑惑。转而一想,自己之前的公司是他投资的,他想知道一个员工的电话实在太容易了。

江怡可沉默了一会儿,问:"有什么事吗?"

"我还在古镇,出来见一面吧。"

江怡可看了一眼旁边的许京,说:"我想我们现在也没什么再见面的必要。"

"你先不用急着拒绝。"廖洛的语气一顿,"我找你只是想和你谈一下比稿的事,我想这里面或许有些误会。"

"我还以为廖先生将我辞退,是已经理清了事情的来龙去脉。"江怡可的语气中带了一丝讥讽。

廖洛听出江怡可的不满,一时没有说话。

"你现在在哪儿？"江怡可问道。

"我在'忆江南'。"

许京看着从床上站起身的江怡可，问道："你要去哪儿啊？"

"去'忆江南'。"江怡可迟疑了一下，回答道。

许京皱了皱眉，又问："昨晚还没吃够？"

"廖洛在那里等我。"江怡可想了一下，觉得也没有必要隐瞒。

许京一时没反应过来，疑惑地问："你们两个人怎么回事啊？昨天还跟有仇似的，今天你就要抛下我跟他去吃饭了？"

江怡可抿了抿嘴答道："是工作上的事。"

许京想起江怡可被辞退的事，又问："比稿的事他昨天不是解释过了吗？"

"他说还有些误会没有讲清楚，我想听听他怎么说。"

"别了，他就是想找个借口约你出来。"许京撇了撇嘴，揭露了廖洛的想法，接着嬉笑着追问，"他不是不知道你离婚的事吗？怎么还约你出去，他这是要当第三者啊？"

许京不经意的一句话，让江怡可一下子想起了那天晚上廖洛说的话："既然你要找别人，那我是不是也可以？"

想到这里，江怡可脸上突然有些燥热。她呵斥道："别乱说，我先走了。"说完便快步出了房间。

"早点儿回来。"许京看着江怡可匆忙的背影，有些不明所以。

第十七章　爱而不得和避之不及

江怡可踏进"忆江南",一眼就看到廖洛。现在时间还早,饭店才刚刚开门,大厅里没什么人。廖洛坐在靠窗的位置,微微偏着头,看着窗外的美景。

眼前的一切让江怡可联想到"岁月静好"四个字。随后她赶紧摇了摇头,心里提醒自己清醒一点。

廖洛转头见江怡可怔怔地站在门口,他眉头微挑,说:"你来了。"

"嗯。"江怡可迟疑了一下,走过去在廖洛的对面坐下来。

江怡可一时有些恍惚。他们在杭州已见过数面,这是第一次两个人心平气和地坐在一起。这般情境下,倒是让江怡可不知说什么好了。

"你回来上班吧。"廖洛开门见山地说,"我代表公司向你发出邀请。"

江怡可端着茶杯的手忽然一顿,冷声道:"廖先生这次叫我回公司,又是什么理由呢?"

廖洛微微皱眉，看着江怡可的眼睛，诚恳地说道："之前比稿失败的事，公司已经调查清楚，是对方公司窃取了我们的创意。关于误会你的这件事，我向你道歉。"

"不必了。"江怡可立马拒绝道，"我想我与公司的缘分已尽，实在是没有回去的必要了。"江怡可说着端起茶杯，轻嘬了一口。

廖洛叹口气，道："你没必要跟我置气，就算你回公司，我也不会干涉你的工作。你会和公司的其他员工一样，享有正常的待遇。"

"我也不是小孩子了。"江怡可笑道，"怎么会因为廖先生就放弃工作呢！我不回去，是有自己的考量。"

廖洛听到江怡可的话，身子往后靠了靠，接着说："这次我们虽然比稿失败，但甲方公司还没有宣布竞标结束，也就是说我们还有机会。"

廖洛双手合十放在桌面上，继续道："这个项目一直是你负责的，如果要参与最后的竞标，没有人比你更合适。而且我想，你也不想把机会让给盗取你的创意的公司吧。"

一直听廖洛把话说完，江怡可笑了笑，说："那你可猜错了。当初项目是我负责的，所以我确实是与对方公司站在对立面。但现在我已经离开公司，也就意味着我与对方公司再无关系。对于最后的竞标结果，我并不感兴趣。"

"你……"

廖洛还想再劝劝江怡可，却被她打断道："廖先生要是没有别的事，我就先离开了。"

廖洛微微一愣，眼睁睁地看着江怡可站起身。他抬起头，有些无奈地问："非要这样吗？"

江怡可低头看着廖洛，微微一笑，说："这话应该是我问廖先生吧？"

廖洛没有回话，江怡可转身离开。

古镇的每一条街巷都有独特的历史韵味，江怡可漫无目的地走着，偶尔抬头看天，又或者低头看看脚下，竟也慢悠悠地回到宾馆。

江怡可走进客房的时候，看见许京正在收拾东西，她有些诧异地问："不是明天回去吗？"

许京抬头看了江怡可一眼，解释道："古镇不大，现在又来了让人窝心的人，我反正是看不下风景了。"

看来老钱又来烦许京了，江怡可心里也有些无奈。她点点头，说："那我们今天就离开吧。"

"嗯。"许京应了一声，"东西我都收拾得差不多了，你看看有没有落下什么？"

江怡可到处看了一圈，摇了摇头。

去车站的时候，两人没有再搭三轮车，许是心中对古镇有些淡淡的不舍，想再走一走。不料在车站遇见了廖洛。

三个人站在一处，气氛有些压抑。

上了车，三个人都没有说话，江怡可和许京坐在一处，廖洛坐在江怡可的后面。

车子一路颠簸，江怡可的脑子昏昏沉沉的，只有后面偶尔传来廖洛的呼吸声能让她清醒一些。

下车后，江怡可拉着许京迅速离开车站。

廖洛站在原地眼看着江怡可消失在人群，才开始挪动脚步。

"你要去哪里？"从车站出来，许京问道。

江怡可笑了笑，说："已经打扰了你这么久，我自然是要回自己家了。"

许京撇了撇嘴，感叹地说："就知道你会这么说。"虽是嘴上不满，但许京还是不舍地抱了抱江怡可，"真希望你一直不用工作，然后我养你，时不时和你一起出来玩。"

"哈哈！"江怡可不禁大笑起来，"大小姐这是要包养我吗？"

"是啊！我要努力工作，不然你就和别人跑了。"

两个人相互调侃了一番，就分开了。

江怡可上了地铁，拿出手机看了看，一下涌出了好多消息，大多数是丁柏发来的。

"没想到你这么快就拒绝我了。"

"没事的，你再多考虑几天。"

"我真心觉得这对我们两个人来说都是一个很好的机会。"

……

看着丁柏发来的消息，江怡可心里有些不安。只是，她真的不能随便答应丁柏。

"不用考虑了，我也不想浪费你的时间。"江怡可咬了咬牙，给丁柏回复道。

丁柏很快就回了消息："听说你去古镇了，什么时候回来？咱们去吃顿饭吧。"

"如果还是劝我的话，我想就不必了。"

丁柏那边沉默了许久："看来你是铁了心了。"

隔着屏幕都能感受到丁柏的失落。江怡可还没想好要回什么，只见丁柏又回道："吃饭的事你先别急着拒绝，我还有别的事要和你说。"

"那就约在明天吧。"江怡可想要尽快和丁柏说清楚。

吃饭的地点还是之前那家小店，江怡可很喜欢这家店，丁柏记得很清楚。

两人点了菜，丁柏开口问道："古镇怎么样？很不错吧？"

"嗯。"江怡可发自内心地点点头，"宁静诗意，我很喜欢。"

"不过是几个小时的车程，你要是喜欢，可以经常去。"

江怡可露出一抹浅笑，道："只怕以后有了工作，就不像现在这样闲暇自由了。"

丁柏听江怡可这样说，又想开口提创业的事，不过想了想，还是没有提。话头一转，他笑着说道："现在想一想，我们也认识很久了。"

"是啊，快要半年了。"江怡可有些感慨。

"你觉得我怎么样？"

江怡可一愣，丁柏的问话很突然，她一时不知道怎么回答。

"很难回答吗？"丁柏故作轻松地笑了笑。

江怡可如实答道："有点儿突然。你挺好的，很真诚、温和，又体贴。"

"没想到我在你心里的形象还不错。"丁柏喝了口水，神情显得有些局促，"虽然可能会有些唐突，但我还是想问一下，你有没有想过和我有更进一步的发展？"

虽然江怡可已经猜到丁柏的想法，但是听到这话，还是心跳乱了几拍。

江怡可低下了头，丁柏对她的好，她一直都看在眼里。可是，她的心早就寄存在另外一个人的身上，拿不回来了。

"我……对这方面已经不做打算了，所以……"

江怡可纠结地开口，想着尽可能减轻对丁柏的伤害。

这时，丁柏突然打断了江怡可说："我就是想让你加入我的公司，没想到你还是推辞。"

江怡可愣住了。

丁柏笑道："我的意思是，既然你不愿意和我一起创业，那就来我的公司，加入我的团队，如何？正好我的公司刚接了一个项目，最是缺人手。"

大家都是成年人，丁柏的话题转得虽然生硬，不过也给了彼此一个台阶下。而对于加入丁柏的团队的事，若是她再推脱，确实说不过去。之前她工作上有需求，丁柏二话不说便来帮忙，想到这里，江怡可说道："我还以为你又要提创业的事。创业我虽有心无力，不过加入你的团队还是可以的。"

丁柏明显一喜，说："你到我的团队，那简直就是如虎添翼。我们可先说好了，不许反悔。"

江怡可看着丁柏一副孩子的模样，莞尔一笑道："不会后悔的。"

既然已经答应丁柏要加入他的团队，江怡可自然就要有作为员工的意识。于是她第二天早早地便起床，来到丁柏的工作室。

"你来了。"

江怡可没想到刚进去就看见了丁柏，看他的样子似乎很疲惫，江怡可问道："你该不会是昨晚送我回家以后又来这里工作了吧？"

"没有。"丁柏笑了笑，"我昨晚参加了一个应酬，回家晚了只睡了几个小时，才过来的。"说着他把手里的文件递给江怡可，"这是我们这次要做的项目，你先看一下。"

"嗯"。江怡可点点头，接过文件，刚看了两眼就皱起了眉。这个项目她很熟悉，就是她之前参加比稿所做的项目。为什么丁柏也在做这个项目呢？江怡可疑惑地看向丁柏。

丁柏知道江怡可的想法，解释道："之前的创意虽然比稿失败，但是我们的实力还是得到了认可。这次的项目，盯着的人太多了，不仅是你之前所在的公司，还有很多大公司都在盯着。我是因为你，才开始接触到这个项目。你离职后，有家公司知道了是我的公司帮你做，所以就找上了我，让我帮助他们制定竞标方案。你也知道，我的公司刚刚成立，这次对我来说，是个很好的机会。而且这个项目，我也很了解，所以没有理由拒绝。"

江怡可现在已经不在之前的公司，对于丁柏来说，接下这个项目没什么顾虑。然而她却不同，如果继续做这个项目，她就站在了廖洛的对立面。

"怎么了？有什么问题吗？"丁柏看出江怡可的迟疑，问道。

江怡可笑了笑，说："没什么。"

江怡可想到之前工作的时候丁柏没少帮忙，现在她又加入丁柏的工作团队，实在找不到推脱的理由。

"那你先再熟悉一下这个项目，一会儿等他们来了，我们开个会。"

"好。"

忙碌的一天总是过得很快，转眼，就到了下班的时间。

丁柏的工作室距离之前江怡可工作的公司不远，所以她还是按照原来的路线坐地铁回家。

没想到江怡可刚进地铁口，就看见了一道熟悉的身影。

苏筱络正在追着一个男人跑，嘴里大声喊道："唐逸，你等一下。"

江怡可快步走过去，只见苏筱络想去拉唐逸的手，却被唐逸甩开。

"苏筱络，我们已经分手了，你这样有意思吗？"

"那你说,你为什么会出现在我公司楼下?"

"我出现在哪儿是我的自由!如果这样也会让你误会的话,那好,从此以后但凡是会碰见你的地方我都会尽力避开。"

"你知道我不是这个意思。"

"那你是什么意思?还要继续纠缠是吗?"

苏筱络低下头,默默不语。

唐逸沉着一张脸准备离开。苏筱络下意识地伸手拉他。唐逸转过头,没好气地说:"你非要这么不要脸吗?"

苏筱络顿时脸色一白,脚不由自主地后退了一步。

看到这里,江怡可走上前,将苏筱络拉到身后对着唐逸冷声道:"请你说话不要太过分了!"

"那你就好好管管她吧。"唐逸说完,转身离开。

苏筱络抬头望着唐逸的背影,眼中带着一股不服输的倔强。

江怡可叹了口气说:"你就这么放不下他吗?"

"放不下。"

苏筱络干脆的回答令江怡可一怔,等江怡可反应过来后有些恨铁不成钢,说:"是他对不起你,怎么就值得你这么惦记了?"

"他没有对不起我。"

"是他出轨了。"

"我不信!"苏筱络盯着江怡可看了许久,"除非他从此过得很幸福,那么我就认定是他负我。"

江怡可眯了眯眼,她不懂苏筱络的坚持到底是为了什么,或许是因为苏筱络年轻,还敢去赌,去赌一个男人是不是真的爱她。可是三十岁的江怡可却无法拥有这样的勇气。

俩人一时沉默下来,过了一会儿,苏筱络抿了抿嘴,说:"对不起,可儿姐,我有我的坚持。"

江怡可不知道怎么回应,想说苏筱络单纯,但江怡可的内心却有些隐隐的羡慕。

苏筱络低下了头,闷声说:"我先走了。"

苏筱络转过身,江怡可突然叫住了她。

"筱络,你可以爱他信他,但也要爱自己。"

苏筱络的鼻头一酸,眼泪不争气地掉了下来,"嗯"了一声,抬腿离开。

第十八章　爱情是无可救药的病

"老陈。"廖洛刚走进餐厅，就看见了坐在里面的陈东明，便朝他打了声招呼。

对于很多人来说，陈东明是一个很神秘的人。五年前，他从外地来到杭州，迅速闯出一片天。一方面，他年轻多金；另一方面，他仗义热情。但是，这样看似完美的人，却没有朋友，他始终和身边的人保持着距离。

陈东明和廖洛是酒友。他们经常在闲暇的时候出来，随便找一家餐厅，喝酒闲聊，几乎是无话不谈。所以陈东明也是少有的知道廖洛心事的人。

"我来晚了，先自罚三杯。"廖洛在陈东明的对面坐了下来，拿起酒瓶就要倒酒。

陈东明按住廖洛的手问道："我看你这是有什么烦心事，上来就想一醉方休吧。"

廖洛摇了摇头说："那好，我先不喝。"

"不会又是因为你那位红颜知己吧？"陈东明上来就点明廖洛的

心思。

由于两人经常坐在一起闲聊，关于廖洛和江怡可的事，陈东明也知道一些。

廖洛轻笑了一声，道："什么都逃不过你的眼睛。"

"怎么？在古镇碰见了？"

"嗯。"廖洛点点头，"用四个字来形容——形同陌路。"

"早该如此。廖洛，八年了，虽然你一直一往情深，但人家说不定已经忘了你是哪位了。"

"老陈，我和你说实话。"廖洛端起了酒杯，"从始至终我想娶的人只有她一个。"

陈东明眯了眯眼，听廖洛说这话时，他的心里有一瞬间空落落的，甚至有点儿羡慕。

"你怎么就非她不可了呢？"陈东明问出了心中的困惑。

什么时候喜欢上江怡可的？廖洛自己也不记得了，只是当他意识到的时候，就已经离不开江怡可了。

当年的廖洛不过是一个穷小子，努力考上名牌大学，毕业后进入名企，兢兢业业地工作，不料却被总裁的千金看上了。这对于很多人来说是求之不得的事，但却是他心里沉重的负担。

廖洛认识江怡可时，只当江怡可是公司里一个普通的实习生。

出身不高，想要成功，廖洛注定要付出比别人更多的努力。这时，江怡可突然出现了，她是第一个真正关心他的人，不带任何虚情假意，似乎只是因为喜欢他，于是就铆足了劲儿地想对他好。

廖洛还记得自己答应江怡可的表白时，她还傻傻地说："廖洛，你不用勉强的。"

后来知道江怡可是总裁的千金，他们之间隔着偌大的鸿沟，廖洛的世界仿佛一瞬间崩塌了。他有想过要放弃,却迟迟不能下定决心。这才知道,自己已经离不开江怡可了。

从那以后,廖洛开始拼命地工作,最后终于得到公司高层的赏识,接触到公司的核心工作。后来他去美国学习,为了争取更多的机会,一度累到胃出血倒在办公室。

没想到廖洛从美国回来后,发现江怡可已经披着婚纱嫁给了别人。那人一表人才,年纪轻轻便接手家族企业,与江怡可确实堪称良配,可是他呢?辛辛苦苦地工作,到头来却像个笑话。

陈东明看着廖洛面前空下来的酒瓶子,劝道:"别喝了,你明天不是还有一个项目要谈吗?"

"我心里有数。"廖洛不禁苦笑,喝了这么长时间的酒,他早就练出来了。

第二天,廖洛还是因为醉酒起晚了,想起还有个项目要谈,刚出家门就接到一个电话。

"喂,廖先生,我已经到了。"

"好,我这边马上就到。"到达约定地点,廖洛看见坐在咖啡店的人心里有些惊讶。

丁柏突然感觉对面有人,抬起头,却是一怔。本来他在听见廖洛这个名字的时候,就莫名地觉得耳熟,没成想看到人后觉得越发熟悉,只是一时之间想不起来在哪里见过。

"廖先生要喝点儿什么?"丁柏友好地问。

"美式咖啡。"

"好。"丁柏和服务员说了一句,又看向廖洛,"廖先生看起来很面熟。"

廖洛也不卖关子,说:"我们确实见过。"

丁柏眉头一挑，面带疑惑。

廖洛笑着提醒道："西溪湿地。"

丁柏"哦"了一声，点了点头，说："我记得，你是许京的旧友？"虽说那日闹得不太愉快，但是丁柏记得廖洛和许京是认识的。

廖洛的身形一顿，随后将身子往后一靠，说："我确实与许京相识。"

丁柏微微一笑，看来他们今天的合作应该会很好谈。

"我听说廖先生最近对这个项目很感兴趣。"丁柏从包里拿出了文件，递给了廖洛。他今天联系廖洛，是因为听说廖洛是投资圈里的新贵，所以就拿着公司新接的项目见一见他。

廖洛打开文件夹，快速地扫了两眼，点头道："这个创意不错。"

"这是……"

丁柏正要接话，忽然看见一个穿着灰白色长袍的中年男人从街上走过。在杭州，瞧见这样装扮的人并不算新奇，只是此人惹人关注的点在于，他将一袭长袍穿出了仙风道骨的气质来。这种气质，现在已是很少见得，纵然是电视里的演员，也难逃那些模仿的味道，不像这个人给人的感觉这么纯粹，让人不由自主地被他吸引。

一阵杯壁相碰的声音将丁柏的思绪拉了回来。丁柏看向举着咖啡的廖洛，继续道："这个项目是我们公司的重点项目，公司现在虽然还在起步阶段，但是基本上已小有规模。如果廖先生愿意入资，我们将进一步打开市场，为双方实现共赢。"

丁柏的话音刚落，刚刚从街上路过、穿着长袍的男人在他的旁边坐了下来。丁柏顿时一愣，心想此人怎么不请自来？

廖洛看向长袍男子。刚才他也注意到了这个人，当时他只是猜测这个人的身份不一般，并未多想。没想到这个人现在熟门熟路地坐到了对面,而且看丁柏的样子似乎与这个人并不认识。

想到这里,廖洛开口道:"我想这位先生应该走错地方了吧?"

"我是寻着气味来的。"长袍男子说了一句,看向走过来的服务员,道:"一杯白水,谢谢。"

服务员微愣,点了点头,走开了。

寻着气味?这个答案明显有几分故弄玄虚的味道,廖洛挑眉道:"先生如果想替人算卦的话,我想隔壁桌可能更合适一些。"

丁柏的目光落在隔壁桌,是两个看起来颇为年轻的女人。

长袍男人眉头一挑道:"面若桃花的妙龄女子身上,又怎么会有爱情失意的味道?"

爱情失意的味道?丁柏和廖洛意外地相视一眼,不过很快就错开了。

"怎么样?有兴趣了解一下吗?我可是专业的爱情心理治疗师。"长袍男人不知从何处抽出了一张名片,将名片推到了桌子中央。

廖洛扫了一眼名片上的名字——关禅,随后悠然地端起了咖啡。他已经知道这个人是谁了。

"怎么样?两位还是不感兴趣吗?"关禅见丁柏和廖洛都没有说话,皱了皱眉。

丁柏笑了笑,说:"你认为我们两个大男人需要去咨询这些吗?"

"情爱乃男女双方之事,男人怎么就不能有困惑了?"

丁柏被关禅问得一愣,端起面前的水,将头转向了别处。

关禅又看向廖洛道:"你真的没有什么想问的吗?"

"你相信爱情?"

廖洛的话音刚落,丁柏随即扭头。他没想到,廖洛居然真的一本正经地在问问题。

关禅的身形一滞，说："相信，为什么不信？"

"那你可有伴侣？"

"那倒没有。"关禅摇摇头，"你知道的，爱情是可遇不可求的。虽然说我今年三十五岁了，但是我的另一半就是没出现，你说我能有什么办法？"

廖洛不语，关禅叹了口气，说："我和你们不一样，你们是遇到了，所以有烦恼。而我呢，是遇不着，才烦恼。总之大家各有各的烦恼，谁也别可怜谁。"

"你怎么知道我们遇到了？"廖洛微微一笑，目光不经意地掠过丁柏。

廖洛的小动作，没有惊动丁柏，却让关禅逮了个正着。只见关禅略有深意地笑了笑，说："都说了，我是爱情心理治疗师，这点东西还看不出来，那就是在砸自己的招牌。"

"不过呢，咱们既然遇见了就是缘分，我今天决定点化点化你们。"

丁柏好奇地问："怎么点化？"

"你们两个跟我去钱塘江走一趟。"

"钱塘江？还是算了吧。"丁柏心想，还要跟着他去钱塘江，听着就像是骗人的。

"我和你去。"廖洛突然说道。

丁柏险些惊掉了下巴，他看着廖洛，心想，廖洛怎么看也不像是容易被骗的人啊！

关禅满意地笑了笑，又看向丁柏。

丁柏想到今天他是来找廖洛谈项目的，只好点了点头，舍命陪君子了。

三人站在钱塘江的对岸观潮,心中迸发出一股豪迈之情。

"此中景致,世间无二啊!"关禅感叹了一句,看向廖洛。

廖洛点点头,身处此处,如何又能不心存浩荡。

"这里似乎与关先生的用意不相符啊?"

关禅挑挑眉道:"那你倒说说我是什么用意?"

这话倒是把廖洛给问住了,他只知关禅自称爱情心理治疗师,却带他们来了钱塘,文不对景。若是真问他关禅的用意,他还真答不上来。

丁柏看着两人,听不懂两人对话中有什么深意。

"钱塘之景,胜在大气磅礴,而心境亦然。我看你啊,就是一直在拘着自己。"关禅继续道。

廖洛不解地看向关禅。

关禅瞥了廖洛一眼,又说:"有些东西越是想要隐藏,就越是昭然若揭。心意这东西,堆得满了,自然而然就溢出来了。同样,妒忌也是。"

廖洛先是一怔,随后微微一笑。他明白了,关禅这是在告诉他,他眼中掩藏的对丁柏的妒忌已经昭然若揭了。他确实妒忌丁柏,妒忌他可以和江怡可走得那样近。

想到这里,廖洛苦笑道:"心意若是真的都能坦露,那就不叫心意了。"

丁柏闻言在一旁皱眉,他没想到廖洛还真有感情方面的困惑,看来这个关禅还真有两把刷子。他感兴趣地问:"那你来说说,要怎么坦露心意。"

关禅看了廖洛一眼,那眼神分明就是在说,你看人家就比你识趣得多。

关禅答道："表达心意讲究徐徐图之，最好是水到渠成。"

"水到渠成？"丁柏疑惑地说。

"就是你对她有意思，也能感觉到她对你有意思的时候。"

丁柏想了想，问："那要是对方没意思呢？"

"那我可就帮不到你了。"关禅一脸无辜。

丁柏的脸色一僵，心想，合着自己还是什么也没问出来。

关禅看出丁柏的不满，解释道："我主要是教你怎么去寻找你的缘分。"

丁柏微微撇嘴，没说话，现在的关禅在他眼里就是一个实打实的骗子，不知道廖洛为什么要来这儿？

廖洛在旁边黯然地说："找到缘分又如何？这世间多得是有缘无分。"

关禅皱眉道："你怎么就知道是有缘无分呢？"

廖洛没有说话，摇了摇头。

关禅咂了咂嘴说："你啊，就是自以为什么都知道。"

下班时间，江怡可正准备关灯离开公司，丁柏突然走了进来。

江怡可被丁柏吓了一跳，反应过来后问道："你这是刚谈完项目？"

"嗯。"丁柏点了点头。

江怡可诧异地说："怎么谈了这么久？"

丁柏按了按太阳穴说："去了趟钱塘。"他说着走到办公桌，随手拿出抽屉里的U盘，"你这是要回去了？"

"是。"

"吃过晚饭了吗？"

江怡可微怔，回答道："还没。"

江怡可一直想着工作的事，也没想起吃晚饭，被丁柏这么一问，反倒是有些饿了。

"一起吧。"丁柏走过来说。

江怡可点点头，两人一起进了电梯，一时无言，气氛有些尴尬。过了一会儿，江怡可问："项目谈得怎么样？"

丁柏有些郁闷地说："本来进展得还算顺利，谁知中途遇到个算卦的，带着我和投资商去了钱塘江，结果项目的事，就不了了之了。"

"算卦的？"

"是啊，他自称是爱情心理治疗师。本来我是没什么兴趣的，谁知投资商竟然和他聊得很好，我为了项目只好跟着去了。到了钱塘，我们又聊了很久，都是关于爱情方面的。后来我有事，就先离开了。不过还好投资商答应我，下次找时间再商量投资的事，我这趟也算没白跑。"

"爱情心理治疗师？"江怡可微微蹙眉，没想到一个投资商居然对这方面这么感兴趣，还跟着人家一路跑去了钱塘江。

"对了。"丁柏灵光一现，"说起来，这个投资商，你应该也会有印象，就是那天在西溪湿地带你去医院的人，和许京认识，叫廖洛。"

电梯门打开，江怡可先一步走了出去，脑袋里有点儿乱，没想到和丁柏谈项目的人竟然是廖洛。那么丁柏知道廖洛是之前那家公司的投资人吗？他知道他和廖洛正在参与同一场竞标吗？

"对了，还有一件事。"丁柏的话将江怡可的思绪拉了回来。

江怡可疑惑地看向丁柏，问："什么事？"

"大斌让我问问你最近有没有时间，想约着大家一起出去玩。"

江怡可微微蹙眉，心想，这个曹大斌，怎么整天想着玩！

丁柏笑了笑，说："大斌他……似乎对你的那个同事有好感。"

"筱络？"江怡可有些诧异。

丁柏愣了一下，说："好像是吧。"

虽说苏筱络现在是单身，有恋爱的自由，但是曹大斌这个人怎么看都是一个花花公子，不靠谱。

丁柏一眼便看出江怡可的心思，便认真地说："大斌并不像表面上看起来那么随便，他其实是个很专一的人。"

江怡可问道："那他怎么不单独约筱络出去？"

"上次他忘记要联系方式了。"丁柏耸了耸肩，发自内心地鄙视曹大斌的智商。

"我回去问一下筱络吧。"江怡可想了想。

"嗯。"丁柏点点头，"这也不是什么急事。"

其实丁柏这么做也有私心，想着借机会和江怡可联络一下感情。

江怡可则是想起许京和苏筱络，这两个感情失意的人，确实应该出来好好地玩一玩。

江怡可洗完澡躺在床上，无聊地翻了翻手机，正巧看到了丁柏两个小时前发的朋友圈，是钱塘江的风景美图。

江怡可想起白天丁柏说的话，廖洛信了一个爱情心理治疗师的话，跟着他一起去了钱塘江。原来他也会有爱情上的困惑吗？是因为谁？

江怡可忽然想起了之前站在廖洛身边的气质美女，他们看起来真的很般配，一个事业有成，一个貌美如花。

想到这里，江怡可笑了笑，不管怎样，和她都没有关系。

这天夜里，江怡可做了一个梦，梦里她穿着婚纱，站在断桥上，廖洛走过来，和她说了声"恭喜"。

第十九章　没有爱，哪来恨

第二天一早,丁柏还在工作,突然接到了廖洛的电话:"喂,廖先生。"

"丁先生,我今天下午刚好有时间,想去贵公司看看,不知是否方便?"廖洛说这句话的时候,想着或许和丁柏走得近一些,就等于和江怡可走得近一些。

"当然可以,廖先生大概什么时候到?我这就去安排。"

"两三点钟吧。"

"好的。"

挂了电话后,丁柏对公司的人说:"今天下午有投资商要过来,他主要是来了解一下咱们手上的项目,相关人员做一下准备。"

江怡可听到这话,身形一滞。她意识到廖洛要过来,还没想好应该怎么办,丁柏就朝她这边看了过来,说:"怡可,你可能需要准备一份 PPT,介绍一下咱们手头的项目。"

"好。"江怡可应了下来。既然已经决定从今以后做陌生人,这些她就要学着面对。

中午吃饭的时候，江怡可接到了父亲的电话。

"喂，爸。"

"你那边工作怎么样，忙吗？"

"不忙。"江怡可问道，"爸，你是有什么事吗？"

江父犹豫了一下，说："是这样的，咱们家的房子不是要拆迁吗？没想到这两天突然就来收房子，我之前也没得到消息，现在一时之间也找不到房子，所以……"

江怡可皱了皱眉，她知道父亲应该也是实在没有办法了，才会来找自己。

"爸，你先别急，我这就跟上司请假，回深城一趟。"

"唉，你不用麻烦。实在不行我就先去旅店住几天。"

"那可不行！爸，我一会儿就买票，有什么事晚上回去再说。"

回到公司后，江怡可找到丁柏，说："下午的宣讲，你可不可以先找一下别人，我可能要回老家一趟。"

丁柏一愣，忙问："这么突然？"随后又说，"没事，这边的事你先不用担心。只是，你这次要去多久？"

"没有多久，大概也就几天的时间。"

"要不我和你一起回去吧？"

江怡可微怔道："不用了，没什么事，我主要就是回去看看亲人。"

"哦。"丁柏伸手摸了摸后脑勺，笑了笑，"那你路上小心。"

"谢谢。"

下午，廖洛来到丁柏的工作室，扫视了一圈，没有看见江怡可的身影，一时之间，也不知道是该庆幸还是该失望。

"廖先生，这边。"丁柏引着廖洛来到工作室。

"真是不巧，公司的项目负责人刚好有事回了老家。廖先生要是有什么想了解的，可以问我。"

廖洛挑挑眉，目光落在空着的办公桌上，莫名地觉得熟悉，问道："项目的负责人是谁？"

丁柏一怔，答道："是江怡可，你应该也认识，是许京的朋友。"

廖洛的身形一僵，又问："她回老家，是有什么事吗？"

丁柏只当廖洛是朋友之间的关心，笑道："家里有些事，顺便回去探视一下亲人。"

廖洛点点头，嘴角微动，露出一个淡淡的笑容。

廖洛在投资界做了许多年，一看丁柏便知道他是有实力的。他做事向来对事不对人，自然愿意给丁柏这个机会，一个下午的时间，双方谈得很愉快。

廖洛刚一回到办公室，助理就走过来，说："廖总，你回来了。"

廖洛挑眉问："有什么事吗？"

"是这样的，薛小姐说有一些项目上的事要和你谈一下，她一会儿就过来。"

"让她先不用来了，把文件发到我邮箱就好。"

助理听到这话，顿时一怔，说："廖总，你是有私事？"

"嗯。"廖洛应了一声，"帮我订一张去深城的机票。"

助理疑惑地看了廖洛一眼。心想，廖总一般不会为了私事放下工作，难道这次是有什么急事？

"还有什么事？"廖洛见助理许久没有回应，又问了一句。

助理浑身一个激灵，连忙摇头道："没有了。"

江怡可出了深城机场，打了车回到家。不料江怡可刚一进门，却看见了一道眼熟的身影。眼前的人正是她的前夫——孟烨。一瞬间,江怡可突然想起自己看见孟烨和其他女人在一起的画面,心里有些不舒服起来。

"你怎么在这里?"江怡可皱着眉问。

江父先一步接话道:"拆迁公司突然就让把房子空出来,家里的东西一时间也没地方放。我就给小孟打了电话,他帮忙找了个临时仓库,这才安排妥当。"

江怡可叹口气说:"爸,你知道要拆迁这件事之后,就应该去找房子的,也不至于弄成现在这样。"

"房子哪有那么好找。不过好在有孟烨帮忙,他说有个不错的,明天带我去看看。"

江怡可抿了抿嘴说:"不用麻烦了,我都回来了,我出去找就好。"

孟烨看了江怡可一眼,没有吱声。

江父脸色一沉,道:"谁找还不都一样。"

"爸,我和孟烨已经离婚了。"江怡可忍不住说道。

江父瞪着江怡可说:"那又怎么了,我和孟烨他爸是多少年的兄弟了,这关系是说断就断的?"

江怡可还要反驳,却被孟烨一把拉住,说:"伯父,我和怡可也好久没见了,我想和她单独聊两句。"

江父听到孟烨的话,脸色缓和了不少,摆了摆手,道:"去吧。"

"那好,晚饭时我再叫伯父一起出去吃。"孟烨客气地说了一句,这才拉着江怡可走了出去。

走出门后,江怡可迅速甩开孟烨的手。

孟烨也不介意江怡可的举动,淡笑着问:"你去杭州这段时间,应该过得还不错吧?"

"嗯。"江怡可点点头,"挺好的。"

"也好，你一直都向往自由的生活。"孟烨说得意味深长。

江怡可蹙眉，话头一转，道："以后我会和我爸说清楚，让他没事不要麻烦你，你工作也挺忙的。"

孟烨的脚步一顿，说："怡可，我们之间至于算得这么清楚吗？"

"我们之间不是一直都算得这么清楚吗？"

他们两人的婚姻，本来就是建立在她为父还债的基础上的，又如何能算得不清楚？

孟烨一时哑然。一阵沉默之后，孟烨说道："这些年，我们都有自己的无奈。"

江怡可低下了头，说："无不无奈的，都过去了。我只希望，我们今后不要再有牵扯了。"

孟烨眉头一皱，说："你就这么恨我？"

"不是恨。"江怡可淡淡地说。

不是恨，没有爱，又哪来的恨！

孟烨听懂了江怡可的言外之意，肩膀一垂，身上顿时失去了力气。

江怡可最终还是拗不过江父，隔天他们一起去看了孟烨找的房子。依孟烨的能力，找的房子自然不会差。江父看了一圈，觉得很是满意。

江父喜欢，江怡可自然也没什么好说的，当下就和房东交涉一番，很快把租房合同确定了下来。

房东离开后，江怡可的电话突然响了起来。江怡可看了眼来电显示，心跳漏了一拍。虽然是陌生号码，但是她却记得，这是廖洛的号码，廖洛曾用这个号码给她打过电话。

"喂。"犹豫了一下，江怡可还是接起了电话。

廖洛那边顿了一下，说："我在深城。"

江怡可皱眉，问："你有事吗？"

"我们见一面吧。"

"我这边还有事。"

"那就等你忙完。"

江怡可叹了口气，说："我想我们之间没有见面的必要。"

"你是在躲我吗？"

"我已经结婚了。"

廖洛沉默了一会儿，又说："我只是有些问题想问你。"

"怡可，是谁的电话？"

孟烨走到江怡可的旁边问道。他的音调颇高，电话那头的廖洛也听得很清楚。

空气之中一片沉寂，江怡可看向孟烨回答道："一个朋友。"随后又朝电话那边的廖洛说道："你不是要见面吗？那就见吧。"

"好。"廖洛的声音低沉得可怕，"我过会儿把地点发给你。"

"好。"江怡可挂断了电话，又看着孟烨说道："我和谁打电话应该和孟先生没什么关系吧？"

孟烨低声笑道："我只是问问。"

江怡可眯了眯眼，没有再说话。

廖洛很快就把地点发了过来。江怡可到的时候，廖洛已经点好了菜坐在里面等候。江怡可隔着老远便注意到他的脸色不是很好。

廖洛将菜单递给江怡可，说："我已经按照你以前的口味点了几个菜，你要是换了口味，就再点两个。"

江怡可勉强笑了笑，说："不用了。"

廖洛将菜单转手递给了一旁的服务员，道："我倒是没想到江小姐会当着老公的面来赴我的约。"

"我和廖先生之间清清白白，自然是没什么好避讳的。"

"清清白白？"廖洛轻笑了一声，"可是我怎么记得江小姐还没有和我说过分手？"

江怡可听到这话，微微皱眉，目光扫过廖洛身前的酒杯，心想，看来他还没喝就已经醉了。

"我没醉。"廖洛注意到江怡可的眼神，强调了一句。

"廖先生还是说说你打电话找我来有什么事吧？若是工作的事，我建议你还是直接去工作室比较方便。"

廖洛倒了一杯酒，闷头一口饮尽，紧接着又倒了一杯。

"如果只是工作上的事，我还不会追到深城来。"

他是为了自己来深城的？江怡可想到此处，微微垂眸。

"我是知道你回来了，就跟着来了。"

江怡可按住廖洛倒酒的手，幽怨地说："你是要来找我酗酒的吗？我想也没这个必要吧？"

廖洛停下动作，盯着江怡可的眼睛看了一会儿，眼里充满了疑惑，说："我就是想问问你，为什么要结婚？"

江怡可愣了一下，把放在廖洛手上的手微微放开，却被廖洛一把抓住，道："因为你爱他？"

廖洛的声音很轻，若不是周围还算安静，江怡可都要觉得是自己幻听了。

"你现在问这个问题有意义吗？"江怡可慢慢抽回了自己的手。

"有，怎么没有？"

江怡可把头偏开，说："他有钱，长得也不差，很适合我。"

"我要你回答，你爱他吗？"

江怡可抿了抿嘴，随即勾起嘴角道："廖先生，我们都是三十岁的人了，你在这里和我讨论爱不爱的问题，难道不觉得自己很幼稚吗？"

"我只是要你的答案。"

"不爱。"江怡可果断地回答，"那又怎样？我愿意嫁给他。"

廖洛皱着眉，看了看江怡可，把身子向后移了移，苍白无力地说道："你怎么就不肯再给我点儿时间？"

"给你点儿时间？那你要多久？五年？十年？我都要等你吗？你知不知道我和你在一起的时候有多辛苦？明明已经习惯了富足的生活，却为了你可怜的自尊心，一而再再而三地迁就你！你只当是我爱你，可是你有没有为我考虑过？我嫁给了他，至少我可以过自己想要的生活。我想要尝试别的工作，我想要去杭州，这些他都不会阻拦我。"

江怡可说到最后已经不知道自己在说些什么，她只是想简单地了断过去，不想和廖洛有过多的牵扯，她不想再经受从前的绝望。可是当她看见廖洛因为她的话而露出失落的眼神时，她的眼角也不由得湿润了。

"原来你一直都是这样想的。"过了许久，廖洛说出这样一句话，看似轻描淡写，嗓音却沉重无比。

"忘了那段过去吧，就当是我对不起你。"江怡可说完这句话，起身想走，不料一下子撞在端着汤的服务员身上。

肩膀处一阵火辣辣的疼，江怡可却好像找到了流泪的借口，眼泪像是决堤了一般，模糊了视线。

"可儿，你怎么样？"廖洛紧张地问。

"没事。"江怡可垂着头，"我去洗手间处理一下。"

第二十章　相顾无言，旧事无情

洗手间里，江怡可越哭越委屈。八年的隐忍，一下子爆发了，她曾经以为的恨，原来是藏在心底的爱。以至于，过去的误会解开，她觉得经历了八年沧桑的自己配不上廖洛，所以拼命地想要躲开。

"姑娘，你这是怎么了？怎么哭成这样？"旁边的大妈盯着江怡可看了一会儿，走过来问道。

"我没事。"江怡可擦了擦眼泪，摇头道。

"眼睛都哭肿了，还说没事。"

江怡可露出一抹淡淡的笑容，有些局促地不知道该说些什么。

大妈继续劝道："你看你年纪轻轻的，有什么想不开的。等你到了我这个年纪，就知道了。你现在经历的这些啊，压根就不是事。"

"嗯。"江怡可笑着点点头。

"别哭了啊。"大妈又嘱咐了一句，这才离开。

廖洛在洗手间的门外等着，许久都不见江怡可出来，有些担心。突然看见一个大妈走了出来，正要上前询问，却见大妈的老伴走了过来。只听大妈说道:"我刚才在里面看见一个姑娘,哭得可伤心了,眼睛都肿得不像样子。"

廖洛听到这话,止住了脚步。

大妈的老伴问道:"怎么哭成那样?"

"小姑娘,还能因为什么,我看就是被哪个不着调的小伙子给欺负的。"

廖洛犹豫了一下,走过去拦住大妈,道:"阿姨,您说的那个姑娘是我的朋友。我想请您把她带出来,她刚刚被烫伤了,我想带她去医院。"

大妈眯着眼睛,问:"你是那姑娘的男朋友吧?"

廖洛一时愕然,没有回话。

大妈这下更加确定了,说:"你说你是怎么欺负人家姑娘了,叫人家伤心成那个样子。"

"我……"廖洛也不知道该说什么好,只好道,"我也知道自己错了,想请阿姨帮帮忙,我急着带她去医院。"

"不用去医院。"

大妈还没说话,江怡可的声音便传了过来。

廖洛见江怡可走了出来,松了口气。

大妈看向江怡可,劝道:"姑娘,我看他也是诚心认错,要不你就先跟他去医院吧,身子要紧。"

江怡可走过来,笑了笑,说:"阿姨,您别担心,我没事。"

"去看看总是没错。"

廖洛也说道:"走吧。"

江怡可抬头看着廖洛,正要拒绝。只见大妈一把拉过江怡可的手,将她的手塞到了廖洛的手中,说:"快去吧,小两口之间哪有什么深仇大恨。"

江怡可和廖洛均是一愣。两人沉默了片刻，江怡可和大妈道了谢，朝着廖洛道："我们走吧。"

廖洛点点头，拉着江怡可离开了。

出了餐厅的门，江怡可抽回手，说："抱歉，今天这顿饭也没有吃好。"

"去医院吧。"廖洛只当江怡可哭得伤心是因为疼。

"不用，我……"

"怡可。"

江怡可的话突然被打断，江怡可寻声看去，发现居然是孟烨。

江怡可皱眉道："你怎么来了？"

"我听你爸说你来了这里。"孟烨笑了笑，看向廖洛，问："这位先生是？"

廖洛的脸色有些难看，却还是保持着风度，笑道："我是廖洛，是江小姐的……生意伙伴。"

听见廖洛两个字的时候，孟烨的眉头不经意地动了两下，随后他露出笑容说："原来是怡可的生意伙伴，那我要感谢你对怡可的照顾。怡可去了杭州，我一直不放心。"

廖洛看了江怡可一眼，笑道："你的感谢我就先收下了。"

江怡可皱眉，看向孟烨说："我们走吧。"

孟烨点点头，朝廖洛道："廖先生，我们改天再好好聊吧。"

"嗯。"廖洛应下，随后转身离开。

江怡可看了看廖洛的背影，有些不舍地转身。

"没想到你们八年后还能再遇见。"孟烨突然开口，"我还以为你就算不去报复，也不会对他有什么好态度。"

"这些貌似和你都没有关系。"

孟烨微微一怔,说:"的确和我没关系。但是,江怡可,你也真没有必要因为爱一个人,活得这么卑微。"

江怡可挑了挑眉,瞪了孟烨一眼,快步走开。

"我是戳到你的痛处了吗?"孟烨追了上来。

江怡可没好气地说:"从前那些事我不想再追究,也请你离我的生活远一点。"

"不管怎么说,我们也做了这么多年的夫妻,难道我在你眼里就是一文不值,是吗?"

"是,一文不值。"江怡可说完就要走开。

孟烨突然用力抓住了江怡可的胳膊。江怡可甩了一下,没能甩开,皱眉看向孟烨问道:"你这是要干什么?"

"你不觉得你这样对我很不公平吗?"

江怡可轻笑道:"不觉得,我也不觉得你有什么好放不下的!"

"我这些年对你已经够好了,你到底还想怎么样?"

"那都是你以为的!"

江怡可挣扎着想要甩开孟烨。孟烨却越抓越紧。

江怡可生气地说:"你到底想干什么?"

"跟我回家!"

"孟烨,你不觉得自己很可笑吗?"

"可笑的是你!我和你离婚,不是让你转过头跟廖洛在一起!"孟烨的声音不由得提高了音调。

江怡可怒极反笑道:"我和谁在一起和你有什么关系?我们的婚姻从来就只是一场交易。"

"交易"这两个字像是激怒了孟烨一般,他抓着江怡可的手越发用力,突然将江怡可拉进了怀里。

"放开!"江怡可被吓了一跳,挣扎了几下之后,忽然觉得被抓紧的手臂一松。江怡可因为惯性险些倒地,抬头一看,孟烨已经被廖洛拉开。

眼看廖洛就要挥拳,江怡可连忙喊道:"不要!"

廖洛的动作一顿,过了一会儿,放下了拳头。

孟烨抬头看着廖洛,愣了一下,勾唇笑道:"怎么?心疼了?"

廖洛皱眉道:"趁我还没有动手,你现在赶紧走。"

孟烨看了江怡可一眼,语气一转,道:"我们夫妻之间的事你管得着吗?"

廖洛没有说话,江怡可突然上前拉住廖洛,开口道:"我们走吧。"

廖洛看了眼江怡可放在他臂间的手,微微怔住,随后点了一下头,拉着江怡可走了。

孟烨站在原地,一脸阴郁,却没有阻拦。

两人走在街边,许久都没说话。

江怡可想了想,开口道:"今天的事,谢谢你了。"

廖洛的脚步一顿,问道:"这些年你过得真的好吗?"

"挺好的。"江怡可的嘴角微抿。

"那……"廖洛欲言又止。

江怡可知道廖洛是想说刚才的事,她有些牵强地笑了笑,说:"夫妻间吵架,不是很正常吗?"

廖洛听到这话,不禁苦笑。

江怡可又问:"倒是你,怎么回来了?"

"刚好有东西落在餐厅了。"

"那还真巧。"江怡可想了一下,又问,"你住酒店?"

"嗯。"

"准备什么时候回杭州?"

廖洛回答道:"明天吧。你呢?"

"我应该也就这两天。"

"因为吵架?"廖洛问完,顿了一下,"我以为你不会再回杭州。"

江怡可把头低了低,说:"因为工作。"

"为什么一定要去杭州工作?"在廖洛看来,夫妻两地分居,确实让人不解。

江怡可歪着头想了一下,没有说出实情,随机答道:"只是单纯地喜欢杭州。"

廖洛没有再问,沉默了一会儿,忽觉一阵冷风吹过,便问道:"你住哪里,我送你回去。"

江怡可一愣,房子是孟烨找的,在新区,她一时还真没记清具体位置。

江怡可想了一下,说:"不用了吧。"

"你不想回去?"廖洛看出一些端倪。

江怡可点点头。

"那你和我走吧。"廖洛突然说道。

江怡可微惊,瞪大眼睛看向廖洛。

廖洛笑道:"住在一个酒店里,我也放心。"

"好吧。"江怡可一时也找不到理由拒绝。

廖洛在路上拦了一辆出租车,两人上了车,很快就到了酒店。廖洛旁边的房间正好空着就顺理成章地订了那一间。

走到房间门口,江怡可看了廖洛一眼,轻声道:"晚安。"

"晚安。"廖洛点了一下头，转身走开。

江怡可开门进了房间，觉得此情此景甚为熟悉，一时愣住了。

那年，廖洛和江怡可刚在一起，江怡可还是廖洛身边的实习生，两个人一起出差，也是像现在这样住在两个相邻的房间。

那时的江怡可想到廖洛就住在她隔壁，激动得睡不着。在床上翻来覆去两个小时之后，还是没忍住去敲了廖洛的房门。

房门很快打开，江怡可兴奋地看着廖洛说："廖洛，原来你也没睡啊！"

"嗯。"廖洛应了一声。

江怡可小步快跑着钻进廖洛的房间，笑嘻嘻地说："我们一起睡吧。"

廖洛愣了一下，说："江怡可，你一个没毕业的小姑娘，能不能矜持一点？"

"为什么要矜持啊？我是你女朋友啊！"

廖洛听到这话，顿时哑然。他顺手把门关上，指着床说："你先睡吧，我这边还有工作。"

江怡可站在床边愣了一会儿，看着廖洛把电脑打开，坐在一旁开始工作。她想了一下，走到他旁边说："我和你一起。"

廖洛早就习惯了江怡可这样，好在她只是乖乖地坐着，从不扰他。

不过这次廖洛却无法静下心来。别扭地工作了一个多小时，廖洛把电脑收了起来。

"要睡觉了吗？"江怡可的语气中难掩兴奋。

廖洛忍不住笑道："是，要睡觉了。"

尽管江怡可心心念念地要和廖洛睡在一张床上，可当两个人真正躺在一起的时候,她还是紧张得不行,心脏就要跳出了胸腔,辗转反侧,久久不能入睡。

"不要乱动。"不知过了多久,廖洛突然警告道。

江怡可委屈巴巴地噘嘴,不过也听话地没有再动。不一会儿,江怡可就睡着了。

想到这里,江怡可苦涩地笑了笑,当时她怎么也想不到,两个人会走到这般境地。

第二天一早,江怡可刚起床,廖洛就敲响了她的房门。

江怡可打开门,廖洛问道:"要不要去吃早餐?"

"嗯。"江怡可点点头。

两人在附近随便找了一家早餐店,点了豆浆油条。

江怡可突然问:"你几点走?"

廖洛愣了一下,才想起来自己和江怡可说今天回杭州。

"下午吧。"廖洛含糊地说了一句,"有什么事吗?"

"没有,随口问问。"

廖洛苦笑了一下,她这是希望自己赶快离开吧,可是她这边的事没解决,自己又怎么能安心走?

"我想去看看伯父。"廖洛说道。

江怡可端着粥的手一顿,想了想,说道:"我爸他现在估计不想看见你。"

廖洛想起之前许京和他说过的事,心里有些苦涩。他想解释一下,但转念一想,没有证据,谁又会信他呢?

想到这里,廖洛问江怡可道:"你呢?相信我的话吗?"

这句话憋在廖洛心里很久了,从那天他们在咖啡厅把话说开,他就想问了。

"相信。"江怡可心里早就有了答案。若是之前，她或许不会说出来，但是她想起那天苏筱络的话，觉得相爱一场，彼此之间总要有些信任。

廖洛没想到江怡可会回答得这么干脆，心里震惊的同时，又掺杂着几分苦涩。

廖洛盯着江怡可看了许久，没有说话。

江怡可笑了笑，放下筷子，说："我吃好了。家里还有事，我就先走了。"

廖洛迟疑了一下，问："你自己……可以吗？"

"当然可以。"江怡可笑了笑，"我走了。"

江怡可已经走出了几米，廖洛突然叫住她说道："可儿，你要幸福。"

江怡可鼻头一酸，眼泪险些落下来，答道："我会的。"

忙了两天，江怡可总算将父亲安置好了。江怡可临走的前一天晚上，父女俩坐在一起吃饭。

江怡可嘱咐道："爸，你以后要是有什么事，尽管给我打电话，我会尽快赶回来的。至于孟烨还是少麻烦得好。"

"嗯。"江父应了一声。

江怡可微微蹙眉，下午她办完事回来就觉得父亲的神色不太对劲儿，现在看着果然是有心事。

"爸，你是有什么事吗？"

江父抬头盯着江怡可看了一会儿，问道："下午孟烨给我打电话，说他碰见廖洛了，而且你还和他在一起。"

江怡可愣了一下，说："是。"

"他现在应该过得不错吧。"江父神色复杂地说。

"嗯。"江怡可应了一声。

"你是怎么碰见他的？"

江怡可听得出来，父亲正在努力让自己的语气听起来平静一些。

"偶然遇见的。"江怡可回答道。

"你是怎么想的？"江父又问。

"爸，这其中可能有误会，况且这事都已经过去八年了，我们就不能放下过去重新开始吗？"

江父脸色铁青，激动地说："没有他，我会在监狱待五年吗！"

"他已经解释过了，当年他在美国确实没有收到消息。"

"解释？八年都没有消息的人，回来随便说一句话你就信了。你忘了这些年你是怎么过来的吗？"

"那你还要怎么样？爸，揪着过去不放对你有什么好处？"

"好，你就为了他和我这么顶嘴！"

"我没有。"江怡可委屈道，"我知道这件事对我们家的打击很大，但是这件事的错并不在廖洛身上，而是在那些陷害你的人身上。"

江父瞪着江怡可喊道："行，你这么说是吧！那你就给他打电话，让他过来跟我当面解释！"

"爸，你为什么非要这样？我和廖洛已经说好了，我们不会再联系了。"

"不会联系？不联系什么，那是他欠咱们家的！"

"爸，你先冷静一下吧。"江怡可有些无奈，有些事不是她三言两语就能说得清的。

"我看你真是被他灌了迷魂汤了！"江父在江怡可的身后喊道，随后无力地坐在了沙发上。

第二天一早，江怡可收拾好东西，又准备了早饭，去敲了江父的房门。

江父打开门，虽然还是沉着一张脸，但看起来比昨天晚上要好一点儿。

"爸，我做了早饭，你过来吃点儿。"

江父没有理会江怡可，径直走向餐桌，拿起筷子，开始吃饭。

江怡可跟在父亲身后微微叹口气，道："爸，我要回杭州了，十点的飞机。你在这边要好好照顾自己，有什么事给我打电话。"

"知道了。"江父冷声说了一句，沉默了一会儿，警告道，"你和廖洛，不要再联系了。"

"我知道。"江怡可应了一声。

第二十一章　各怀心思的旅行

江怡可刚到深城机场，丁柏就打来电话问："你家里的事怎么样？很棘手吗？"

"没有，我现在已经在机场了，准备回去。"

"哦，我还担心你不回来了呢！"

"项目还没结束，我怎么会撂挑子。"

丁柏笑了笑，说："说起项目的事，你回来得正好，这次的竞标需要了解一些书院文化，我打算明天去一趟宁波的天一阁，咱们一起吧。"

"好。"江怡可应道。她之前就对天一阁博物馆很感兴趣，趁这个机会去看一下也是好的。

晚上许京给江怡可打来电话，问："听说你回深城了？"

"嗯。"江怡可应了一声。

"什么事啊？"

"家里的老房子要拆迁，我回去看一眼。"

许京笑道："这是好事啊。"接着她又问，"伯父怎么样了？"

江怡可抿了抿嘴,说:"挺好的。"说着她心里突然有些感慨,"京儿。"

听到江怡可的语气,许京愣了一下,问:"怎么了?听你的声音苦大仇深的。"

"廖洛跟着我去深城了。"江怡可淡淡地说。不知为何,她现在特别想找一个人倾诉这件事。

电话那边的许京愣了一下,好半天才反应过来,问:"他去干什么?你们怎么遇见的?"

"他是跟着我去的。"江怡可说着垂了垂眼皮,鼻子莫名地有点儿酸,"他问我当初为什么要和孟烨结婚。"

"你和他说了吗?"许京连忙问道。

江怡可轻笑了一声,反问:"怎么说?"

"就说你当初是为了帮父亲还债,才嫁给他的。"

"说了有什么用?京儿。"江怡可的声音带着些许呜咽,"这些只会给我们徒增烦恼罢了。"

"怎么没有用?你不是还放不下他吗?你把你们之前的误会解开,你们就可以在一起了。你到底在犹豫什么?"

犹豫什么?大概是因为廖洛并非是八年前的廖洛,她也不再是八年前的她。有些时候,人之所以会痛苦,就是因为明明没有选择,却还是心生希冀,苦苦挣扎。

"你知道的,就算我放下了,我爸也放不下。"

许京叹了口气,她本来想说解释一下不就好了。可是转而一想,江父不是江怡可,没有证据,又怎么会相信廖洛?

想到这里,许京灵机一动,说:"廖洛不是说他在美国被人陷害,然后被警方限制了人身自由吗?我猜害廖洛的人一定和害伯父的人有关。我找人调查一下,万一能找到线索呢!"

江怡可听到这话,有些心动,但是很快就打消了念头,说:"八年前的事,又怎么会这么容易调查清楚?"

"你不试试怎么知道?"

"好,那就麻烦你了。"江怡可想了一下,不管她和廖洛今后怎样,她都应该还廖洛一个清白。

"算了,你先别急着谢我。这件事光是我出力也不行,我们还要多想想办法。"

江怡可应了一声,思索道:"或许,有时间我应该再回深城一趟。"

挂了电话后,江怡可翻来覆去睡不着。因为第二天还要和丁柏出差,所以强迫自己去睡。

江怡可先到公司和丁柏汇合,又一起去了火车站。

上了动车,丁柏问道:"之前去过宁波吗?"

江怡可摇了摇头,现在想想,她之前去过的地方还挺少的。

"宁波的糕点很有名,我们可以在宁波住一晚,然后好好玩一玩再回来。"

"也好。"江怡可点点头。

二人到达宁波后,先把行李放到酒店,然后就出发去天一阁。

走进天一阁,入目处便是众多古木,建筑青砖黛瓦,书香古韵弥散其中,让人顿觉清明。

现在并非是假期,江怡可和丁柏一路走来也没瞧见什么人。没想到刚一踏进东明草堂就听到了些许声音,好像是有人在讲解什么,江怡可好奇地快走了两步。

"虽说范钦遍寻各地搜寻文献,可是能找到的毕竟有限。天一阁之所以能有这么多藏书,是因为范钦去官归里后,同藏书家丰坊交往频繁,后来丰家藏书楼不幸失火,丰坊无意续藏,便将劫余之书尽数给了范钦。"

廖洛正说着话,忽然察觉到有人走了进来,抬头一看,才发现来人竟是江怡可,他的声音一下子顿住。

竟然是廖洛,他的身边还站着之前见过的女人,江怡可看着他们,许久没有缓过神来。

"怡可,你走得也太快了吧。"丁柏的声音传来,打破了尴尬的气氛。

丁柏一抬头,看见了廖洛,笑道:"廖先生,你也在这里啊。"

"嗯。"廖洛点点头,"最近有一个项目正好涉及书院文化,所以就过来走一走。"

廖洛身边的女人笑道:"原来你们认识啊!"

丁柏愣了一下,说:"那真是巧了,咱们竞标的该不会是一个项目吧?"

此话一出,周围一下子安静了下来。

"看来就是了。"廖洛微微一笑,"这样也好,我们还可以交流一下意见。"

听廖洛这样说,丁柏也跟着笑了笑,说:"有廖先生指导,本身就是一分收获。"说完,他看向廖洛身边的女人。

廖洛连忙介绍道:"这是……"顿了一下,他接着说,"我的同事——薛晴雯。晴雯,这两位是丁柏和江怡可。"

其实廖洛之所以顿了一下,是因为薛晴雯并不是他公司的同事。二人是在美国认识的,严格上说应该是朋友。但江怡可却以为廖洛是觉得尴尬，故意隐瞒二人情侣的身份。

薛晴雯冲丁柏和江怡可笑了一下，转头对廖洛说："我们接着讲，我记得你和我说天一阁有很多特殊的规矩。"

廖洛温和地笑了笑，耐心地给薛晴雯讲了起来。

江怡可可偷偷打量薛晴雯，暗道此人确实不凡，看她穿着打扮干练，却又没有架子，看起来随和自然，却又隐隐让人有距离感。

"原来是这样。"薛晴雯说着自然地拉过廖洛的胳膊，走到了另一侧。

"要不我们先去东园？"丁柏看着正在发呆的江怡可，建议道。

"好。"江怡可点点头，这里的氛围确实让她难受。

丁柏对廖洛说道："廖先生，我们先去那边看一看。"

"嗯。"廖洛应了一声。

东园是园林休闲区，与东明草堂浓厚的书香氛围不同。东园这边景色宜人，明池锦鲤，假山亭台，让人心生几分玩赏的惬意。

"这一趟走得真值。"丁柏在一旁感叹，"就当是来游玩，也是不错的选择。"

江怡可点点头，走进了亭子，看着围墙上的碑石，有些愣神。

这时，薛晴雯带着喜悦的声音从不远处传了过来，只听她说："到了这处，你又有故事给我讲了。"

江怡可下意识地转头看去，四人俱是一怔，没想到又碰上了。

丁柏玩笑道："看来咱们四个也是有缘，要不干脆就一起走算了。"

"也好。"没想到廖洛居然第一个应了下来。

薛晴雯眉头微动，然后说："我们去假山那边看看吧。"

四人一同朝着假山的方向走去，不知不觉间，薛晴雯和丁柏走在了前面，廖洛和江怡可跟在了后面。

"没想到你这么快就回杭州了。"廖洛说道。

江怡可点了点头，正要说话，前面突然传来一阵惊呼声。

江怡可看了廖洛一眼，两人快步走上前。只见丁柏正扶着薛晴雯，而薛晴雯像是受到了惊吓，目光有些呆滞。

"怎么了？"江怡可看向丁柏。

"她刚刚走在岸边，没看清路，差点儿滑下去。"

"没事吧？"廖洛关切地问。

薛晴雯从丁柏的怀里起来，向丁柏道了谢，摇摇头，道："我没事。"

江怡可提醒道："先简单地检查一下，看看有没有受伤的地方？"

"放心吧，我没事，丁先生来得及时。"薛晴雯微笑着对廖洛说："你刚刚在哪儿？"

江怡可赶紧解释道："我们两个走得慢，没有跟上。"

薛晴雯微微挑了一下眉，看了江怡可一眼。

丁柏倒是没想太多，说："这也到晚上了，我们先出去吃个饭吧。"

"嗯。"廖洛点点头。江怡可和薛晴雯也没有反驳。

到了饭店，薛晴雯拉着江怡可坐了下来，然后转头看向廖洛，指了指自己对面的位置，说："廖洛，过来坐。"

廖洛点点头，在薛晴雯的对面坐了下来，丁柏则自然地坐到江怡可的对面。

点好了菜，薛晴雯一直和廖洛说着话。江怡可坐在旁边，时不时地发呆。

丁柏又拿起了菜单，对江怡可说："怡可，要不要给你点份甜品？我看这里的甜品卖相还不错。"

江怡可一愣，笑道："我又不是小孩子，干吗吃甜品？"

"那我上次买的棒棒糖，都是谁吃了？"

江怡可一时语噎。廖洛用余光看了看两人，又继续和薛晴雯聊天。

菜很快就端了上来，薛晴雯先给廖洛夹了一些，说："你先尝一尝，看好不好吃。"

廖洛微怔，尝了尝，点头道："还不错。"

"那我也尝尝。"薛晴雯尝了一口，笑着点头，"确实不错。"

看着两人旁若无人的样子，江怡可微微低头。

这时，丁柏给江怡可夹了口菜，道："你也尝尝。"

"嗯。"江怡可应了一声，端起旁边的茶杯喝了一口。

"你们今天要回去吗？"薛晴雯看向丁柏，问道。

"明天。"

廖洛夹菜的手一顿。

薛晴雯继续问："那你们是已经订好酒店了吗？"

"嗯，我们想留在这里尝尝宁波糕点。"

"宁波糕点确实不错。"廖洛突然看向薛晴雯，"我们也留下来吧。"廖洛转头对丁柏说："你们住在哪家酒店，咱们住一起吧，就当是一起散心。"

"也行。"丁柏报上酒店的店名，"晚上还可以一起去附近走走。"

"那我们还要研究一下要吃什么。"薛晴雯看着廖洛，"你有什么好的推荐吗？"

廖洛耸了耸肩，说："这边我很少来。"

薛晴雯又看向丁柏，问："你呢？"

"手机软件都比我靠谱。"

"那我就只好找手机软件了。"薛晴雯拿起了手机。

这时，江怡可的手机响了起来。她看了一眼，发现是杜冰打来的电话。她愣了一瞬，赶忙走到外面接通了电话。

"可儿，你在哪儿？"

江怡可微微蹙眉道："我在宁波。"

"宁波？你怎么去宁波了？"

"我在这边有工作。怎么了，你有什么事吗？"

杜冰调侃道："你是不是和丁柏在一起啊？"

江怡可无奈地摇摇头，心里暗暗责怪许京这个大嘴巴，说："不是。"

杜冰明显不信道："你就瞒着我吧。"

"你给我打电话来不会就是为了问这件事吧？"

"当然不是，是我要去香港出差，想问问你有没有什么要买的？我可以帮你带。"

江怡可一时之间还真想不起来有什么要买的，于是问道："你什么时候走？"

"后天。"

"那我先好好想想。"

"事先说好啊，东西太多我可带不了。"杜冰赶紧打预防针。

江怡可笑道："放心吧，我又不是购物狂。"

"我听说丁柏快要过生日了，你有没有给他准备礼物啊？"

江怡可顿时愣住了，丁柏要过生日她怎么不知道？关键是杜冰怎么会知道的？

"你是听谁说的？"

"许京啊。她特意让我提醒你一下。人家帮了你那么多忙,你不至于连一份礼物都不送吧?"

江怡可叹了口气,透过窗口将视线不由得落在丁柏身上,心里有些发愁。

丁柏似乎是感觉到江怡可的视线,转过头,冲她露出一个笑脸。

廖洛看着两人的互动,脸色一沉。

"正好我去香港,你可别错过这次机会啊!想送什么,我帮你买了。"杜冰贴心地提议道。

"好,我知道了,我还在吃饭,就先不和你聊了。"

"嗯,你们俩慢慢吃。"

江怡可挂断了电话,回到座位上。

丁柏见江怡可看起来有些疲惫,问:"是有什么事吗?"

江怡可摇摇头,说:"没事,是杜冰打来的。"

刚刚一直在听杜冰在念叨丁柏,江怡可顺嘴说道,说完想起来丁柏似乎并不认识杜冰。

好在丁柏并没有表现出诧异,倒是一旁的廖洛,拿筷子的手顿了一下。他记得,杜冰是江怡可的闺密,没想到八年了,她们之间的关系还那么好。

江怡可没有注意到廖洛的异样,继续心不在焉地吃饭。关于到底要送丁柏什么礼物,江怡可真的有些发愁。

第二十二章　雨过情断

四人吃完饭一起回到酒店。丁柏对江怡可说他要去拜访一位老朋友，便离开了。

江怡可一边感叹丁柏的朋友真不少，一边倒在床上刷手机。刷得久了，觉得烦闷，就出了酒店，想到外面逛一逛。

江怡可出来的时候，天色渐阴，像是要下雨。街上的人意识到要变天，都加快了脚步。

江怡可脑子里满是廖洛和薛晴雯的影子，心里有些烦闷。想到这里，她走进附近的超市里买了两罐可乐。

江怡可很少喝酒，难过的时候喜欢喝碳酸饮料，喝一大口下去，嘴里麻麻的，会让人开心一些，至少江怡可是这样认为的。

买好了饮料，眼看雨马上就要下起来了。江怡可只好断了到处走一走的心思，默默地往酒店走。

刚走没几步，手机便响了起来，江怡可的脚步一顿，掏出手机看了看，竟然是孟烨。江怡可下意识地想要挂掉，可是又担心是父亲的事，江怡可只好接了起来。

"喂。"电话那边许久没有声音,"有事吗?"江怡可又问。

"你回杭州了?和廖洛一起?"孟烨的声音听起来有些沙哑。

江怡可无端地有些心烦,敷衍道:"是,我回杭州了,要是没什么事的话,我就先挂了。"

"我可能要结婚了。"孟烨突然说道,声音有些无奈,"家里给安排的,说是挺适合我的。"

江怡可一愣,当年自己就是家里给孟烨安排的。江怡可叹了口气,道:"你要是不愿意,就拒绝吧。"

"万一以后喜欢上了呢?"

"你自己好好想想吧。"江怡可也不知道该怎么劝孟烨。

孟烨的声音顿了一下,说:"你爸还不知道廖洛也在杭州吧?"

"你说这些是想要干什么?又想在我爸面前编一些子虚乌有的事,是吗?"

"是不是子虚乌有,你不是很清楚吗?江怡可,承认吧,这么多年,你就没有放下过他。"

江怡可叹口气,说:"我不想和你说这些。"

"离他远一点。"孟烨又道。

"不用你管!"

"经历了那样的事,你还是要义无反顾地和他在一起吗?"

"这是我自己的事。"

江怡可刚说完话,雨滴就毫不留情地落了下来,她这才意识到,原来路上已经没有人了。

孟烨冷笑道:"你爸要是知道你在杭州和他厮混在一起,不知道会是什么反应?"

"孟烨,我们已经离婚了!"江怡可的声音不由得拔高,她讨厌这种被威胁的感觉。

"谁都可以,他不行!"

"随你便吧。"江怡可挂了电话。

此时,雨越下越大,江怡可已经明显感觉到自己快要睁不开眼睛。正想着该往哪里走,突然跑出来一个人拉住了她。她还没反应过来,这人已经把外套脱下来,遮在她的头上。

两人一路跑到了酒店大厅,江怡可这才有机会抬头看眼前的人。

竟然是廖洛!

"你怎么出来了?"江怡可出声问道。

廖洛看了江怡可一眼,没有回答,而是径直朝着电梯的方向走去。

江怡可有些愣神,不明白廖洛的态度为什么突然这么冷淡。

"怎么不过来?"廖洛见江怡可还没有跟过来,皱眉问道。

江怡可走了过去,电梯的门打开,两人一起走了进去。电梯里没别人,江怡可的衣角还在滴水。江怡可有些恼怒地拧了拧衣角。

很快到了他们所在的楼层。江怡可出了电梯,正要去掏房卡,手突然被廖洛拉住。

江怡可正要叫出声,又想起这里是酒店的走廊,只好压低声音问道:"你这是要干什么?"

"去我的房间。"

江怡可一愣,道:"我的衣服还是湿的,有什么事明天再说,好吗?"

廖洛没有理会江怡可的话,自顾自地打开门,将她一把拽了进去,反手关了门。他伸手指了指浴室,道:"去洗澡吧。"

江怡可无奈地看了廖洛一眼,走进浴室,稀里糊涂地洗了个澡。

江怡可出来的时候,廖洛已经倒好了热水,递给了她,说:"多喝点儿,免得感冒。"

"谢谢。"江怡可接过热水喝了几口,又看了眼廖洛,"你也去洗一下吧。"

"你在这里等我。"廖洛站起身,警惕地说。

江怡可想了一下,点了点头。

江怡可望着落地窗发呆。不知过了多久,廖洛走了出来。江怡可看向他,想了一下,问道:"你找我,什么事?"

"你还要瞒我吗?"廖洛突然问道。

江怡可有些不明所以。

廖洛的身子突然往前一探,表情严肃地说:"你已经离婚了?"

"你怎么……"江怡可想了想,猜到廖洛可能是刚才在街上听到的。

"我……"江怡可显得有些局促,"我也没说过我没有离婚。"

"那你心虚什么?"

"我没有。"江怡可辩解,"可能是有些冷。"她说话的时候抬头看了眼空调,觉得自己的谎撒得实在不算高明。

廖洛没有再说话,只是看着江怡可。

江怡可犹豫着说:"你要是没有别的事,我就先走了。"

江怡可起身要走,却被廖洛拉住。

江怡可有些无奈地偏头看他,诧异地问:"你干什么?"

"为什么要瞒着我?"

"我不是要瞒着你,只是觉得没有必要说。"江怡可已经冷静下来。

"没有必要说?"廖洛冷笑,"在你眼里,我就是个不相干的人,对吗？所以结婚的时候没有必要和我说，离婚了也一样没有必要告诉我？"

江怡可盯着廖洛的眼睛，淡淡地说："是。"

"那你当初为什么要招惹我？"

江怡可的嘴唇颤了颤，心酸地说："可能是喜欢过吧。"

"喜欢过？"廖洛讽刺地笑了两声，"从始至终，就只有我一个人被你耍得团团转。对！我这八年来从没有忘记过你，你满意了？"

"廖洛！"

江怡可眼角的泪终于忍不住落了下来。她好想说她也一样，可是却没有勇气说出口。

廖洛抓着江怡可的手无力地放下，说："你走吧。"

"对不起。"

江怡可走出房门，不料刚一出门，就碰见了丁柏。

"你怎么在这里？"两人几乎是同时问出口，又同时顿住。

丁柏打量着江怡可，她的身上穿着浴衣。丁柏的眉头皱起，脸色不停地在变换。

"丁柏。"江怡可想解释，又不知道该从何说起。

"你们？"丁柏终于问出了口。

"我在外面淋了雨，但是热水器坏掉了。"江怡可说完才意识到这个理由多么牵强，毕竟隔壁房间还有薛晴雯。

丁柏抿了抿嘴不悦地说："快进去吧，别着凉了。"

"嗯。"江怡可点了点头，转身进了自己的房间。

如果一切就这样结束，也挺好的，江怡可想。或许她选择来杭州，本来就是一个错误的决定。她已经不再是从前那个懵懵懂懂，不懂退缩的江怡可了。

第二天，四人来到车站，江怡可、廖洛和丁柏都有些尴尬，只有不知情的薛晴雯，偶尔说两句话，打破一下沉寂。

在火车站分开后，廖洛带着薛晴雯一起回到公司，不想却在会议室碰见了陈东明。

陈东明的目光在薛晴雯的身上停了一下，转而看向廖洛问道："我昨天来找你，你就不在，是去干什么了？"

"去了一趟天一阁。"廖洛随口答道。

"和薛小姐一起去的？"陈东明看了薛晴雯一眼。

廖洛打量一下陈东明和薛晴雯，疑惑地说："你们认识？"

陈东明笑了一下，说："上次你去深城时我来找你，正好看见薛小姐，就闲聊了一会儿。"

"哦。"廖洛点点头。

陈东明打趣道："我看你更像是去玩的，看这样子还在那儿住了一晚吧？"

廖洛笑了笑，反问道："你来找我，是有什么急事？"

"也没什么急事，就是把上次的项目落实一下。"

"好，我去办公室取一下文件。"

薛晴雯看着廖洛的背影，有些无聊地坐了下来。

陈东明看着薛晴雯，笑着问道："薛小姐此次去天一阁，感觉怎么样？"

"还不错。"

陈东明点了点头，又问："那你是还不打算回公司？"

"公司那边也没什么事，况且我现在最重要的就是和廖洛一起把这个项目做好。"

陈东明转过头说："我手上倒是有一个项目，不知道薛小姐有没有兴趣？"

"不好意思，陈先生。这一个项目已经忙得我焦头烂额的，实在是'心有余而力不足'了。"

"薛小姐先不要急着拒绝，反正我的这个项目也不是很急。"

"陈先生要是信我的话，我可以为先生介绍一个团队。"不知道为什么，薛晴雯很反感陈东明落在她身上的目光，下意识地不想和陈东明有太多牵扯。

陈东明挑了挑眉，道："看来薛小姐现在已经是廖洛公司的人了。"

薛晴雯笑了笑，没有接话。

回到家，江怡可才想起自己把送丁柏礼物的事给忘了。想了想，她决定拉上许京去商场挑一下吧。于是给许京发了消息："京儿，最近有空吗？"

许京很快就回道："没什么事，怎么了？"

"一起去逛街吧。"

"你该不会是想给丁柏挑礼物吧？"

"嗯，不知道该送什么好。"江怡可犹豫了一下，最后忍住没有说在宁波发生的事。

许京答应了下来，道："那行，我先帮你好好想想，到时候咱们直接去商场。对了，大斌说想趁着丁柏过生日大家一起去玩一下。"

大斌早就想组织大家出去玩，丁柏上次就已经跟江怡可提过一回，这次好不容易让他逮到一个机会。

"好，大家是应该出去放松一下了。"江怡可回道。

丁柏对江怡可的态度表面上没有什么变化，但是江怡可还是感觉到两人之间的距离远了许多。江怡可知道丁柏误会了她，但也没解释。也许，这对她来说也是一件好事。

"公司要筹备几个公众号，先由你来负责吧。"丁柏突然递给了江怡可一个文件。

江怡可看了看，公众号的工作她的确很熟悉，可是之前也没听说过丁柏有这方面的想法。

丁柏看出了江怡可的疑惑，笑道："我看你在以前的公司做的公众号很不错，不想浪费你这方面的才能。"

"好，交给我吧。"

丁柏顿了顿，想要说些什么，最后只是说："好好干。"

"嗯。"江怡可点点头，装作没有看出丁柏的异常，埋头继续工作。

说到要做公众号，江怡可还是很感兴趣的，她一向喜欢用文字来记录一些生活中的小事，现在也算是有了发挥的地方。

江怡可想起之前廖洛循着她的公众号文章找到了她，想必是还记得她的笔名。想到这里，江怡可把自己的笔名改成了瑞贝卡。许京曾说，新的名字就代表新的开始；丁柏也说，英文名字听起来更洋气一些。所以，这个名字刚刚好。

深夜睡不着，江怡可爬起来打开了电脑，想起下午看见的关于野猫的照片，写下了一篇关于收养流浪猫的文章。

第二十三章　伤心人的聚会

曹大斌的行动力果然不负众望，很快就把出去玩的事定了下来，他租下一栋别墅，大家一起去那里烧烤。

江怡可叫上了苏筱络，两人一起搭了丁柏的便车，先一步到达约好的地点。

许京到的时候，忍不住酸溜溜地说："你们可好，直接搭了便车过来，我就只能一个人打车。"

丁柏笑了一声，说："大小姐，是你那儿太偏僻了。"

"少找借口。"许京斜了丁柏一眼，然后四下看了一眼，"大斌呢？这地方还是他找的，他人呢？怎么没影子？"

江怡可也说道："刚才来的时候就没看见他。"

丁柏笑着接话道："他好像是有什么东西落下了，回去拿了。"

许京看向苏筱络，开玩笑道："小姐妹来了？"

苏筱络笑了笑，她本来不想来，奈何江怡可一直说让她出来散散心。她一想自己的确好久没有出来，于是就跟着来了。

许京挑眉看着江怡可，说："这姑娘看起来有些内向啊。"

"可能是最近工作多，累的。"

许京咂舌，道："现在的年轻人啊，都太拼了！上年纪就知道了，还是身体最重要。"

江怡可忍不住笑道："你不是也一样。"

"丁柏，过来搭把手！"曹大斌在远处朝丁柏招了招手，丁柏起身小跑着过去。

许京看丁柏走远了就冲着江怡可眨了眨眼，问："可儿，你俩这是怎么了？"

苏筱络闻言也凑了过来，她也感觉出不太对劲儿。

江怡可愣了一下，说："没怎么啊。"

许京嘴一撇奇怪地说："你当我看不出来啊，丁柏的目光老躲着你。他对你似乎不像之前那么殷勤了。"

"是吗？"江怡可反问道。

"你别想瞒我。"

江怡可无奈地说："是有点儿小误会。"说着，她顿了一下，"他误会我和廖洛……"

"廖洛？你和廖洛还在联系？"许京吃惊地说。

"不是，那天我和丁柏去宁波出差，正巧碰上了。然后丁柏看见我和廖洛……"

"你和廖洛做了什么？"许京的声调一下子拔高，明显对这件事很感兴趣。

"没干什么，所以才叫误会。"

许京的眼神有些意味不明地说："都误会了，还没干什么？"

江怡可叹了口气，无奈地说："真没干什么。"

许京刚要接话，丁柏已经走了过来。

"那边已经准备好了,大家去烤肉吧。"

"好。"江怡可应了一声,第一个起身。

许京递给苏筱络一个眼神,两个人快步跑了过去。江怡可看着两人的背影,愣了一下。

"我们走吧。"丁柏开口说。

江怡可想了一下,说:"等等。"随后,她从包里拿出一个礼盒,递给丁柏,"给你的。"

丁柏迟疑了一下,接过礼盒,问:"这是什么?"

"送你的生日礼物。"

丁柏一怔,有些吃惊地说:"你居然准备了礼物!"

"我们认识后的第一个生日,当然要准备礼物。"

丁柏站在原地,看着礼盒有些愣神。

江怡可道:"走吧,去吃烧烤。"

两人走了过去,许京看了眼丁柏手里的礼盒,笑了笑。

"来来来,大家先吃肉,不够我再烤。"曹大斌端着一盘肉放到苏筱络的面前。

许京和江怡可相视一眼,心知肚明地笑了笑。苏筱络愣了一下,把烤肉挪到了中间。

酒足饭饱后,丁柏本来想和曹大斌去打桌球。结果曹大斌叫上苏筱络一块去打游戏了。看到曹大斌如此重色轻友,丁柏只能默默叹息。

江怡可和许京约着一起去外边走了走,就当是消食,丁柏也没有凑上去,只是一个人默默地去唱歌。许京打趣他说,真是最惨的寿星。丁柏也没有理会。

江怡可和许京刚走出别墅,许京就忍不住问:"快说,廖洛那事,你这边还没有说个结果呢。"

没想到许京还惦记着这件事，江怡可无奈，只能全盘托出，将在宁波发生的事和许京讲了一遍。

许京听后，惊讶地说："你这也太戏剧化了吧！我都不知道该说什么好了。"

江怡可也觉得很无语，道："我也觉得自己像是被人捉弄了一样。"

许京摇摇头，又问："这么说廖洛已经知道你离婚的事，并且还因为这件事和你生气？"

算是生气吧，江怡可想。毕竟廖洛当时的脸色真的算不上好看。

"按照常理来说，他知道你离婚了，不是应该得意自己又有机会了吗？怎么还一反常态地生气了？"许京分析道。

"他应该是气我之前没有和他说实话。"廖洛的想法，江怡可还是懂一些的。

"唉。"许京叹口气，"那你呢，接下来打算怎么办？"

江怡可低头看了看脚下，无奈地说："现在这样挺好的，这次的项目结束后，我会离开丁柏的公司，和廖洛……应该也不会有牵扯了。"

许京有些不解地问："两个男人，你总要选一个吧？"

江怡可被许京的逻辑逗笑了，不解地问："为什么非要选一个？"

许京摇摇头道："你心里的人是廖洛，却又不想和他坦诚；丁柏对你这么好，你也不肯接受。可儿，我现在也不知道你到底是怎么想的了。"

"我就是觉得一个人挺好的。"江怡可模糊地说了一句。其实她只是有些不甘心吧，不甘心就这样放弃廖洛，却又不得不放弃。

"好啦。"许京揽过江怡可的胳膊,笑道,"不管你做什么决定,我都支持你。"

江怡可怔怔地看许京,说:"怎么突然间这么煽情?"

许京瞪了一眼江怡可,故作生气地说:"怎么着?给你点儿好脸色你还不适应了?"

两人打闹了一番,慢悠悠地回到别墅。

许京去了洗手间,江怡可转了一圈,发现屋子里没人,就出去在院子里看了看,结果在墙角看见了曹大斌和苏筱络的身影。

江怡可没有走近,只见苏筱络不知道和曹大斌说了什么,曹大斌的脸色突然变得很难看。之后,苏筱络就走开了。

江怡可看到这一幕,心里五味杂陈。她既然劝不动苏筱络,也就只能希望她的一腔深情不被辜负。

从别墅回来以后,江怡可和丁柏的关系并没有因此发生缓和。或许是丁柏心里还有芥蒂,江怡可也没有特意解释什么。

这天下班后,丁柏目送江怡可离开公司。

"丁总,这是你要的文件。"

丁柏转过头,看向站在门口的助理,皱眉道:"我记得我说过,这份文件明天晚上之前给我就行。"

助理笑了笑,说:"我做事不愿意拖着。"

丁柏点点头,道:"放那儿吧。"说完又补充了一句,"早点儿下班吧。"

"丁总你也别太晚了。"

"嗯。"助理轻声关上门,随后收拾东西离开了。

丁柏拿起桌子上的文件翻看了两眼,没有心情再看下去。他拿起手机,迟疑了一下,拨通了廖洛的电话。

"喂。"电话很快接通。

"工作忙完了吗?"丁柏问道。

"忙完了,有事吗?"

"出来喝一杯吧。"

丁柏没想到,他只是临时起意打了电话,廖洛竟然真的出来了。两人找了一家小饭馆,点了菜,又要了几瓶酒。

菜还没上,丁柏就一连喝了三杯酒。之后,他看着廖洛问道:"你能喝多少?"

"不知道。"廖洛摇摇头,"好久没喝醉过了。"

"你还真敢说。"

廖洛奇怪地问:"你找我出来就是为了喝酒?"

"嗯。"丁柏点点头,"想喝酒,就想起你来了。"

"怎么会想出来喝酒?"

"忙完工作,没什么事干。"

廖洛点点头。他知道这种感觉,忙完工作回到家,家里空荡荡的,只有他一个人,不知道该干什么才好。

"其实刚开始我还觉得你挺……那个词是什么来着,高冷!觉得你还挺高冷的。"

廖洛轻笑,高冷?好像也有人这样说过他。不过,他和不熟悉的人确实很少说话。

"后来看你和那个爱情心理治疗师聊得如此开心,真是把我吓了一跳。"

爱情心理治疗师?廖洛愣了一下,随后想起来丁柏说的是关禅,便笑了笑,没有吱声。

"其实我早就看出来怡可对你有意思了。"丁柏又喝了一杯酒。

廖洛去拿酒瓶的手一顿,疑惑地看着丁柏。

丁柏接着说:"只有你在的时候,她才会有那么多的情绪。平时和我在一起,她一直是淡淡的,好像对什么事都不感兴趣。"

丁柏笑了一声,迷迷糊糊地说:"其实,我第一次看见她,就被她吸引了。明明是一个刚离婚的女人,听说还一点儿钱都没分着,可是在她的身上看不出一点儿落魄来。她好像带着一种与生俱来的坚毅。我啊,明明知道怡可喜欢你,还装作看不见,去哪儿也不避着你,最后掩耳盗铃,把自己也给骗了。"

丁柏胡乱地说了许多,廖洛听了个大概,没记住太多,却把那句"怡可喜欢你"记得分外清楚。

"你和我说句实话。"丁柏突然抬起头死死地盯着廖洛,"你是不是也喜欢她?"

廖洛愣了一下,没有回答。

丁柏轻笑了一声道:"其实在宁波的时候,我就注意到了。"

"那天看见她从你房间出来,我想了一晚上,刚开始觉得你们耍了我。后来才想明白其实怡可一直都在拒绝我,只不过是我在自作多情罢了。"

"不过,廖洛。"丁柏说着又不服气起来,"我到底是哪里比不上你,你们才见了几面,她怎么就看上你了。我扪心自问,我对她已经很好了。不过你也不错,我其实一直挺想交你这个朋友的。你看咱俩虽然是情敌,可你还是投资了我的项目。你不会是在可怜我吧?"

丁柏的目光有些涣散,絮絮叨叨地说着。

廖洛看着丁柏的样子,一时之间也不知道该怎么做,是安慰还是说出真相，好像都不对。

这时，丁柏的手机响了起来，但丁柏明显已经醉了，廖洛只好拿起他的手机看了看，发现是江怡可打来的。

廖洛想了想，接起了电话。

听见廖洛的声音，江怡可的身形一僵，问道："丁柏呢？"

"他喝多了。"廖洛看了一眼趴在桌子上的丁柏，"你找他有什么事吗？"

"工作上的事。"江怡可好奇地问，"你们怎么会在一起喝酒？"

廖洛苦笑道："闲来无事，就约在一起。"

"你们在外面小心一点。"江怡可嘱咐了一句，"我先挂了。"

"等一下。"廖洛突然说道。

江怡可愣了一下，问："什么事？"

"我一会儿会把他送到酒店，之后把房间号发给你，你要是没事的话就来照看他一下吧。"廖洛说话的声音逐渐弱了下去。

廖洛的话虽然说得别扭，但江怡可也没有多问，只是应道："好。"

没过多久，廖洛将酒店的房间号发了过来。

江怡可回了廖洛一句："好的。"

第二天刚起床，江怡可就给丁柏打了电话，电话响了好久才接通。

"你怎么样？有没有感觉好一点？"江怡可上来便问道。

丁柏费劲儿地睁开眼睛，想了许久，问了一句："怎么回事？"

"廖洛和我说你喝醉了，是他把你带到了酒店。"

"哦。"丁柏揉了揉太阳穴，"我没事。"

"我听你的声音不太对劲儿，你还是多睡一会儿吧。"江怡可说道。

"嗯。"丁柏应了一声。

江怡可又道:"工作室那边的事我会替你处理的。"

"好,我下午就过去。"

挂断了电话,江怡可松了一口气,吃了两口早餐,去了工作室。

中午吃饭的时候江怡可接到许京的电话。

"怎么想起来给我打电话了?"江怡可调侃道。

"可不是我要打的。"

江怡可挑挑眉,笑着说:"那是谁让你打的?"

"是杜冰,她的婚礼日子定下来了,让我有空把请帖给你捎去。另外,杜冰还说,趁她现在还是单身,要跟咱们两个去西湖拍一套写真,我已经同意了。"

信息量太大,江怡可一时有些没消化过来。过了一会儿,她才有些怨念地说:"她怎么不自己和我说?"

"上次在你面前那么闹,现在又和好了,她肯定不好意思啊!"

江怡可笑了笑,说:"那好,你帮我转告她一声,我一定去参加婚礼。"

"好的。"许京说完又问了一句,"你什么时候有空啊?拍照的事,咱们得商量一下。"

江怡可抿了抿嘴说:"我手上的项目马上就要参与最终竞标了,最近可能都没空。"

"没事,那就等你忙完。"

江怡可突然想到了老钱,于是问:"老钱那边怎么样?没再骚扰你吧?"

"找了两回,不过都被我打发走了。"许京顿了一下,"说起来,这事还要感谢廖洛的帮忙,你和廖洛……"

江怡可的脸色沉了下来淡淡地说:"我俩也就那样吧。"

和江怡可认识这么多年了,许京明白江怡可是怎么想的。这些年她看着江怡可好不容易走出来,也实在不愿意看到江怡可再陷进去。

"可儿,有些人既然有缘无分,那就不要再给自己希望了,否则只会伤了自己。"

电话挂断后,江怡可久久不能回神。

第二十四章　张牙舞爪，最后缴械投降

竞标大会如期举行。江怡可和丁柏早早地赶到现场，不料刚一进门就看见了廖洛和薛晴雯。

薛晴雯走上前和江怡可打招呼，道："江小姐，这么巧，没想到我们这么快就又见面了。"

江怡可笑了笑，说："是啊。"

"这一次，我们可是会全力以赴的。"薛晴雯眨了眨眼。看她的样子到似乎是胜券在握。

"那我们就拭目以待吧！"江怡可微微一笑。

廖洛看了江怡可一眼，没有说话，转而朝丁柏点了点头，然后和薛晴雯找到座位坐了下来。

江怡可握着文件夹的手微微紧了紧，随后和丁柏一起走了过去。

薛晴雯是第二个上台做讲解的，不得不说她的方案做得极为细致，既兼顾了产品的优势，又结合了时下的热点，让人眼前一亮。

薛晴雯下台的时候看了看江怡可，眼神中带有一丝挑衅的意味。江怡可冲薛晴雯点头微笑，在竞争对手面前，她不能自乱阵脚。

接下来两组的讲解算是中规中矩，到了江怡可上台作讲解了。只见她谈吐大方，方案内容也是逻辑清晰。总体比较下来，江怡可和薛晴雯的方案不分伯仲。接下来，就要看甲方公司的选择了。

等待结果期间，廖洛的助理给廖洛和薛晴雯递上咖啡。

薛晴雯拿着两杯咖啡走向江怡可微笑地说："江小姐，讲得不错。"她的目光中是很真诚的欣赏。

江怡可笑了笑，心想，薛晴雯真的是一个很特别的女人，她清楚地知道自己想要什么，深谙世故的同时却不虚与委蛇，活得勇敢真实。

江怡可接过薛晴雯递来的咖啡，一脸真诚地说："薛小姐也很不错。"

"我倒是很期待这次的结果。"薛晴雯的目光落在正在讨论的甲方公司的负责人身上。

江怡可挑眉道："的确，这次的结果还蛮令人期待的。"

"结果出来以后，一起去吃个饭吧。"薛晴雯发出邀请。

江怡可微怔，不经意地看向廖洛。薛晴雯注意到江怡可的目光，提醒道："就我们两个，如何？"

"好。"江怡可点点头。

竞标结果很快出来了，不过结果却是出人意料。

甲方公司决定由丁柏的公司和廖洛的公司合作完成项目。

宣布结果之后，廖洛和丁柏走过去跟甲方公司的负责人进行交涉。薛晴雯看向江怡可，神色不明。江怡可明白，这样的结果，恐怕不是他们想看到的。

"去吃饭吧。"薛晴雯道。

江怡可愣了一下，见薛晴雯已经走向廖洛，二人站在一起不知道说了什么，画面看起来很美好。

廖洛看了江怡可一眼，朝薛晴雯点了点头。薛晴雯走了过来，说："我们走吧。"

"嗯。"江怡可应了一声。

像薛晴雯这样精明干练的女人，江怡可本以为她会选择装修精致的西餐厅，可是她却带着江怡可来到了火锅店。

薛晴雯注意到江怡可诧异的目光，笑道："吃饭聊天，最重要的是吃得开心。"

江怡可微微一笑，她很同意这样的说法。

两人点好了菜。薛晴雯便开门见山地说："我和廖洛认识好多年了。"

江怡可微怔，她没想到话题这么快就扯到廖洛的身上。

"像他这样事业有成，且长相不赖的男人，其实我的身边也有不少，但是我知道，廖洛不一般。江小姐觉得呢？"

江怡可抿抿嘴淡淡地说："我并不是很了解。"

"你们的确认识不太久。"薛晴雯点点头，"不过我能感觉到，他对你有好感。"

如此简单明了的对话，让江怡可有些猝不及防。不过这几次与薛晴雯的接触，让江怡可明白，这就是薛晴雯说话做事的风格，她从不掩饰自己真实的想法。

想到这里，江怡可淡笑道："是吗？我倒是没什么感觉。"

"那么江小姐对廖洛一点儿感觉都没有吗？"

火锅腾起的热气掩盖了江怡可的心虚，看着薛晴雯自然地将菜加到锅里，江怡可的心跳快了一拍。

"江小姐怎么不说话？"薛晴雯放下筷子，看向江怡可，目光明亮。

"这个问题有些突然。"

薛晴雯歪着头,不屑地说:"那就是有了,若是没有的话,怎么会犹豫呢?"

"有。"江怡可觉得有必要把事情说清楚。即使这些话,她绝对不会对廖洛坦诚。

"那就公平竞争好了。"薛晴雯说着,端起饮料喝了一口。

"好。"江怡可应下。

薛晴雯笑了笑,说:"快吃菜吧,煮得久了,就不好吃了。"

"嗯。"江怡可刚把筷子伸进锅里,电话就响了起来。江怡可看了一眼,是丁柏打来的。

"喂。"江怡可接通电话。

"你和薛晴雯在一起?"

"嗯。"江怡可应了一声,"下午我会准时回到工作室的。"

丁柏的声音顿了一下,说:"不急,我想说这次项目大家都付出了很多心血,我想这个周末带着大家去放松一下。"

"好的,最近大家都挺辛苦的。"

"那今天下午我就把这个消息和大家说一下,具体的安排之后我们再商量。"

"好。"

"你先吃饭吧。"

电话挂断后,薛晴雯的声音传了过来,貌似关心地说:"丁柏对你挺上心的。"

江怡可微怔道:"他是我来杭州以后认识的第一个朋友,正好我现在在他的公司上班。他人很好,对我也很照顾。"

"你不用解释,我都懂的。"薛晴雯微笑道。

江怡可一时语噎,只好笑了笑,低头吃菜。

关于周末的聚会,江怡可没想到丁柏会邀请廖洛和薛晴雯。

薛晴雯一进来便自然地坐到江怡可的旁边。自从那天吃完饭后,江怡可没想到薛晴雯反而和自己的关系变好了很多。

"有没有什么想玩的?"丁柏问道。

薛晴雯接话道:"真心话大冒险。"说着,她从身后抽出一盒纸牌,"这里面是惩罚内容,我们就拿啤酒瓶转,转到谁,谁就抽一张纸牌,怎么样?"

丁柏看了看江怡可和廖洛,见两人没有反对的意思,道:"那行。挺长时间没玩了,还挺刺激的。"

丁柏转动了啤酒瓶,没想到第一个就转到了自己。

"来,抽一张吧。"薛晴雯将纸牌铺到桌子上。

丁柏随手拿起了一张,皱着眉头念道:"大冒险,跳一段……草裙舞?"

"草裙舞?"薛晴雯拿过丁柏手里的纸牌,咧嘴笑道,"果然是草裙舞。来,音乐准备。"说着她拿起手机,放了一段音乐。

丁柏坐在位置上没有动,让他在江怡可面前跳草裙舞,太没面子了。

薛晴雯见丁柏没有动,催促道:"快点啊!"

丁柏只好站起身,跟着音乐,僵硬地跳了两段。薛晴雯顿时笑出了声,江怡可也有些忍俊不禁。

"来来来,下一把。"丁柏这下子算是来了兴致,连忙又转动了酒瓶。不料,居然还是他。

薛晴雯笑眯眯地看向丁柏说:"来,再抽一张。"

丁柏认命地伸出手,不过这一次明显比上次谨慎了许多。

还是大冒险,丁柏心里浮现出一丝不好的预感。

薛晴雯拿过丁柏手里的纸牌,念道:"选择在场的一位异性喝交杯酒。"薛晴雯得意地笑了起来,这么好的机会,丁柏肯定会选江怡可。

"来吧。"丁柏端起酒杯递给薛晴雯。

薛晴雯顿时愣住了,丁柏撇嘴道:"选择权在我。"

薛晴雯挤了挤眉毛,那神情仿佛在问:为什么啊?

丁柏可不管,还是盯着薛晴雯。薛晴雯只好接过酒杯,不情愿地和丁柏喝了一杯。

丁柏放下酒杯,又去转酒瓶。这次转到了廖洛,丁柏终于松了口气道:"总算不是我了。"

薛晴雯看向廖洛说:"抽一张吧。"

廖洛随意地拿起最边上的一张,看完内容后皱了一下眉。

廖洛的神情让薛晴雯好奇不已,她拿过廖洛手里的牌说:"我来看看。"

"真心话……初恋是在什么时候,请具体到某一年。"

旁边的江怡可听见这句话,身子微微一僵,她和廖洛都是彼此的初恋。

"说吧。"在薛晴雯看来这并不是难回答的问题。

廖洛道:"十年前。"

丁柏想了一下,看向廖洛:"那时候你应该已经工作了吧?"

廖洛点点头。

"你这个初恋可不算早。"丁柏打趣了一句。

薛晴雯的眼眸垂了垂,道:"来,转瓶子吧。"

廖洛随手一转瓶子,这时,电话突然响了起来,是陈东明打来的。

"喂"廖洛接起电话,起身走了出去。

"你在哪儿?"陈东明问道。

"有个聚会。"

"和薛晴雯一起?"

"嗯。"廖洛点点头,"有什么事吗?"

"没事。"陈东明说,"本来想找你喝点儿酒,既然你有事,那就算了吧。"

廖洛挑挑眉,无奈地说:"改天再约。"

"好。"

简单地说了两句,廖洛挂断电话又走了回来。

"真心话,初吻是在何时何地,说得具体一些。"廖洛还没走回位置,就听到薛晴雯的声音,抽到牌的人是江怡可。

薛晴雯在一边催促道:"快说。"

"大三实习的时候,在公司楼下。"江怡可淡淡地说道。

薛晴雯好奇地问:"是谁主动的?"

江怡可愣了一下,道:"他。"

说到这里,江怡可想起了那天的情形。

那天是许京的生日,晚上廖洛还在加班。江怡可在许京她们的哄骗下喝了酒,一鼓作气地去表白。

到公司楼下的时候,江怡可清醒了许多,又怂了。可是想想自己都来了,又有点儿不甘心,就在楼下徘徊。

"你怎么在这里?"廖洛走下楼,刚好看见江怡可。

江怡可一时哑然，想了半天，才说："我有文件落在公司了。"

廖洛皱眉，问："那你现在要上去取吗？"

"不用。"江怡可下意识地说，"不重要。"

周围一时静了下来。过了一会儿，廖洛又问："现在要回去吗？"

"回去？"江怡可愣了一下。

"我送你吧。"

看着江怡可不知所措的样子，廖洛挑了一下眉："你怎么了？"

"没事。"江怡可摇摇头。

廖洛疑惑地看了江怡可一眼，往前走。

"廖洛。"江怡可嘴比脑袋快了一步，叫住了廖洛。

江怡可紧张得说不出话，心脏就快要跳出来了。

"什么事？"半天没见江怡可说话，廖洛问道。

"我……"江怡可迟疑地开口，"我喜……欢你。"江怡可不敢去看廖洛的反应，索性把眼睛闭上。

四周静悄悄地，没有一点儿声音。

廖洛怎么没有反应？江怡可还是没忍住，慢慢地睁开了眼，看见廖洛还站在原地，仿佛是一座雕像。

他为什么还站在那里？难道是在想着怎么拒绝自己？他真的不喜欢自己？怎么办？自己就不应该这么草率的，现在连朋友都没得做了……江怡可的脑子一瞬间蹦出好多想法。

突然，廖洛低下了头，吻上了江怡可的嘴唇。

……

"这么快就回来了？"薛晴雯的话将江怡可的思绪拉了回来。

廖洛点头，走过去坐好。

薛晴雯接着说："上一局是怡可，你来转瓶子。"

江怡可应了一声,转动了酒瓶,结果酒口指向了薛晴雯。

"总算是到你了。"丁柏笑道,"来,抽牌吧。"

薛晴雯随手抽了一张,看到纸牌内容时,她的唇角微勾。

丁柏好奇地从她的手里将纸牌拿走,看了两眼,大声道:"真心话,你有没有喜欢的人,如果有就向他表白。"丁柏笑了一声,"这个有意思啦。"

江怡可看向薛晴雯,只见薛晴雯的目光落在廖洛身上。江怡可的心里莫名地有些紧张。

丁柏在薛晴雯和廖洛之间扫视了一圈,对薛晴雯说:"怎么样?喜欢的人?"

"有。"薛晴雯爽快地回答。

丁柏看了廖洛一眼,兴奋地说:"表白!"

"廖洛。"

薛晴雯正要继续说,廖洛突然起身,说:"这个游戏就到这里吧。"

薛晴雯脸上的神情顿时僵住了,心里有些不甘,他居然连开口的机会都不给自己!

气氛顿时微妙起来,丁柏看了江怡可一眼,起身追上廖洛,说:"你怎么说不玩就不玩了?"

江怡可看了一眼薛晴雯,不知道该说什么。

薛晴雯倒了一杯酒,看向江怡可说:"我可以自己待会儿吗?"

江怡可一愣,马上说:"我去那边看看。"

"廖洛,你也太不给薛小姐面子了。"江怡可刚走过去,就听丁柏和廖洛说。

"那要等她说出来吗?"廖洛反问道。

丁柏一时哑然，说出来貌似也不好。

听见动静，丁柏转头看向江怡可，微微诧异地问："你怎么过来了？"

"她说她想一个人待会儿。"

"也是。"丁柏看了眼廖洛，"那边还在唱歌，我去看看。"

说完，丁柏就走开了。

"你……"江怡可站在廖洛旁边，想着该如何开口。

廖洛的目光落在江怡可身上，问道："你想说什么？"

"薛晴雯挺不错的。"

廖洛的眼光一沉，不悦地说："我记得你之前明明白白地和我说过，让我不要管你的事。那么你现在，又是在干什么？"

"我只是想说……"江怡可把想说的话咽了下去，她现在确实没有立场去说什么。

"你还是担心你自己吧。"廖洛说完这句话，就要走。

江怡可突然伸手拉住廖洛。廖洛有些诧异地转头看她。

江怡可认真地说："我只是希望，你能幸福。"

廖洛脸上的表情来回变换。过了一会儿，他把江怡可的手从自己的胳膊上拿下来道："江怡可，你不觉得自己很矛盾吗？"

江怡可愣了一下，想到之前自己拼命地和廖洛划清界限，现在还来参与他的私事，确实不妥。于是说道："抱歉。"

江怡可走回到薛晴雯的旁边，看到她的周围有很多酒瓶，脸颊也是红红的一片。

"晴雯。"江怡可走过去扶住薛晴雯。

薛晴雯下意识地推开她，满脸怒气地说："你满意了吧！现在可以证明廖洛心里就是喜欢你！"

江怡可的动作一顿，薛晴雯继续道："你说你喜欢他，我还在想，你们两个要是相互喜欢早就在一起了，现在你俩还没在一起，那我去试一试，说不定还能成。结果就是平白让人看了笑话。"

"不是这样的。"江怡可辩解道，只是说出的话有些苍白无力。

"你们怎么不在一起啊？"薛晴雯看着江怡可。

江怡可低下了头，她不知道应该如何解释。廖洛念念不忘的是当年的她，而现在的她早就变了。两个人若是在一起，只会让彼此更加失望。

薛晴雯打了个酒嗝道："我知道了，你不想辜负丁柏，对不对？丁柏估计和我一样，还在傻傻地等着你呢！你说，什么时候是个头啊？"

看着薛晴雯眼眶通红的样子，江怡可心里很不是滋味。这一晚，大家都心事重重，最后是怎么回到家的江怡可都忘了。

第二十五章　嫁给爱情的模样

第二天，江怡可是被手机铃声吵醒的。

"怡可，别忘了，今天我们要去西湖拍照的。"杜冰的声音在电话那头响了起来。

江怡可笑了笑，说："好的，我的新娘子，这件事我怎么会忘呢？"

"那你快点儿准备，我们准时在西湖见哦。"

"嗯，你就放心吧。"

刚挂掉杜冰的电话，许京又打了过来，问道："准备得怎么样了？"

江怡可无奈地说："我就这么不让人放心吗？刚刚杜冰已经来电话催过了。"

"我们三个属你工作最忙，这不好长时间没见了吗？想你了。"

"好好好，你就放心吧，我一定准时到。"

挂了电话后，江怡可赶紧收拾了一下，来到西湖。

"嘿，这边。"

隔着老远江怡可便看见许京在朝她招手,许京左面站着杜冰,右边站了一个年轻男人。男人背着相机,应该是许京请来的摄影师。

"这位是潘恒,我的朋友,我们的摄影师。"江怡可刚走过去,许京便介绍道。

"你好。"潘恒朝江怡可点了点头。

"你好。"江怡可打量了一下潘恒。潘恒看起来温和有礼,她有些好奇许京是怎么认识他的。

许京催促道:"我们快进去吧。"

拍了大半天,江怡可三人都已疲惫不堪。刚结束,杜冰就被老公打电话叫走了,潘恒也有事离开,最后只剩下江怡可和许京两个人留在西湖闲逛。

临近傍晚的西湖,就像是渐进高潮的协奏曲,宛转悠扬中有岁月急促的意味,走在这里,似乎心跳也跟着时缓时急。

"我在杭州待了这么多年,西湖都不知道来过多少遍了,可神奇的是,每一次来都能发现它不一样的美。"许京感叹着说,"尤其是和你走在一起,心莫名地能安静下来。一想到以后我们两个会在杭州慢慢老去,我还挺期待的。"

江怡可的神色一时黯然,她张了张嘴,最后还是鼓起勇气说道:"京儿,有件事我还没和你说。"

"什么事?"

江怡可低下了头,犹豫道:"等杜冰的婚礼结束,我就要离开杭州了。"

"离开杭州?你要去哪儿?"

"回深城。"

许京皱眉,问道:"为什么?"

江怡可抿了抿嘴。她一时不知道该怎么开口，想了想，说道："因为廖洛。"

"廖洛怎么了？"

"你知道的，我一直都没能放下他，我真的没有办法再在这里待下去。"

许京皱眉道："你们现在还有牵扯？"

江怡可点头说："丁柏的公司现在做的项目是和廖洛的公司一起合作的。"

许京想要说什么，又突然顿住，想了一下，说："必须要走吗？"

"嗯。"江怡可没敢再看许京，心虚地将目光投向一边的湖面。或许她有无数个理由想要留在杭州，但仅廖洛这一个理由，就足以让她离开。

"没想过要复合吗？"许京问道。

江怡可一愣，转头看向许京，犹豫地说："我……"

"廖洛有新欢了？"许京又问。

江怡可怔怔地摇头。

"那你为什么不和他说清楚？"

江怡可垂下头，左手不自觉地握住了右手的手腕，认真地说："京儿，你知道，我已经不是从前的我了。"但廖洛还是从前的廖洛，甚至是更优秀的廖洛，这样的廖洛，已经不是我能靠近的人。这句话江怡可没有说出口。

许京眉头微蹙，反问道："那又怎样？你到底在纠结什么。"

纠结什么？大概是八年来的沧桑与奔波，在她的心里刻下了自卑的种子。尽管在别人面前，她可以伪装得很好，但是在廖洛面前，她却暴露无遗。

没有得到江怡可的答案，许京叹了口气道："可儿，这八年你过得多不容易，我都知道。现在廖洛回来了，而且他还记挂着你，说明你这么多年的辛苦终于有了回报。你们经历了这么多，还能回到彼此的身边，这多不容易啊！你应该学会珍惜。"

江怡可听着许京的话，鼻头忽然一酸。她又何尝不想和廖洛在一起？这么多年，她经常梦见他们曾经美好的时光，可是醒来眼前是一片虚无。她怕自己刚要见到阳光，突然头顶就泼来一盆冷水。

"京儿，你不要再说了。"江怡可吸了一口气，把眼泪憋了回去，"我已经决定好了，你不懂，我们之间真的再也回不去了。"说到最后江怡可已经哽咽，眼泪还是没有绷住，一滴接着一滴流了下来。

许京见状心疼不已，连忙上前抱住了江怡可，安慰她说："没事，咱们回深城。"

江怡可哭出了声，说道："京儿，我很舍不得你。"

"我知道。"

到了一定的年龄她们才意识到，不是能一起坐下来吃饭的就是朋友，不是一起出去玩的就是朋友。朋友，是你在失落时陪伴在你身边的那个人。

杜冰婚礼当天，换上伴娘礼服的江怡可有些恍惚。

"快快，你这边的腮红还要再补一补。"

看着许京在一旁对着杜冰的脸忙手忙脚，江怡可笑了笑。看来在她不知道的时候发生了什么，让杜冰和许京的关系缓和了不少。

"哎呀，我的脸都快被你涂成猴屁股了。"杜冰照了照镜子，不满地看向许京。

"新娘子说话能不能含蓄点儿？"许京说着朝江怡可招了招手，说："可儿，过来看看，涂完腮红气色是不是好多了？"

江怡可闻声走过去，看了一眼，说："确实是。"

杜冰看着江怡可娇柔地说："可儿，今天可是我结婚，你可不要向着她说话啊！"

江怡可忍不住笑道："当然是你美美的最重要！"

杜冰看着眼前的江怡可和许京，心里一时有些感触。

这时，一旁来人催促道："新娘子准备好，一会儿要进场了。"

杜冰顿时一急，连忙又凑到镜子前照了照。

许京看着杜冰的样子，笑道："好啦，我们快走吧。"

杜父早就站在一旁准备好，音乐一起，挽着杜冰的手朝台上走去。

江怡可站在一旁，露出祝福的笑容，眼底满是羡慕。

江怡可想起上大学那会儿，大家都高谈阔论地谈理想，只有杜冰一本正经地说，她想当老师，然后找个在国企工作的老公。那时候，大家都嫌弃她胸无大志。现在想来，能够牵起一个人的手，安稳地度过余生，何尝不是一种幸福。反倒是她，兜兜转转，遗失了许多。

婚礼仪式结束后，到了抛捧花的环节。

江怡可和许京默契地推了对方一把。江怡可早料到许京会推她，倒是许京因为愣了一下，一不小心被江怡可推了出去，接到了捧花。

周围一片起哄的声音，看着许京无奈的表情，江怡可笑了起来。忽觉手心处传来一阵温热，江怡可诧异地转头，竟然是廖洛！

"你怎么在这里？"

"参加婚礼。"廖洛淡淡地说。

江怡可低头看了眼两人牵着的手，在廖洛炙热的目光下，她微微偏过了头。

许京看着两人，笑了笑，随着人群走开了。周围的人都走了，只剩下江怡可和廖洛。

过了一会儿，江怡可终于回过神，下意识地想要逃。

廖洛突然一把扯过江怡可的胳膊，将她揽进了怀里。

江怡可愣了一下，接着就要推开廖洛。然而，廖洛抱着她的手却越来越紧。

"你放开我！"

廖洛恋恋不舍地放开江怡可的手，说："接下来想去哪里？"

江怡可闷闷地说："晚上还有酒宴，我要去帮忙。"

廖洛看着江怡可穿着伴娘服，"嗯"了一声。

"我先走了。"

江怡可刚走几步，廖洛深沉的声音在背后响起："江怡可，到现在你还在逃避吗？我究竟是哪一点不值得你信任？当年你不相信我会从美国回来，于是就嫁了人。现在又觉得我会嫌弃你，所以一次又一次地把我推开？"

江怡可听见廖洛的后半句话，心里一惊，随后反应过来，一定是许京和廖洛说了什么。

"你知道，那时我好不容易回国，却看见你嫁给别人，我有多绝望吗？"廖洛继续说道。

"是我对不起你。"江怡可低下头说。

"江怡可，你……"廖洛突然走上前拉住江怡可的手腕。

江怡可慌张地抬起头，看着廖洛愤怒的脸，抿了抿嘴，说："抱歉，这些年来我……"

廖洛突然大声说:"我不想听你说这些!"

那他要如何?江怡可实在是想不通廖洛到底要干什么。

廖洛看着一言不发的江怡可,无奈地说:"你不是说要去帮忙吗?去吧。"

江怡可听到这话,愣了许久。刚要抬脚走,又听见廖洛的声音。

"你心里还有我的位置吗?"

是自己的错觉吗?江怡可觉得廖洛的声音中夹杂着颤抖。

"算了。"廖洛许久没有等到江怡可的答案,"你先去吧。"

"哦。"江怡可应了一声。

江怡可还没有动,廖洛就像是赌气一般,先走了。

江怡可望着廖洛的背影,叹了口气。

酒宴在一片欢声笑语中结束了,对于江怡可、许京和杜冰来说,她们当中终于有一个人嫁给了爱情,这么多年的误会好像都不如此刻的祝福真实。

江怡可和许京一起离开酒店,刚走到门口,许京接到一个电话,只见她的脸色突然一沉。江怡可正想问些什么,许京已经把电话挂了。

"骚扰电话。"许京解释了一句。

江怡可眉头一蹙,只是骚扰电话的话,许京的反应未免太强烈了。

"你直接回去吗?"许京又问。

"我想……"

江怡可的话还没说完,就被许京的手机铃声打断。许京顿了一下,走到一旁接起了电话。

江怡可没有跟过去,心里却是很担忧。没过多久,她听见许京大声地说:"你放心,我会给你一个答复。"

江怡可见许京挂了电话,赶紧上前问道:"怎么了?"

"是老钱。"

江怡可惊诧地说:"他还在缠着你?"

"只是偶尔会打电话来。"许京看起来有些疲惫。

江怡可了解许京,若只是偶尔打电话,许京才不会理会。想到这里,江怡可又问:"是不是有什么事?"

许京轻笑了一声,说:"就是他有些东西还在我那儿,一直没有机会给他。"

江怡可微微蹙眉道:"你要是有什么麻烦,一定要和我讲。"

许京笑着点头,说:"我们走吧,忙了一天也够累的。"

两人刚走几步,看到路边停着一辆车。

许京笑道:"我先走了。"

看到车里的廖洛,江怡可想起白天的事,脸颊有些羞红。她看向许京说:"我们一起吧。"

"可别。"许京连忙摆手,"这车我可不敢坐,再说我已经约车了。"

"那你小心点儿。"

上车后,江怡可迟疑了一下,说:"你……等很久了吧?"

廖洛一怔,道:"还好。"

江怡可偏过头,看向车窗外的夜景,淡淡地说:"其实杭州真的挺好的。"

过了许久,廖洛才"嗯"了一声。

江怡可想了一下,问道:"你来这里很久了吧?"

"七年了。从美国回来就一直在这里。"廖洛回答。

原来他一直在这里，江怡可苦笑了一下，原来人与人想要错过其实也很容易。

"要不要继续留下来？"廖洛的话音刚落，车子忽然停了下来。廖洛将身子探了过来，两人靠得很近，呼吸可闻，"白天的问题，你还没回答我。"

"我……"江怡可小心翼翼地看向廖洛，心里乱成一团麻。

江怡可还没想好怎么说，廖洛的吻已经落了下来。江怡可的胳膊抵在廖洛的胸膛，但廖洛的吻却越来越激烈。

江怡可觉得自己呼吸困难，就在她以为自己要窒息的时候，廖洛放开了她。

"这一次，我不会放你离开。"廖洛喘着粗气说道。

江怡可看着廖洛坚定的目光，伸出手搂住廖洛的脖子，吻了上去。

第二十六章　携手泛舟西湖

第二天一早，江怡可顶着黑眼圈起床，简单地收拾了一下，连早饭都没来得及吃就下了楼，结果看见廖洛站在楼下。

"你该不会是一夜没走吧？"江怡可脱口问道。看着廖洛郁闷的脸色，又问，"你怎么来这么早？"

"你先上车。"

"吃过早饭了吗？"上车后，廖洛侧头问江怡可。

江怡可一怔，道："还没。"

"想吃什么？"

"我上班就要迟到了。"

"我已经帮你请过假了。"

江怡可一惊，道："请假？为什么？"

"吃什么？"廖洛再一次问。

"小笼包。"江怡可答了一句，又问，"为什么要请假？"

"带你去西溪湿地。"廖洛解释道，"上一次没去成。"

他们这是要去约会吗？江怡可看着廖洛，脑袋有些蒙。待到反应过来时,埋怨地说:"你怎么不早说?"

廖洛挑眉道:"你什么都不用准备。"

江怡可噘起嘴,嘀咕道:"起码也要好好打扮一下吧。"

"这样就很好。"

听到这话,江怡可忍不住弯了弯嘴角。

昨晚睡得晚,此时坐在车上,江怡可困得直点头,最后头一偏,睡着了。

再次睁开眼时,车子已经停了。江怡可看向廖洛说:"我……"

"睡醒了?"廖洛打趣地看着江怡可。

"不好意思,我……"

"先下车吧。"

江怡可点头。打开车门的那一刻,她忽然觉得这场景有些熟悉。

那年她跟着廖洛出差,也在车上睡着了,廖洛也是等了很久都没有叫她,后来在开会的前五分钟才赶到会场。

那时江怡可问廖洛:"你怎么不叫我?我们差点儿就迟到了。"

廖洛淡淡地说:"我心里有数。"

江怡可嘀咕道:"这要是迟到了,我的罪过可就大了。"

廖洛当时温和地笑道:"那也是我的错,因为是我舍不得叫你。"

想到这里,江怡可的鼻子有些泛酸。不敢想象,有一天,她还可以睡在廖洛的副驾座上。

"走吧。"廖洛见江怡可在愣神,提醒了一声。

"嗯。"江怡可点了一下头,朝廖洛走去。

廖洛一时恍惚,从前江怡可也会这样,用力地点头,表示会听话,却总会暗戳戳地做一些无厘头的事。

廖洛牵起江怡可的手,来到码头。眼前是绿波荡起涟漪,身侧是爱人侧目相视，岁月安和静好，莫过如此。

"我这是第一次在这里坐船。"廖洛突然说道。

江怡可诧异地看着廖洛，如果她没记错的话，廖洛说过，他已经来杭州七年了。

"很吃惊？"廖洛笑着问。

"嗯。"

廖洛的脸上划过一丝无奈，道："我只想和你来这里。"

江怡可立即拆穿道："你上次分明和老钱来了这里。"

廖洛挑眉，没有说话。

江怡可撇嘴说："唉，谎言不小心让人给戳穿了。"

"不是谎言。"

"你还嘴硬！"

"我是猜到你会来。"

江怡可惊讶地说："你怎么猜到的？"

廖洛解释道："老钱说许京带着朋友去西溪湿地，我猜那个朋友可能是你，所以就跟着来了。"

原来是这样，江怡可莞尔一笑说："没想到你早就盯着我了。"

"这八年来我从未忘记过你。"

廖洛不是一个会说情话的人，但是他的每一句话总是能说进江怡可的心坎里。

两人在烟水渔庄下了船，一脚踏上岸，恍若走进了书中的世外桃源，远离了外界的纷扰。

"要不要吃点儿东西？这里有一家餐厅。"廖洛提议道。

江怡可点了点头，说："好啊，去尝尝。"

坐在餐厅里，看着外面怡人的景色，江怡可心里有些触动。

"你说,若是哪天你去河边钓鱼,我在家中做好了菜等你,那样的生活是不是很让人向往?"江怡可歪着头说。

廖洛把菜夹到江怡可的碗里,抬头问:"你会做菜了?"

"是啊。"恍惚间江怡可想起他们在一起的时候,她还不会做菜,却心心念念地想要做给廖洛吃,每一次都能看到廖洛一脸嫌弃的神情。

"杭州菜?"廖洛又道。

江怡可哑然,杭州菜她自然是不会的。她认真地说:"我可以学啊!"

"等你学会了再说。"

"那我就学给你看,不过我们先说好,我做的菜,你一定要吃。"江怡可得意地看着廖洛。

廖洛挑着眉头,问:"你要做给我吃?"

"是啊。"

"好。"

江怡可狐疑地看着廖洛,她总觉得廖洛在打什么馊主意。

"快吃饭。"廖洛看着江怡可的样子不由得一笑。

吃完了饭,两人逛了一会儿,随后又上了船。因为本来就不饿,和廖洛聊天不小心又吃了不少,江怡可现在竟有些撑了,上了船之后,就觉得胃不舒服。

"怎么了?"廖洛见江怡可面色不太好,出声问道。

"没事。"江怡可连忙摇头。她可不想说是因为吃撑了,好丢人。

廖洛皱眉问:"你晕船?"

"有那么一点。"江怡可勉强地点点头。

"再坚持一下,到下一个景点我们就下船。"

"嗯。"

两人在深潭口下了船。廖洛介绍道："端午节的赛龙舟，就是在这里举行的。"

"赛龙舟。"江怡可重复了一遍。她来杭州后，一直想看端午节赛龙舟的场面，没想到还是因为工作忙错过了。

廖洛一眼便看穿了江怡可的心思，笑道："明年我带你来看。"

"好。"

"到时候不仅有赛龙舟，还有戏曲、武术以及舞狮表演。"

江怡可诧异地看着廖洛说："你不是没来过？怎么什么都知道？"

"不小心知道的。"

江怡可蹙眉，打趣道："该不会是故意说来哄女孩的吧？"她还记得当时在东明草堂的时候，廖洛给薛晴雯讲故事的事。

廖洛无奈地笑了笑，说："这算是常识。"

江怡可撇了撇嘴，没有回话。

两人接下来又去了茭芦田庄。茭芦田庄的特点是有很多古迹，其中有名的是西溪水阁和厉杭二公祠。

"水阁是当时文人隐居，藏书读书的地方。"廖洛在一旁解释道。

"此处确实风雅。"江怡可一边点头一边说，"以后不论去哪儿玩，就带着你，都不用请导游了。"

江怡可不知道，廖洛每次想她的时候，便会去看一些景点的旅游攻略，想着若是能带江怡可去，会是什么景象？

"厉杭二公祠是一座祠堂，里面供奉着两位清代的举人——厉鹗与杭世骏。"

"厉鹗？这个名字好奇怪。"

"鹗是一种鸟,古时用来比喻有才能的人。"

江怡可摇头感叹道:"果然是文人的名字,没点儿知识储备都不懂他为什么这么取名。"

"那你的名字有什么意义?"

江怡可胡诌道:"怡可,便是怎样都可以,喻义就是……既来之,则安之。"其实她想说安于现状,但是想起廖洛懂得这么多,不能被他落下太多,便扯了一句古文。

廖洛点点头,说:"既然来了杭州,就在杭州安心生活。"

廖洛这是在暗示自己?江怡可笑了笑,原来廖洛也不是没有顾虑,他也担心自己会离开。

廖洛盯着江怡可,那眼神仿佛在说:我都已经问得这么明显了,你不打算回答一下吗?

江怡可故意偏头不答,说:"我们去哪里坐船,咱们的时间不多了,还要逛一逛周家村呢。"

江怡可向前走了两步,廖洛却没有动,江怡可回身伸出手在他面前晃了两下。廖洛突然伸手,一把揽住了江怡可的腰。江怡可一惊,慌张地四处看了看,还好这里没什么人。

接着她恼怒地说:"你干什么?"

"你还没回答我的问题?"廖洛说着把脸凑近了江怡可。

江怡可无奈地说:"我是你女朋友,你在哪里,我就在哪里。"

江怡可的话刚说完,廖洛的吻便落了下来。

一吻结束,江怡可瞪着廖洛。廖洛笑道:"我亲自己的女朋友,有什么问题吗?"

上了船,江怡可一直看着湖面,不去理会廖洛。

"你不是晕船吗?这样一直看着湖面不会难受吗?"廖洛在一旁

打趣地说。

江怡可慢慢地抬起头,转头看向旁边的树。

廖洛微笑着,没有再说话。

船很快到了周家村,两人去了高庄。廖洛再次介绍道:"有一种说法,《红楼梦》的原型是洪氏家族,《红楼梦》的发源地就在西溪湿地。"

江怡可感兴趣地问:"然后呢?你还知道什么?"

廖洛上前一步拉着江怡可的手,讲道:"有专家说林黛玉居住的潇湘馆原型便是高庄,而贾宝玉住的怡红院原型就是洪园。高庄里面有一个蕉园,蕉园诗社是有名的女子诗社,有学者认为蕉园中的女诗人便是金陵十二钗的原型。"

"是吗?居然还有这种说法,那我要好好看看。"

在西溪湿地逛了一天,两人都有点儿累了。吃完了晚饭,廖洛送江怡可回家。分别时,二人约好了明天一起吃晚饭。

第二十七章 一个家，两个人，三只猫

江怡可拖着疲惫的身体倒在床上，电话突然响了起来，手机屏幕上显示"房东"。

江怡可一惊，突然想起，她的房子是月租，前不久因为打算回深城，她和房东打了招呼，说下个月不再租用了，这就意味着后天她就要把房子空出来。

"是江小姐吗？咱们之前说好的，后天你就把房子空出来，不知道你那边收拾好了没有？我这边有了新的租客，我想带他去看看房。"

"这个……"江怡可有些迟疑，"我这边出了点儿问题，我想再租一段时间。"

"江小姐，你怎么不早和我说？来看房的是朋友的亲戚，我这都和人家说好了，也不好拒绝啊！"

江怡可挠了挠头，说："那……你能不能宽限两天，我会付给你房租的。"

"不是我不愿意租给你，人家那边也是刚到杭州，早就和我联系

好了,现在正住酒店呢。这样吧,你明天好好找找,最迟后天,你就得搬出去了。"

江怡可挂了电话,有些绝望地倒在床上。

江怡可正想着房子的事该怎么解决,廖洛突然发来了消息:"早点儿休息。"

江怡可想了想,回道:"明天,我们可不可以先不去吃饭?"

"怎么了?"

江怡可犹豫了一下,回道:"我的房子到期了,要重租一个。"

"我给你安排。"

"新的租客后天就要来了,我最好明天就搬出去。"

"这么急?"

江怡可叹了口气:"这是我和房东前几天说好的。"

廖洛那边顿了一下,回道:"你先来我这儿吧?"

江怡可愣了一下,回道:"我可以去许京那里。"

"许京那里太远了。"

江怡可正在想怎么拒绝,廖洛又发来消息:"我这边有很多空房间。"

廖洛都已经这么说了,江怡可确实不好再好拒绝的,便回道:"那好吧。"

"明天我去接你。"

"嗯。"

"早点儿睡吧,晚安。"

"晚安。"

虽说已经疲惫不堪,但是倒在床上的江怡可却睡意全无,莫名地烦躁。

第二天下午,江怡可把东西收拾得差不多,廖洛便赶了过来,两人把东西搬下楼。

廖洛问道:"东西都搬下来了吧?还有没有落下的?"

江怡可摇了摇头,说:"没有了。"

"那我们走吧。"

江怡可是第一次去廖洛的家。他家面积很大,装修风格很简约,以灰白色调为主,屋内也收拾得整洁大方,就是少了点儿生活的味道,乍一看,还以为是办公室。不过,令江怡可诧异的是,她居然在沙发上看见了两只猫,一灰一白。

"你还养了猫?"

"嗯。"廖洛点点头,"街上捡的流浪猫。不过你放心,我已经带它们去宠物医院检查过了。"

江怡可放下包,摸了摸灰色的猫,抬头看向廖洛,问道:"它叫什么名字?"

廖洛的神情僵了一瞬,轻咳了一声,道:"小可。"

"小可?"江怡可暗自偷笑了一下,接着指着白色的那只,"这只呢?"

"小怡。"

"小一?你这名字起得真够随便的。"

江怡可突然想起自己发的那篇关于流浪猫的文章,不过她现在已经换了笔名,廖洛应该找不到吧。

江怡可摸了小可两下,想了想,问:"我住哪个房间?"

"这个。"廖洛指着其中一个房间的门,顺便提着她的行李走了过去。

"我自己来就好。"江怡可追上廖洛说道。

"嗯，你房间里有单独的洗手间，你直接把东西放进去就好。"廖洛又指向左侧的门，"还有我就在这个房间，你有什么事直接来找我就好。"

江怡可愣了一下，应道："好。"

江怡可把东西都收拾好的时候，已经是晚上七点多了。江怡可想了想，走出去敲了敲廖洛的房门。

"进来吧。"廖洛的声音从里面传了出来。

江怡可刚打开门，忽然有一团黑色的不明物体窜了过来，江怡可被吓了一跳，手肘磕在了门框上。

"嘶……"江怡可一边捂着手肘一边扭头看去，只见一只黑白相间的猫正蹲在距离她不远的位置。看那样子，像是对她充满了敌意。

廖洛连忙放下手里的书，走了过来。他看了看江怡可的手肘，皱眉道："我去拿红花油。"

江怡可摇摇头说："没事，不疼。"

廖洛没有理会江怡可的话，径直走了过去。

江怡可无奈，目光又落在那只猫身上。她现在有点儿费解，廖洛到底是养了几只猫？

廖洛很快就拿着红花油走了过来，他低下头，细心地给江怡可擦了擦。地上的那只猫突然弓起了身子，面目狰狞，像是要发起攻击，江怡可被吓得抖了一下。

廖洛注意到江怡可的动作，皱眉看向地上的猫，呵斥道："小江，别闹。"

"小江？"江怡可念出了声。小江，小可，难道小一不是小一，而是小怡？想到这里，江怡可看向廖洛。

廖洛有些心虚地低下了头,转移话题道:"你把红花油放到你房间,睡觉之前再涂一涂,好得快一些。"

江怡可接过药瓶,忍不住问道:"你这猫?"

廖洛把眼光转向了别处,回答道:"我看了你写的关于流浪猫的文章,就收养了三只。"

也许是因为被训斥了觉得委屈,小江突然走过来用爪子去抓廖洛的裤脚。江怡可只觉得它这番举动可爱得不行,弯下腰去摸它。

廖洛连忙阻止道:"小心。"

江怡可停下了手,只见小江对她龇着牙,一副随时要发起攻击的模样。

廖洛弯下腰把小江抱了起来,小江瞬间变得乖巧无比。廖洛将小江放到别处,走过来问道:"你来找我什么事?"

江怡可说道:"我们出去吃晚饭吧。"

"好。"廖洛应了一声,直接朝着玄关走去。

"想吃什么?"廖洛问。

"都行。"

"吃面吗?"

"好。"

廖洛带着江怡可来到楼下一家拉面馆,老板似乎和廖洛很熟悉,上来便问道:"还是牛肉拉面?"

"两份。"廖洛淡笑道。

"好嘞!"

"你经常来这里?"江怡可问。

"嗯。"

江怡可皱了皱眉,问:"你该不会经常在外面吃吧?"

"在外面吃的时候比较多。"

江怡可笑了笑,说:"你该不会是不会做饭吧?"

"会。"我只是不喜欢自己做给自己吃。后半句廖洛没有说出口。

江怡可顺势说道:"那你明天做给我吃。"说着她顿了一下,有些懊恼地说,"才想起来,我明天该去上班了。"

"我帮你请了一周的假。"廖洛突然说道。

江怡可惊讶地说:"一周的假?你怎么和丁柏说的啊?"

"没说什么,何况我已经叫薛晴雯去帮忙了。"

"薛晴雯?那你这边的事怎么办?"

"你忘了,这次的项目是我们一起合作的。"廖洛露出狐狸般狡猾的微笑。

江怡可立马懂了廖洛的意思,表面上廖洛让薛晴雯去帮忙是尽了情谊,实际上,这原本就是廖洛应该做的,与此同时,还替江怡可请了假。

吃完饭,两人一起回到家。

"要不要去洗澡?"廖洛问。

"嗯。"江怡可点了点头,回到自己的房间。

廖洛坐在沙发上,随手打开了电视。

半个小时后,江怡可从房间走出来,头上包着毛巾。她看向坐在沙发上的廖洛,问道:"有没有……吹风机?"

廖洛想了一下,摇摇头,说:"没有。我平时不用。明天一起去趟超市吧。"

"嗯。"江怡可应了一声,看来她要等头发干了才能睡了。

"过来。"廖洛突然出声。

江怡可还没反应过来是怎么回事,人已走了过去。

"坐下。"廖洛又道。

"哦。"江怡可坐了下来。

廖洛拿下江怡可头上的毛巾,帮她擦了擦头发。

江怡可下意识地躲开,说:"我自己来就好。"

廖洛拿着毛巾不说话,江怡可只好把头伸了过来。

"等一下再睡觉,头发湿着睡觉不好。"

"那你为什么不买吹风机?"江怡可问。

廖洛无语地说:"因为我的头发短很快就干了。"

江怡可看了一眼廖洛的短发,突然心生羡慕。

"好了。"廖洛见江怡可的头发已经干得差不多,将毛巾递给了她。

"我去洗澡。"廖洛站起身说。

廖洛走后,江怡可低下头,有些坐立不安。想了想,她抱起趴在一旁的小可,回到了房间。

廖洛从洗手间出来,看着空荡荡的客厅。他走到江怡可的房间门前,刚要敲门,又停了下来,最后转身走开。

夜里,江怡可睡得正沉,忽然听见一阵细碎的声音,迷迷糊糊地睁开眼去开灯,发现是小可在挠门。

江怡可愣了一下,想起小可可能是要上厕所,她连忙下了床去给小可开门。看见小可一溜烟儿跑到客厅,她刚要回到床上,突然听见开门的声音。

"什么事?"廖洛问。

"我把小可关在屋里了。"江怡可闷闷地说,"不好意思,吵醒你了,快去睡吧。"

廖洛没有动,过了一会儿,才道:"晚安。"

"你也是。"不知道为什么,江怡可有些心虚,赶紧关上了门。

第二十八章　祸从天降

第二天早上醒来的时候太阳已经很大了,江怡可看了眼手机,已经八点了,这才想起昨天晚上忘记定闹铃了。她急匆匆地下床,推开门看见廖洛正在吃早餐,怀里还抱着小可,小江蹲在一旁,眼底一股怨念。

"饭都快凉了。"

"我先去洗漱。"江怡可声音轻快,转身进了洗手间。

廖洛拍了一下小可的屁股说:"昨天占了我的位置,还没教训你呢。"

"喵。"小可有些委屈。

江怡可从洗手间出来的时候,廖洛还坐在餐桌前。江怡可坐在廖洛的对面,吃了一口面包,问道:"你不去上班吗?"

廖洛皱眉道:"在家里工作就好。"随后又加了一句,"你来帮忙。"

"我?"江怡可一惊,"我可能帮不上什么忙。"廖洛是搞投资的,这一块她并不熟悉。

"可以学。"

"什么?"江怡可刚喝了一口牛奶,差点儿被呛到,"为什么?"

"以后就到我身边工作吧。"廖洛的话像是邀请，更像是命令。

"我……"江怡可一时不知道要怎么回答。

廖洛挑了挑眉，他不愿意让江怡可回到丁柏的身边工作。不过这神情落在江怡可眼里更像是威胁。江怡可想了想，说："我再考虑考虑吧。"

听到这话，廖洛的眉头皱得更厉害了。

江怡可赶紧解释道："比起投资，我更喜欢现在的工作。"

"到我这里也可以做你喜欢的工作，比如说这次的项目。"

"那你刚才还要我学投资。"江怡可小声嘀咕。

廖洛放下筷子，说："我可没说要你学投资。"

江怡可抬眼看廖洛，心想，这个人真的很矛盾。

吃完饭，江怡可主动去洗碗，廖洛则去了书房。江怡可收拾好，正考虑要不要去书房帮忙，手机突然响了起来。

江怡可拿起手机一看，是杜冰打来的。

"可儿，你现在在哪儿？"

江怡可一怔，杜冰这么快就知道她和廖洛住在一起的事了？想了想，含糊地说道："我在家啊。"

"京儿出事了，你知道吗？"

江怡可闻言一惊，道："出事了？什么事？"

"有人把京儿告上法庭，让京儿还钱。"

"怎么回事啊？"江怡可顿时蒙了。

"这事京儿没和你说吗？"

"没有。"江怡可有些着急。

杜冰叹了口气说："当初京儿和老钱在一起的时候，跟着老钱一起投资注册了一家公司，京儿还是公司的法定代表人，现在公司出事了，京儿就被起诉了。"

"京儿怎么这么傻啊！公司是能随便注册的吗？"江怡可震惊不已地说道。

"就这样她还瞒着咱们呢！要不是她现在实在走投无路了，我还被蒙在鼓里呢！"杜冰也是恨铁不成钢地埋怨道。

"你先别急，我给京儿打个电话，商量一下怎么办。"

"嗯。"

江怡可挂了电话，赶紧打给了许京。电话响了许久才接通。

"到底是怎么回事？"江怡可上来便问。

"就是我被老钱骗了。"许京淡淡地说。

"你怎么不早和我说，要不是杜冰告诉我，我还不知道。"

许京顿了一下，说："这事你就别跟着操心了，我能解决。"

江怡可听见这话，更加生气了。不过她知道现在不是置气的时候，于是问道："你们注册的公司到底出什么事了？"

"本来谈好一个项目，我们这边的投资方突然撤资，一时又找不到新的投资方，工作进行不下去，最后违约，合作方要向我们索赔。"

"当初找不到投资方的时候，你怎么不想办法？"

许京郁闷地说："我和老钱分开后，公司我就没再管，我只当是自己识人不清，白白砸了钱。直到合作方索赔，老钱才联系我，偏偏我又是公司的法定代表人。"

"大概要赔多少钱？"

"一千多万吧。"

江怡可心里一惊，不过还是宽慰道："你先别着急，我们一起想办法。"

许京应了一声，听着声音便知道她憔悴了许多。

江怡可又问："你现在在哪儿？"

"机场。"

"心情不好就先请个假吧,我下午去看你。"

许京的鼻头一酸,打趣道:"我欠了这么多钱,不工作怎么行?"

"大不了我把工资补给你。"

"你说的。"

"嗯,我说的。"

"我这边还有事,先去忙了。"许京的声音里微微带着哭腔。

挂了电话,江怡可愣神了许久。

"你怎么了?"

廖洛的声音突然传来,江怡可被吓了一跳,手机瞬间掉在床上。

"没事。"江怡可抿了抿嘴,她不想因为许京的事麻烦廖洛。

廖洛看江怡可的样子有些担心地问:"不想说?"

江怡可愈发觉得委屈,小声地说:"我下午可以去许京那里吗?"

廖洛皱眉说道:"我送你去。"

"好。"江怡可靠在廖洛的怀里,想想许京此时的遭遇,心里更加难受。

下午,廖洛送江怡可来到许京家,车停在小区门口。

"我先走了。"江怡可说道。

"晚上还回来吗?"廖洛开口问。

江怡可愣了一下,说:"不回去了。"

"好。"

江怡可下了车,回头看了廖洛一眼,这才上了楼。

廖洛在车里坐了许久,猜测江怡可已经上了楼,这才拨通杜冰的电话。

江怡可在外面摁了许久的门铃,许京才过来开门。江怡可看着许京憔悴的样子,一下子愣住了。

"吓着你了?"许京苦笑道。

江怡可皱着眉，抢过许京手里的酒瓶，叹了口气，说："我一时着急也忘了，估计你家里现在什么都没有，我先下楼去给你买点儿吃的。"

"不用了。"许京叫住江怡可，"我吃过了。"

江怡可不信，转身嘱咐道："你先在家里等着。"

许京走上前一把抱住江怡可，心酸地说："可儿，还是你最好。"

"好了。"江怡可拍了拍许京的手，"有没有什么想吃的？我给你做。"

许京最后也没说她要吃什么，江怡可只好去附近的超市挑了些她平时爱吃的东西。

江怡可一进门就看见许京躺在沙发上，双眼无神。

江怡可走过去一把将许京拉起来，厉声道："你这副样子能解决问题吗？"

许京抬眸看江怡可忧伤地说："我只是在想，我也算是体会到了你当年的绝望。那些钱，我一辈子也挣不回来。"

"放心吧，事情总会解决的，你看我现在，不也挺好的吗？"

"可儿，还好有你在我身边。"

"所以啊，别因为这点儿事把自己的身体给搞垮了，那才是最大的损失。"

许京点点头，但还是一副无精打采的模样。江怡可知道此时的许京只有自己想明白才可以，别人说再多也无用。

"有没有找律师？"

"还没。"

"怎么不找律师？杜冰不是说你已经被起诉了吗？"

许京抿了抿嘴，苍白无力地说："没有用的，我就是公司的法定代表人，这是改变不了的事实。"

"就算你是公司的法定代表人,我们也不能坐以待毙啊!搞不好我们还可以说是老钱诈骗。"江怡可想了想,接着说,"我先给丁柏打个电话,让他帮忙找个律师。"

"这事丁柏还不知道。"许京在一旁闷闷地说。

"你放心吧,我不会和他说的。"

江怡可拿出手机,拨通了丁柏的电话。

电话接通后,江怡可问:"丁柏,你认不认识处理商业案件比较有名的律师?"

"有啊。"

"帮我介绍一个呗。"

丁柏一顿,问道:"出什么事了吗?"

"我有一个朋友的公司出了事。"

"关于什么的?"

"合同违约,被对方起诉索赔。"

丁柏的声音一沉,说:"这个恐怕不太好处理。"

江怡可叹口气道:"可是我们总不能坐以待毙吧?"

"好,我先和律师联系一下,之后把他的联系方式给你。"

"麻烦你了。"江怡可发自内心的感激道。

"你跟我客气什么?"

"我朋友还在旁边,我先挂了。"

"嗯。"

江怡可挂掉电话,转头看向许京,说道:"丁柏已经去联系律师了。明天我先和律师见一面,说一下我们这边的情况,你先别太担心。"

"可儿……"许京欲言又止,沉默了一会儿,说,"谢谢你。"

江怡可一怔说:"你说这些干什么?我去给你煮粥,你可一定要喝。"

"好。"许京笑着点头。

第二天上午,江怡可和律师约在咖啡厅见面,对方看起来很年轻,却给人一种与年龄不相符的成熟老练的感觉。

"江小姐,你好,我叫梁哲,这是我的名片。"江怡可接过名片。梁哲说道,"江小姐可以说一下具体的情况吗?"

江怡可把许京的情况和梁哲复述了一下。

梁哲听后皱了皱眉,问道:"江小姐手上可有钱先生诱骗许小姐注册公司法定代表人的证据?"

"这个……"江怡可想了一下,"我现在不是很确定。"

"江小姐最好能拿出证据。合作方因为我方违约进行起诉索赔,走的都是正常的法律渠道,从这上面看,我们很难去辩驳。"梁哲说着顿了一下,"另外江小姐说许小姐和钱先生曾经是恋人,我想找证据恐怕不太容易。我的建议是许小姐可以约钱先生出来商谈一下,看看能不能拿到证据证明许小姐是被骗的。"

虽然江怡可知道让许京和老钱坐下来聊天是一件很难的事,但眼下也没有其他办法了,她只好点了点头。

"还有江小姐今天来得仓促,也没带什么材料,江小姐回去最好能准备一下许小姐当初注册公司时的相关文件和合作方的合同以及合作方起诉后的相关法律文书。"

江怡可点了点头,正要道谢,突然身后传来一个声音:"可儿,原来你在这里。"

江怡可循着声音转过头,没想到走过来的人竟然是廖洛。江怡可下意识地问:"你怎么在这里?"

廖洛挑挑眉,还没说话。江怡可的电话突然响了起来,是许京打来的。

江怡可看向梁哲，说："不好意思，我去接个电话。"

梁哲点头，江怡可起身接起电话道："喂。"

"可儿，你还和律师在一起吗？"

"嗯，怎么了？"

许京顿了一下，说："廖洛刚才给我打电话说他会解决这件事。"

"廖洛？"江怡可一惊，"我没有和他说这件事，他是怎么知道的？"

"应该是杜冰说的。"

江怡可皱了皱眉，心想，廖洛说他会解决？怎么解决？他就算是搞投资的，一千万又怎么能说拿就拿？

"可儿……"许京没听见江怡可的声音，又唤了一声。

"廖洛来咖啡厅了，我去看一下，这件事我们回去再商量。"

"嗯。"许京应了一声。

江怡可挂断了电话，看向廖洛。廖洛正在和梁哲说话。江怡可走了过去，只听梁哲道："廖先生的办法虽然能够解决眼前的问题，但是恕我直言，贸然投资一个项目，可能会对廖先生的公司造成亏损。"

"那梁律师还有什么良策吗？老钱是个非常狡猾的人，你认为从他身上找证据是那么容易的事吗？他现在可能连许京的面都不会见。"

梁哲一时语塞，廖洛说得没错，他提出的方案，的确是没有办法的办法。

"那我们也要试一试。"江怡可突然接话道。除非真的走投无路，否则她不会让廖洛冒险。

梁哲微怔，看向江怡可说："既然江小姐坚持的话，廖先生不妨再等一等。"

廖洛眉头微皱道："好，三天的时间应该足够你们拿到证据了吧？"

"就三天。"江怡可一口应下，朝梁哲说道："梁律师，这两天我可能会随时联系你，麻烦了。"

梁哲看了眼廖洛，笑道："我既然已经答应了丁柏，那么这个案子我就会全权负责到底的，江小姐放心吧。"

"今天就到这儿吧。"江怡可还没说话，廖洛便站起身说道。

江怡可一愣，她察觉出廖洛似乎有些不高兴。

廖洛问道："你要不要和我回去？"

江怡可想了一下，转头看向梁哲说："梁律师，我先走了，再联系。"

"嗯。"梁哲点了点头。

江怡可拉着廖洛走出门，廖洛的脚步一顿，看着江怡可。

"我还是有些放心不下许京。"江怡可小心地说。

话落，廖洛的脸色一沉。江怡可赶紧说："她出了这样的事，身边也没人照顾。"

"我送你过去吧。"廖洛叹了口气。

"我自己走就行。"江怡可轻声说，她实在不好意思老麻烦廖洛。

廖洛的脸色愈发难看，心里有一团火在燃烧。

看到廖洛的表情，江怡可只好说："一起走吧。"

第二十九章　想成为你身旁的木棉

廖洛一路沉默地开着车，江怡可也不敢吱声。一个红灯，廖洛刹车刹得急，江怡可被吓了一跳。

廖洛转头看了一眼江怡可，开口问："许京的事，你为什么不和我商量一下？"

江怡可抿了抿嘴，她想的是如果能解决，那就不麻烦廖洛了。她想和廖洛建立一段平等的关系，而不是要依赖他。

"不能和我商量，却可以去找丁柏，是吗？"廖洛见江怡可不说话，心里更加生气了。

"不是的，丁柏也不知道这件事。"江怡可急忙解释。

"那律师呢？是谁找的？"

江怡可一时语塞，顿了一下，说："丁柏也是许京的朋友。"

"那为什么是你找他？"

"许京她现在的情绪很不好。"

"她是病了吗？"

江怡可把头偏向一边，解释道："廖洛，你不要强词夺理好吗？

我承认这件事是我没有考虑周到。但是我希望你能理解一下，我也不可能把每件事处理得那么面面俱到。"

"所以……你的事不需要我知道，是吗？"廖洛的声音很低。

"不是你想的那样。"

说完，二人都没有再说话。江怡可想了一下，拔掉了安全带，说："我们都好好冷静一下吧。"

江怡可刚下车，廖洛就把车开走了，江怡可心里莫名地有些委屈。想到许京还一个人在家里，江怡可只好收拾好心情，回到许京家。

"你怎么又过来了？"许京看到门口的江怡可问道。

江怡可低下了头，委屈地说："我不来你这儿，能去哪儿？"

许京打量了江怡可一番，凑过来问："怎么？吵架了？"

"没有。"

许京自然是了解江怡可的，闷声道："因为我的事让你俩吵架，对不起了。"

江怡可一怔道："你别想那么多，不是因为你。"

"真吵架了？"

"也不是吵架，就是意见不统一。"

"你这叫偷换概念。"

江怡可不想再说这件事，突然想起梁哲的话，问："京儿，你现在还能联系上老钱吗？"

许京一愣，说："联系他干什么？"

江怡可的眼眸垂了垂，她觉得这件事有必要和许京说清楚。

"是这样的，你的事廖洛确实可以帮忙，不过有一定的风险。梁律师说最好能联系上老钱，拿到他当初骗你注册公司的证据。若是不行，我们再采用别的方法。"

许京也不是不明事理的人，一听江怡可的话便明白了怎么回事，说："好，我去尝试一下，看看能不能把他约出来。"

江怡可点了点头说："这件事我和你一起去。"

"你还是回去找廖洛吧，他这两天被你冷落，脾气挺大的。"

江怡可撇撇嘴说："我们俩之间是观念问题，不是简单的吵架。"

吃完饭，许京给老钱打电话，约他出来见面，没想到老钱倒是同意了。

见面的地点是老钱常去的餐厅，江怡可不由得想起第一次和老钱见面的场景，深觉物是人非。

许京和江怡可先到餐厅，两人坐下来聊了很久，却迟迟没见老钱的身影。江怡可有些怀疑地问："京儿，他为什么还不来？是不是不想见你？"

许京挑挑眉说："他要是不想见我，干脆就可以不接我的电话。"

虽然许京的话很有道理，但江怡可心里还是觉得慌慌的，说不上来是什么感觉。

这时，一个女人突然朝着她们走来。江怡可愣了一下，看了眼许京，又看向女人。只见那女人在许京面前停了下来，说："怎么？又来找老钱要钱啊？"

许京皱眉道："老钱呢？让他出来和我谈。"

"你要谈什么啊？不就是要钱吗？谁跟你谈不都一样吗？"

"请你说话客气一点，我们并不是来要钱的，只是来找老钱商量一些事情，请你让他来和我们谈。"江怡可在一旁冷声道。

"你在这儿装个什么劲儿啊？老钱没空理你们，你就说吧，到底要多少钱?"女人的声音不低,一时间旁边的人都纷纷朝这边看。

江怡可看了看许京,心知老钱压根就没想过要和她们谈,再跟这个女人纠缠下去也没有好处。于是,她拉着许京的手,说:"我们走,不用理她。"

"嗯。"许京点了下头。

两人正要起身,突然被女人拦住,说道:"怎么?你们这就想走了?"

"请你让开!"许京厉声道。

女人看着许京,继续道:"你让我男朋友帮你投资公司,现在公司出了事,又想让我男朋友帮你填窟窿,你还要脸吗?"

"让开!"江怡可有些急了,喊道。

"我偏不让。"

"滚!"许京气急,推了女人一下。

"你推我!"

女人大叫,趁许京不注意伸手要去打她。江怡可注意到女人的动作,连忙上前阻拦。

"啪!"

一声清脆的响声,江怡可只觉得自己的脑子"嗡嗡"直响,脸上火辣辣地疼。

"可儿。"旁边的许京连忙扶住江怡可。

那女人还要动手,被走过来的保安拦住了。

保安看向江怡可,问:"这位小姐,你没事吧?"

江怡可摇了摇头,说:"没事儿。"

许京生气地说:"怎么没事?我们现在就报警!"

"真的没事。"江怡可坚持说,"我们走吧。"她只是被打了一下,这种情况下去报警，根本就没有意义。更何况有这么多人看着，对方肯定一口咬定，是许京先动的手。

许京很不甘心，不过她也明白江怡可的意思，只好道："那我们走吧。"

江怡可点点头。那女人斜了她们两眼，没有再出声。保安自然是觉得多一事不如少一事，也没有拦着她们。

一路上，许京觉得愧疚，不停地咒骂老钱。

江怡可苦笑着说："行了，骂他有用吗？还不如好好想想怎么解决眼前的事。"

江怡可原以为老钱会见她们一面，看来还是她太乐观了。只是事情到了这一步，恐怕也只能用廖洛的办法了。

"我就不应该让你一起来。"许京自责道。

"谁能料到他会这么做？"江怡可笑了笑。她知道老钱不过是想让她们知难而退。

两人心事重重地回到许京家，没想到在门口竟然看见了廖洛，江怡可这才想起她把手机调成了静音。

"去哪儿了？"廖洛上前一步问。

江怡可慌忙用头发挡着脸说："就是出去走走。"

廖洛眯着眼睛看着江怡可的动作，便伸手撩开江怡可的头发。江怡可赶紧后退了两步。

廖洛的眉头皱紧，忙问："怎么弄的？"

江怡可抿了抿嘴，说："就是在公交车上没坐稳，不小心撞扶手上了。"

许京在一旁看不下去，说道："我和可儿去见老钱，结果老钱找了个女的闹事……"

江怡可看向许京,示意她不要说了,但廖洛已经听明白了怎么回事,脸色愈发难看。他扯过江怡可的手,拉着她上了车。

江怡可不敢吱声,只好乖乖地坐在副驾驶座上。

廖洛看江怡可一副受委屈的模样,气消了不少,温和地问:"怎么样?以后还逞不逞强?"

"我没逞强。"江怡可委屈地说。

"老钱是个多狡猾的人,你们的方法根本行不通。"

"你的方法不是也有风险吗?"江怡可担心地说。

"你放心吧,我会处理好的。"

江怡可还是不放心,问道:"昨天我只是听了个大概,你的意思是你要投资许京公司的项目,是吗?"

廖洛皱眉说:"具体的情况还要看合作方的意思,如果合作方同意继续开展项目的话,那就不算违约,我们的人现在已经在和合作方沟通了。"

"这个你还是要好好考察一下,如果这个项目本身就不保险,你投资也会亏损的。"

廖洛保证道:"我会谨慎的。"

江怡可叹了口气,她知道眼下也没有别的解决办法了。

两个人回到家,小可一看见江怡可便叫了一声,江怡可走过去将它抱了起来。

廖洛从冰箱里取出冰块,做了一个简易的冰袋。

江怡可正和小可玩得开心,廖洛突然拿着冰袋走过来把她吓了一跳,下意识地闪躲。

廖洛扬了扬手里的冰袋,示意江怡可靠过来。江怡可把小可放下,伸手去接冰袋。廖洛嘴角微勾,直接将冰袋贴到了江怡可的脸上。

"痛。"江怡可不满地看向廖洛,轻声喊道。

廖洛笑了笑,说:"以后都不放心让你出门了。"

江怡可撇撇嘴,没有反驳。

廖洛提议道:"一会儿一起去超市。"

江怡可扬眉,反应过来,廖洛这是还记得那天她去找许京,没有和他逛超市的事。她不禁想,廖洛也太小气了。

去超市的时候,江怡可因为脸还肿着,就特意带了一个口罩。

廖洛取了购物车,问道:"吃什么?"

"杭州菜。"江怡可转头看见前面有一对小情侣,女生挽着男生的手,看起来很是亲密。江怡可不自觉地伸出手挽住了廖洛的胳膊。

廖洛假装没注意江怡可的小动作,笑道:"杭州菜的范围太广泛了,不如你说两个菜名。"

江怡可想了想,说:"东坡肉,还有醋鱼。"

廖洛挑眉道:"不吃素菜?"

"素菜你来选。"

两人在果蔬区逛了一会儿,廖洛挑菜的样子很专业,江怡可在一旁感叹道:"廖先生,你这样也太有魅力了吧!"

廖洛淡笑:"那廖太太什么时候也向我展现一下魅力?"

"嗯……"江怡可沉吟了一下,"明天早上,我给你熬粥。"

"熬粥?"

"熬粥也很需要技术含量的,关键是喝粥养胃。"江怡可一脸正色地说。

廖洛正要反驳,电话突然响了起来。

廖洛走到一旁去接电话,江怡可趁机往购物车里塞了几包零食。

这两天一直陪着许京喝粥,她还真挺想念这些零食的。

江怡可正专心挑着,廖洛的身躯突然挡住了她的视线。

江怡可笑了笑,问道:"什么事?"

"是许京的事,合作方已经同意撤诉了。"

"这么快。"江怡可一愣,"你是不是早就做准备了?"

廖洛没说话,默默地把零食又放了回去。江怡可注意到他的动作,连忙阻拦道:"你干吗把我的零食放回去?"

"这些都不健康。"

江怡可把零食从货架上拿下来抱在怀里央求道:"我只是偶尔吃一次。"

廖洛板着脸,没说话。

江怡可无奈,放回去一包零食,说:"这样总行了吧?"

廖洛摇摇头,推着购物车朝前走去。

第三十章　会撒娇的女人

　　回家的路上,路过宠物店,廖洛把车停下,说:"你在这儿等一下,我去买些猫粮。"
　　江怡可点了点头。廖洛走进店里,江怡可透过车窗正好能看见宠物店里的情形。
　　宠物店的老板是一个年轻女子,廖洛买了猫粮,两人说了许久的话。年轻女子一直在笑,好像是在谈论什么开心的事,江怡可的脸顿时沉了下来。
　　廖洛上了车,发现江怡可的目光一直落在车窗外,疑惑地问:"怎么了?"
　　"你怎么去这么久?"
　　"聊了两句。等急了?"
　　听廖洛这么说,江怡可心里更气了,闷声说道:"我困了。"之后她就眯着眼睛装睡去了。
　　廖洛看了她一眼,摇头淡笑。
　　车子停了下来,江怡可随即睁开眼。廖洛看向她,问:"没睡着？"

"睡醒了。"江怡可推开车门，下了车。走了两步，回头看廖洛一个人既要提着猫粮，又要提着菜和零食。她又走到廖洛的旁边，从他的手里接过一个购物袋，急匆匆地往前走。

廖洛追上来，问道："这是生气了？"

"没有啊。"江怡可一脸无辜，"你从哪里看出来我生气了？"

廖洛狐疑地看了江怡可两眼，微笑道："哪里都像。"

江怡可不理廖洛，继续往前走。

进了屋，江怡可把自己的零食挑出来，抱着零食回了房间。廖洛望着她的背影，憋着笑没说话，转身去了厨房。

江怡可坐在房间里生闷气，想了一下，又去客厅把小可抱了过来。过了一会儿，厨房传来冲水的声音，江怡可叹了口气，又默默地走到厨房，帮忙择菜。

廖洛看了江怡可一眼，逗她说："廖太太，你的嘴上都可以挂一个水瓶子了？"

"哪有？"江怡可下意识地抿了抿嘴。

"说说看，又是哪里不开心了？"

"人要是一直情绪高涨才是有毛病，我现在不过是心情平静而已。"江怡可一本正经地说。

廖洛拿了一个篮子递给江怡可，说："择好的菜放在这里。"

江怡可看了眼篮子，嫌弃道："这个篮子好丑。"

廖洛挑眉道："廖太太还见过别的款式？"

江怡可不说话，她现在看什么都不顺眼。

廖洛偷笑道："宠物店的老板娘已经结婚了。"

江怡可一怔，顺嘴问道："这么早就结婚了？"

"嗯,她和她丈夫是大学同学,两个人毕业不久就结婚了。"

"看她那样子倒像个学生。"江怡可歪着头说。

"你看见她了?"廖洛问。

江怡可抿了抿嘴,嘀咕地说:"不小心看见的。"

江怡可说这话时的表情有一瞬的黯然,如果她和廖洛之间没有发生这么多事,孩子应该也很大了。想到这里,她把手里的菜放进篮子里,转身抱住了廖洛的腰。

廖洛的身子一僵,打趣道:"不生我的气了?"

"不生气了。"江怡可闷闷地说。时间有限,她又怎么舍得拿来生气。

没想到江怡可真的承认了,廖洛失笑道:"好了,去沙发上等着吧,饭马上就好了。"

吃完饭后,廖洛让江怡可洗碗。江怡可不想动,便委屈地看向廖洛说:"咱们猜拳吧!"

结果还是江怡可输了,她认命地起身,缓缓地走向厨房。

洗完碗后,江怡可回到房间,接到杜冰打来的电话。

"你和廖洛和好了?"杜冰的语气微沉。

江怡可莫名地有些心虚,问道:"你怎么知道的?"

"前两天他给我打过电话,如果你们俩没和好,他怎么会给我打电话?"杜冰呵斥道,"你是忘了他当年是怎么对你的了吗?"

"当年廖洛在美国也遇到了麻烦。这件事是我们误会他了。"

"你是怎么知道的?廖洛这么和你说的?"

江怡可沉默了一会儿,说:"这一次,我选择相信他。"

"你这样太草率了,你怎么知道他这次接近你不是有什么目的?"

江怡可轻笑了一声,说:"我现在还有什么可以让人惦记的?"

"不行。"杜冰顿了一下,"这样吧,你把廖洛叫出来,咱们一起吃顿饭,我不放心。"

江怡可有些迟疑,她能想象的到杜冰斥责廖洛的样子,有些心虚地说:"不用了吧,这件事真的没有再纠结下去的必要了。"

"你怕我吃了他啊?"杜冰知道一遇上廖洛,江怡可就会成为叛徒。

江怡可笑了笑,说:"大家都是朋友。"

"都是朋友见一面又怎样?许京之前不是已经和他见过面了吗?"

江怡可叹口气,心想也不能躲一辈子,只好说:"好,那杜大小姐什么时候有空?"

"就明天中午吧,地方选好了我告诉你。"

"嗯,好。"

挂断了电话,江怡可郁闷地走到廖洛的卧室门前,正要敲门,廖洛突然从里面拉开了门。

江怡可愣了一下,廖洛用手指蹭了她的一下鼻尖,道:"我听见动静就先开门了,进来坐吧。"江怡可正要摇头,廖洛已经将她拉了进去。

江怡可局促不安地说:"我就是来告诉你一声,明天中午杜冰想约我们一起吃饭,你应该有时间吧?"

"嗯。"廖洛点点头。

"那……我就先走了。"

江怡可转身打算离开,廖洛突然叫住她。

"还有什么事吗?"江怡可转头问。

廖洛微怔,沉吟了片刻,说:"早点儿休息。"

"你也是。"江怡可轻声说了一句,就离开了。关上门的那一刻,她觉得空气莫名地有些燥热。

　　第二天中午,江怡可和廖洛准时赴约,他们先找到位置坐了下来。过了一会儿,杜冰走进餐厅。江怡可朝杜冰招了招手,杜冰看向她笑着点头,转而目光落在廖洛身上,脸色陡然一变。
　　廖洛微微挑眉,偏头看向江怡可,显然看出杜冰不怎么待见他。
　　江怡可低声道:"一会儿解释清楚就好了。"
　　杜冰坐了下来,江怡可将菜单递了过去,说:"你看看,想吃什么?"
　　"你们已经点过了吗?"
　　"还没。"
　　杜冰看了廖洛一眼,也没有客气,直接点了四个菜。
　　"廖洛,我在杭州这么多年,都没碰到你,结果没想到可儿刚来就和你遇上了。"杜冰语气不善,她总觉得廖洛接近江怡可是不怀好意。
　　廖洛笑了笑,说:"那只能说明我和可儿的缘分深厚。"
　　杜冰听到这话,脸色愈加难看,道:"你都好意思这样说了,那我就直说了。八年前的事,可儿信你,不代表我信你,你要是拿不出证据,这事可没完。"
　　"杜冰!"江怡可见杜冰的话越说越难听,朝她摇了摇头,"事情都过去那么多年了,何必追究呢!"
　　"证据我已经在找了,只是毕竟是八年前的事,处理起来有些麻烦,希望你能给我一些时间。"廖洛突然接话,目光落在江怡可身上。
　　江怡可一愣,随后说:"这件事不用强求。"

杜冰听到这话，轻咳了一声，瞪了廖洛一眼，说："可儿，你可别被他的花言巧语给骗了。"

廖洛有些委屈地看了看江怡可，没有再说话。

江怡可有些心软，看向杜冰，道："你放心吧，廖洛对我怎么样，我心里还是有数的。"

江怡可都这么说了，杜冰自然也不好意思再出言反驳，只好道："总之到时候你上当了，可别怪我没提醒你。"

江怡可笑了笑，没有说话。

菜很快就端上了桌，杜冰眼睛一转，突然问："可儿，那你和丁柏呢？就这么算了？"

廖洛拿着筷子的手一顿。江怡可也是一怔，恍惚间想起杜冰似乎一直误会她和丁柏的关系，她正想着该怎么说。杜冰又继续道："你前些天不是还特意给丁柏准备了生日礼物吗？"

江怡可愕然，感受到廖洛落在她身上的目光，于是赶紧解释道："我和丁柏只是朋友，送他礼物也是出于朋友间的情分。"

"我听说生日礼物不是你拉着京儿去商场里精挑细选的吗？"杜冰说完还挑衅地看了廖洛一眼。

江怡可一时哑然，不知该做何解释，想了想，只能说："这些都是误会。"

"我都看出来了。"杜冰继续添油加醋，"说起来，丁柏这个人啊，真心不错。"

"我们真的只是朋友。"江怡可无奈地苦笑。

杜冰没有接话，转而看向廖洛。

廖洛的神色已经平静下来，只听他淡然地说："我和丁柏也很熟，他们只是朋友关系。"

廖洛的话扫去了杜冰的兴致,杜冰没有再说话。

回家的路上,江怡可和廖洛均是不语。江怡可知道廖洛虽然那样说,但心里还是介意的,她也不知道该如何解释。

"廖洛。"江怡可忍不住唤了廖洛一声。

廖洛没有反应,他在等江怡可的解释。

"其实那些事是杜冰误会了。"江怡可小心翼翼地说,"我和丁柏真的没什么。"

"嗯。"廖洛应了一声。

这是什么意思?江怡可愣了一下,索性又问:"那你在气什么?"

"没有生气。"廖洛语气生硬地说。

车停了下来,两人一起下车。廖洛先行一步,江怡可跟了过去,找话题问:"今天晚上想吃什么?"

廖洛随口答道:"都可以。"

江怡可深吸了一口气,上前抓住廖洛的胳膊,弯起嘴角说:"你想吃什么?我给你做。"

廖洛的脚步一顿,扭过头看江怡可。

江怡可不明所以地眨了眨眼,继续笑着问:"没有想吃的吗?培根土豆泥行不行?"

廖洛还是没有说话,江怡可没有办法,只好努了努鼻子又说:"你就别生气了,那些都是误会。"

"廖太太,你是在撒娇吗?"廖洛突然问。

江怡可的手一僵,有些尴尬地敛起笑容。

廖洛偷笑道:"再撒一个,我就原谅你。"

江怡可一下愣住了,不知道该怎么办才好。廖洛一本正经地站在原地,用玩味的眼光打量着江怡可。

江怡可别扭地抿嘴,僵持了半天,最后扯过廖洛的衣袖,清了清嗓子,柔声说:"廖先生,你想吃什么,我给你做啊。"说完露出一个甜美的微笑。

廖洛先是愣神,接着憋笑,最后实在忍不住笑出声来。

江怡可慌乱地跑开,廖洛一把将她揽在怀里大声说:"廖太太,我要吃红烧鱼。"

第三十一章　以爱为名的圈套

许京的事结束以后，江怡可的生活回到正轨，她依旧在丁柏的公司工作，和廖洛的生活也平淡无奇。

半个月后，廖洛一大早接到一个电话。

江怡可迷迷糊糊地从床上起来，因为是周末，她想给廖洛准备一顿丰盛的早餐。没想到刚出房间，就看见餐桌上已经摆好了早餐，廖洛留下一张纸条，说临时有事，先去公司了。

江怡可皱了皱眉，心想，大周末的，真是让人不放心。桌上的早餐是从冰箱里拿出来的面包和牛奶，廖洛嘱咐她热一下，看起来廖洛走得挺仓促。

江怡可回到房间，拿起手机犹豫了一下，最终还是把手机放下了。

闲来无事，江怡可研究起菜谱来，想着给廖洛准备一顿丰盛的午餐也是好的。江怡可正准备下楼买食材，突然接到了许京的电话。

江怡可接起电话调侃道："大周末的，怎么想起来给我打电话了。"

许京那边迟疑了一下,没有出声。

江怡可疑惑道:"京儿,你怎么不说话?"

"可儿。"许京深吸了一口气,"出事了。"

江怡可拿着电话的手一僵,急忙问:"怎么回事?"

许京抿了抿嘴,顿了一下,说:"廖洛为了帮我投资的那个项目,其实是老钱设下的陷阱,现在项目亏损严重,廖洛应该会赔很多钱。"

"老钱?"江怡可听得有些糊涂,"老钱为什么要设下这个陷阱,这对他来说有什么好处?"

许京叹气道:"上次在古镇,廖洛为了维护你打了老钱,随后廖洛又拒绝投资老钱手上的项目,加上我一直拒绝他,他怀恨在心,所以才会布下这个局。"

"我知道了。"江怡可知道许京一定会自责内疚,宽慰道,"这件事你不用太担心,我相信廖洛会解决好的。"

"可儿,这次是我对不住你,原本是我和老钱的事,现在让你和廖洛无辜被牵扯进来。"

"这不是你的问题,谁也不希望会遇上老钱这样的人。这件事我会和廖洛商量着处理,你不用太担心,就算有亏损,钱总是会挣回来的。"

"可是……"许京欲言又止。

江怡可让自己的声音听上去尽可能地平静一些,说:"你先等消息吧,有什么事我会找你帮忙的。"

"好。"许京应了一声。

"我还要和廖洛联系,就先挂了。"

江怡可挂断了电话,有些颓然地放下了手机,她最担心的事还是发生了，到头来自己还是连累了廖洛。

电话铃声又响了起来。江怡可有些恍惚，过了许久，才低头看了眼手机屏幕，是廖洛打来的。

"怎么才接电话？"廖洛温和的声音从电话那边传了过来。

江怡可有些难受，想了一下，道："我在研究菜谱啊！"

"研究菜谱？"廖洛疑惑地问。

"你不是说我不会做菜吗？所以我就想研究菜谱，到时候让你刮目相看。"

廖洛轻笑了一声，有些愧疚地说："那很可惜，我今天中午有些事忙不过来，就先不回去吃饭了。"

江怡可鼻头忍不住一酸，闷声问道："你在忙什么？"

廖洛愣了一下，随后笑着答道："公司新接了一个项目。"他说着又补充了一句，"本来想瞒着给你一个惊喜的，结果你突然问，就顺嘴说出来了。"

江怡可的眼泪瞬间就模糊了视线，廖洛现在还在瞒着她。

"可儿，你怎么了？"廖洛没听到江怡可说话，担心地问道。

江怡可调整了一下情绪，说："没什么，就是替你开心而已。"

"晚上我会早点儿回去的，顺便检验一下你的成果。"廖洛说道。

"好。"江怡可应了一声。

"我这边还有工作，先挂了。"

"廖洛。"江怡可突然叫住了廖洛。

廖洛一怔，问道："怎么了？"

江怡可吸了一下鼻子，说："照顾好自己。"

"好，你放心，只是工作而已。"廖洛简单地说了一句，随即挂断了电话。

江怡可的手机慢慢地从手里滑了出去，她缓缓蹲下身，抱住了自己。

直到晚上十点，廖洛才从公司回来。他回来的时候客厅的灯还在亮着，江怡可正缩在沙发上里，电视上放着综艺节目，里面的人嘻嘻哈哈，江怡可时不时地跟着大笑。

廖洛松了口气，心想，如果每天回家都能看到这副场景，那该有多好。

"你回来啦！"江怡可回头看向廖洛。

廖洛笑着点了点头，随手将手里的公文包放到沙发上。

江怡可不经意地瞄了一眼公文包，笑道："我去把菜给你热一热。"

"好。"廖洛先是愣了一下，之后应了一声。

经过廖洛身边的时候，江怡可闻到一股很重的酒气，她皱了皱眉，却没表现出什么，快步走进了厨房。

将菜放进微波炉，江怡可再次来到客厅，发现廖洛已经进了洗手间。江怡可走向沙发，拿起了廖洛的公文包，里面有很多资料。江怡可随意抽出来两份看了看，脸色随即一沉。纵使她不是很懂投资，但也能看出来廖洛这回亏损很多，而且这次的投资还影响了他手里的其他项目。

江怡可绝望地叹了口气，一时看得入神。这时，她突然听到推门的声音，转头一看，廖洛穿着浴袍从洗手间走出来，他的目光落在她手里的资料上。

"你的这些资料，说实话，我还是看不懂。"江怡可将手里的资料重新放进包里，有些勉强地笑了笑。

廖洛皱着眉头走过来，没有说话。

江怡可抿了抿嘴，道："菜应该已经热好了，我去看看。"她说完便朝厨房的方向走去，刚走到一半，身后传来廖洛的声音。

"你都知道了。"

江怡可背对着廖洛，光听见他说的话，江怡可就觉得心酸不已。

"是，我知道了。"

一阵沉默，两个人都没有说话。

"这件事我会处理好，你不要放在心上。"廖洛突然说道。

"可是，你为什么要瞒着我？"

廖洛低下了头道："我只是还没想好要怎么和你说。"

江怡可叹了口气，无奈地说："先吃饭吧。"

江怡可将菜一一摆上餐桌，廖洛走过来坐下，安慰她说："这件事你不用担心，给我几天的时间，我会处理好的。"

江怡可知道事情没有廖洛表现得这么简单，问道："你这次到底亏损了多少？"

廖洛拿着碗的手一顿，说："几十万吧。"

"廖洛。"江怡可脸色一沉，"你就不能和我说实话吗？"

廖洛放下手里的碗，按了按太阳穴，道："我说过这件事我会处理好，难道你对我连这点儿信任都没有吗？"

"你出了这么大的事，我怎么能不管不问？何况，你要不是为了帮我，又怎么会发生这样的事！"

"这件事和你没有关系，你不用什么责任都往自己身上揽。"

"怎么没有关系？"

廖洛有些疲惫地说："那你告诉我，我和你说了，这件事就能解决吗？除了多一个人着急上火，没有任何益处！"

听到这话，江怡可一怔，是啊，自己根本帮不上忙。

廖洛意识到自己的话有些重，连忙说："你知道我不是这个意思。"

"你说的是事实。"江怡可淡淡地说，"这可能是我自己的问题吧，是我不该在这件事上跟你刨根问底。"

廖洛愣了一下，说："那你说，你到底要我如何做？"

"吃饭吧，这些菜我做了好久。"江怡可说着给廖洛夹了一口菜。此时，她神情平静，心里意识到有些问题横在自己和廖洛之间。

"江怡可。"廖洛心里有些不安，"你现在真的冷淡得让我觉得陌生。"

廖洛的一句话，犹如晴天霹雳一般，瞬间将江怡可打入了冷宫。廖洛终究还是意识到自己变了，不再是他从前喜欢的江怡可了。

江怡可怔怔地看着廖洛，一时间有些无所适从。她偏了偏头，冷声道："或许吧。"

说完这话，江怡可站起身，准备回房间，再待下去，她怕自己忍不住哭出来。

"可儿。"廖洛突然抱住江怡可，"抱歉，我今晚喝了酒，这些话不是我的本意。"

江怡可握住廖洛的手，说："我知道，我累了，想早点儿休息了。"

"可儿。"廖洛还是很担心。

江怡可转过头看向廖洛道："好了，你也累了，早点儿休息吧。"

廖洛点点头，宽慰道："这件事你不用担心，交给我。"

"嗯。"江怡可应了一声，转身回到卧室。

廖洛想到自己和江怡可的矛盾，心里十分难受，夜里一直睡不着，直到凌晨三四点才睡去。一大早，他就被电话吵醒。

"廖洛，快去萧山机场！"电话刚接通，许京便急忙喊道。

廖洛一愣，沉声问道："怎么了？"

"是可儿,她要回深城了。"

廖洛回想起昨天晚上江怡可的反常,他立刻起床,穿好衣服,朝门外走去。

萧山机场,到处都是行色匆匆的人,廖洛挤在人群中,心中满是着急。他只想快一点儿找到江怡可,然后再也不放开她的手。

电话再次响起,廖洛赶紧接了起来。

"廖总,出事了。"

"看样子,这一次廖洛是真的要倒下了。"老钱晃了晃酒杯,眯着眼睛说道。看得出来,他的心情非常愉悦。

坐在老钱对面的陈东明动作标准地切着牛排,没有说话。纵然他心中只有商场上的利益,但要面对老钱这样的人,他也很难不心生厌恶。

老钱得意地看向陈东明道:"陈总,这次还是要感谢你,要不是当初你建议我拉上许京注册公司,这次又将廖洛从另一个项目里踢出了局,他的公司也不至于资金周转不开,面临倒闭。"

陈东明慢条斯理地嚼着牛肉,看着老钱的目光有些意味不明。

老钱疑惑地说:"不过,陈总,我听说你和廖洛一直都走得挺近的,为什么要费尽心机地搞垮他?"

陈东明闻言眼神变得凌厉起来。老钱悻悻地喝了口酒,脸上有些尴尬地赔笑道:"陈总做事自然有自己的原因。"

老钱的话音刚落,薛晴雯突然闯进了包间。她看向陈东明,质问道:"陈东明,廖洛的事,是不是你干的?"

陈东明抬头看向薛晴雯,明显一愣,想了片刻,问:"你怎么来这儿了?"

"你只管回答我，是还是不是？"薛晴雯沉声道。

"是。"陈东明沉默了一会儿，点头应道。做了就是做了，他也没什么好遮掩的。

薛晴雯脸色随即一变，怒声道："你卑鄙！"

"我用的都是合法手段，没偷没抢的，怎么就卑鄙了？"

薛晴雯冷笑了一声，道："枉费廖洛之前一直拿你当朋友，在我面前对你多有赞扬，原来你根本就不配！"

陈东明眉头一紧，薛晴雯的话明显伤到了他。

老钱看到陈东明的脸色，连忙站起身来，说："陈总，我突然想起公司还有事，就先失陪了。"

陈东明点了点头，老钱赶紧走开了。

"我不需要朋友，是廖洛自作多情，现在怎么能反过来怪我背叛他？"

薛晴雯觉得匪夷所思，她没想到陈东明会说出这样的话来，一时间，她不知道该笑还是该怒。

"陈东明，你真让人觉得恶心！"

薛晴雯说完转身要离开，却被陈东明拉住。

"你要明白，我做这一切都是为了你，如果不是你和廖洛走得那么近，如果不是你喜欢他，我根本就不会对他出手！"

薛晴雯先是愣住，随后失笑道："这和我有什么关系？陈总，你这个借口找的未免也太莫名其妙了吧。"

陈东明眯着眼睛，突然语塞。薛晴雯趁机甩开了他，抽身离开。

薛晴雯走后，陈东明一个人坐在包间里，心情有些复杂。不知道从什么时候开始，他居然被薛晴雯独特的气质给吸引，动了心。他自认为能言善辩，可是唯独对薛晴雯的感情，他竟然说不出口。

第三十二章　爱到最后是放手

江怡可拖着行李站在家门口，犹豫了许久才按响了门铃。

"可儿？"江父推开门，看见江怡可，吓了一跳。

"爸。"

江父的目光落在江怡可的行李箱上，问："你这是？"

"我不想在杭州待了。"江怡可淡淡地说。

江父愣了一下，说："进来吧，别在外面站着了。"

江怡可提着行李进了门，坐在沙发上。江父走过去问："怎么突然决定回来了，是不是出什么事了？"

江怡可淡然地说："没事，只是在杭州待着不习惯。"

江父不信江怡可的话，又问："你之前不是说在那边待得挺好的吗？"

江怡可苦笑了一声，说："要是好，我就不回来了。"说着她把行李拖到了自己的房间。

江父看了眼江怡可的背影，没有再多问。

夜里，江父起床去洗手间，发现江怡可房间的灯还亮着，走到门口,正想着要不要敲门,突然听见一阵抽泣声。

江父的身形一僵。他从监狱出来后,几乎没听江怡可哭过,包括从孟烨的口中也听说,江怡可一直很坚强。可是现在突然听见女儿哭泣的声音,他觉得心痛不已。这一刻,他才察觉自己对女儿的关心真的太少了。

第二天一早,江怡可吃完早饭拿起包准备出门。

江父问:"你这是要去哪儿啊?"

"找工作。"江怡可想多攒些钱,想办法还给廖洛,能还一些是一些。

江父一怔,问:"找工作这么急干什么?"

江怡可轻笑道:"在家待着也是待着,不如出去找点儿事做。"

"去吧,中午记得回来吃饭。"江父知道再劝也是无用的。

"嗯。"江怡可应了一声,推门离开。

江父把桌上的碗筷收拾好,回到房间,拿出手机,拨通了许京的电话……

之后的几天,江怡可不知道被多少家公司拒绝,最后终于找到了一份相对来说比较满意的工作。

上班第一天,江怡可觉得不如在杭州的时候充实,但好在有事情做,也算不错。

回家之后,她接到许京的电话。

"可儿。"许京有些疲惫地说。

"怎么了?"江怡可皱了皱眉问道。

"廖洛的公司倒闭了,还背了债,据说连房子都卖掉了。"

江怡可只觉脑中像是忽然间炸开了一般,问道:"怎么会这样?不是说,他只是会赔些钱,公司怎么会倒闭?"

"廖洛的一个朋友在别的项目上动了手脚，一时间出了两个这么大的事，就算廖洛有再大的能耐，也是无力回天了。"

江怡可的心口顿时堵得难受，又问："那他现在怎么样了？"

"我听说他租了个小房子，现在状态不是很好。可儿，这事儿归根结底是怪我，他现在弄成这样，你又走了，你让他怎么熬过去啊？"

"我帮不了他的。"江怡可闷声道，"廖洛他值得更好的女孩去守护，我只会拖累他。"

"可儿，你是为了帮我，这件事从头到尾就不是因为你的过失，怎么能算是你拖累他呢？"

"京儿，那天廖洛已经亲口说过了，他觉得我变了。或许在他心里放不下的那个人是过去的我。"

许京叹了口气，说："可儿，从头到尾陷进这个想法里的人只有你自己。"

江怡可一怔，随后笑了笑。许京不是她，又怎么知道她心里的纠结。没有人知道她现在多想飞奔到廖洛的身边，只是她清楚，他们的生活都该重新开始了。

"京儿，这段时间就麻烦你替我照看他。"江怡可沉默了许久，嘱咐了一句。

许京轻笑了一声，道："那是你男人，为什么要我照看他？"

江怡可没再说话，她知道许京虽然这样说，但还是会帮忙的。

"好了，你自己好好想想吧。"许京挂断了电话。

江怡可盯着暗下去的手机屏幕，看了好久，最后又无力地放下。

丁柏来到廖洛的家门前，犹豫了一下，敲了敲门。

廖洛出来开门,看见是丁柏,愣了一下,问:"你怎么有空来看我?"

"好歹我们也是合作伙伴,我来看看你,不是很正常吗?"丁柏走进房间,有些微怔。房间收拾得干净整洁,和他想象的景象相差甚远,三只小猫躺在地上晒着太阳,满满的生活气息。

廖洛看见丁柏的神色,笑道:"怎么,你以为我该在家里每天买醉?"

丁柏笑了一下,说:"看来你已经看开了?"

"没什么看开看不开的,应该说是已经习惯了。"廖洛倒了杯水,递给丁柏,然后自顾自地坐在沙发上。

丁柏走到廖洛的身旁坐下,心里很敬佩廖洛,他自问做不到廖洛这样坦然。

"我手上现在还有一些资金,就算不能帮你东山再起,也能缓解一下眼前的困局。"

廖洛拍了拍丁柏的肩膀,丁柏能在这个时候说出这些话,他很感动,说:"放心吧,你就当是我这些年奋斗累了,想歇一歇。"

丁柏还要再说什么,廖洛冲他摇了摇头。丁柏见廖洛态度坚决,便没有再劝,但还是说:"什么时候需要我帮忙了,随时开口。"

廖洛点点头,有丁柏这句话,他心里很感动。

丁柏想了想,又问:"你和江怡可……"

廖洛脸上温和的笑渐渐敛去,低声说道:"她已经回深城了。"

"是不是有什么误会?"丁柏知道江怡可不是那种见廖洛生意失败就离开的人。

"或许吧。"现在的廖洛什么都没有了,他总算明白了江怡可之前患得患失的原因了,这大概就是老天在和他们开玩笑吧。

"既然有误会，就要说清楚。"丁柏显然不明白廖洛的意思。

"横在我们之间是跨不过去的八年，不是随随便便就能说清楚的。"

"八年？"丁柏一惊，难道廖洛和江怡可不是最近几个月才认识的吗？

廖洛淡笑道："我和可儿八年前就在一起了。那时候我在她父亲的公司上班，她来公司实习，做我的助理。后来，我去美国深造，她父亲被人陷害，而我在美国也出了意外，没能回国给她父亲出庭作证，她因此误会我。为了帮父亲还债，她嫁给了别人。没想到八年后我们会在杭州相遇，之后的事你都知道了。"

丁柏恍然大悟地说："怪不得你们第一次见面的时候我就觉得不对劲儿。"

公司和家两点一线，生活似乎平淡无奇。

"怡可，今天晚上公司要组织聚餐，你可别忘了啊。"同事在一旁提醒。

江怡可笑着点头，心里却始终觉得空落落的。

晚上大家一起吃火锅，吃完火锅又一起去唱歌，江怡可一直默默地坐在角落里。突然公司的部门主管高琦递过来一罐可乐，江怡可愣了一下，接过可乐。

高琦三十七岁，未婚，是大家经常谈论的对象。

高琦在江怡可的身旁坐下来，问："怎么不去唱歌？"

江怡可微笑道："那都是年轻人该做的事。"

"你年龄也不大嘛。"

江怡可没有吱声。

高琦接着道:"我听说你还没有对象。"

江怡可微微蹙眉。

高琦又问道:"你家是深城本地的吗?和父母住在一起?"

"高主管。"江怡可尽量保持着标准的微笑,"这些问题似乎和工作无关。"

高琦脸色微沉道:"你应该明白我的意思,我们都是适婚的年龄。"

"抱歉,我暂时没有这个打算。"

"你现在年龄也不小了,难道不应该考虑一下终身大事吗?"

"和你没有关系。"江怡可起身离开。

没过一会儿,江怡可就听见有人叫她。她叹了口气,看来是打听事的人来了。

"怡可,我听说高主管跟你表白了?"同事凑过来问。

"就是随便聊两句。"江怡可勉强地笑了笑。

同事露出一副我懂的表情,说:"你就没考虑考虑?"

"你说笑了。"

"怡可,咱们都是同事,我劝你两句。你年纪也不小了,现在结婚正合适,再晚两年,那可就是大龄产妇了。"

江怡可皱眉,忍下心里的不悦,说:"我心里有数。"

"你嫌弃高主管是不是?我看你条件也挺不错的,这么大岁数还没结婚,估计是眼光太高了。不是我说你,将就将就就得了,毕竟年龄摆在那里。"

"我知道。"江怡可有些疲惫地点点头。

"那你自己好好想想啊。"同事见江怡可一直反应平平,扫兴地离开了。

江怡可拿着手里的可乐，猛地喝了一大口，一时间心绪复杂。

拖着疲惫的身体回到家，江怡可瘫倒在沙发上。离开了廖洛，她似乎又让自己的生活变成了一盘散沙。想到这里，江怡可掏出手机，看着通讯录里"廖先生"三个字，视线有些模糊。

手机铃声突然响了起来，江怡可被吓了一跳，怔怔地看着手机屏幕上"孟烨"二字。江怡可皱眉，挂断了电话。

铃声再次响起，江怡可失去耐心，直接关了机。

第二天一早，江怡可准备好早餐，江父从房间出来，看向她道："刚才孟烨给我打电话，说是你不接他的电话，怎么了？"

江怡可的眼眸微垂，说："可能是没听见吧。"

江父在餐桌前坐下来道："那你一会儿给他回一个。"

"嗯。"江怡可应了一声，盛了粥给江父端了过去。江父抬头接着说，"孟烨结婚了，这件事你知道吧？"

江怡可愣了一下，上次打电话的时候孟烨提过这件事，没想到这么快就结婚了。江怡可心里一时百感交集，想来孟烨心里也是有许多无奈的。

"我跟他说你回深城了，他说想跟你见一面。"江父继续说道。

"其实……我们也没什么再见面的必要了。"

江父叹了口气道："就算离婚了，你也没必要这么一直躲着他，他说这次是有重要的事情和你说。"

"好吧。"江怡可无奈地应了一声，"下午我就去看看他。"

第三十三章 爱你，一如从前

咖啡厅里的空调温度开得刚刚好，江怡可走进去的时候，孟烨正坐在靠窗的位置等她，江怡可走过去坐下。

孟烨自嘲地笑了一声道："你就这么不愿意见我？"

"这个问题我已经回答过太多遍了，只是觉得没有必要。而且，我希望你不要因为这些事去烦我爸。"

孟烨苦笑道："我这次找你是真的有事。"说着他从包里拿出了一份资料，推到江怡可的面前，"资料上的人知道当年廖洛在美国发生的事，这个人我已经找到，可以带你去见他。"

江怡可抬眼疑惑地看向孟烨，她的确在找这些人，只是孟烨是怎么知道的？

孟烨看出江怡可的不解，笑道："碰巧发现有人在调查当年的事，我就让朋友做了进一步的了解，最后发现原来是廖洛。我想你现在应该需要这份资料吧。"

江怡可拿起资料看了看，说："谢谢你。"

孟烨笑了笑，又说："就当是我弥补这些年欠你的吧。"

"你也没有欠我什么。"江怡可低下了头。他们都是被迫做出的选择,本就不存在谁对谁错。

孟烨沉默良久,道:"你想什么时候见他?我帮你约一下。"

"明天晚上吧。"江怡可想带着父亲一起去,就算她和廖洛无法再走到一起,她也不想父亲对廖洛心怀憎恶与偏见。

第二天,江父和江怡可来到约好的茶馆,江父看了眼江怡可,问:"到底要见什么人?"

"是当年陷害你入狱案件的知情人。"

江父脸色当即一沉,说道:"这件事过去这么久了,当年陷害我的人,也已经受到了法律的制裁,你现在还找他们来干什么?"

"因为这关系着廖洛的清白。"江怡可解释说,"廖洛之前和我说过,他当年在美国之所以没能回来作证,是因为遭人陷害,被送进了警局。这件事我一直没有和你说,因为没有证据,不知道怎么开口。现在我找到了证据,所以想带你来听听。"

江父的脸色还是很难看,半天没有说话。

江怡可接着说:"我并非是想证明什么,只是我们冤枉了廖洛这么多年,总该还原一个真相。"

"进去吧。"江父率先走进茶馆。

孟烨找来的人已经在里面等候,他看起来年龄很大,额前的头发基本掉光了,面部满是皱纹,能看出来他的日子过得不是很好。

"江老板。"他看见江父赶紧颤颤巍巍地站起身来。

江父对这个人没什么印象,不过看他的样子,倒像是对自己很熟悉。

"伯父。"坐在旁边的孟烨同江父打了声招呼。

江父看见孟烨时愣了一下,他疑惑地看向江怡可。

江怡可解释道:"这个人是孟烨找来的。"

"你们倒是一起来瞒我。"江父说了一句,坐了下来。

江怡可也跟着坐下,问道:"你知道当年廖洛在美国发生的事?"

"是的。"那人点点头,"当时陷害江先生的人知道廖先生一旦带着资料回国出庭作证,他就会全盘皆输。所以他当时在美国陷害廖先生,导致他被美国警方调查,与你们失去联络。在你入狱后,才还了他清白。"

江父皱眉道:"这件事你是怎么知道的?"

"我是无意间听他们提到的。本来我以为这件事已经过去了,不想再提了。但孟先生说因为这件事让你们和廖先生之间有误会,我也是心里有愧,所以才想着替廖先生说几句话,就当是赎罪了。"

江父闻言一直沉默,过了许久,才起身道:"我知道了。"说完便转身离开。

江怡可朝孟烨点了点头,跟着江父一起离开了。

回去的路上,江父虽然没有表明自己的态度,不过,江怡可觉得自己放松了很多。

回家之后,江父一句话没说,就进了房间,直到江怡可早上上班,都没见江父出来。

江怡可知道父亲现在需要好好冷静一下,毕竟这么大的事,也不是一时半会儿就能接受的。

江怡可刚到公司楼下,就在电梯口偶遇了高琦。旁边的同事都聚在一起想看热闹,江怡可只好默默地和高琦拉开了距离。

"咳咳。"高琦咳嗽了两声,走了过来,说:"小江,前天晚上……是我唐突了。"

话落,后面的同事立即惊呼道:"唐突?发生了什么?"

江怡可皱了皱眉，组织了一下语言，道："高主管，咱们只是正常地闲聊两句，怎么能算唐突呢？"

"我知道你现在对我挺不满的，我那天也是喝了点儿酒。"

高琦的话简直是越描越黑，江怡可不想再和他聊下去了。电梯门一开，江怡可就赶紧走了出去，留下一众同事窃窃私语。

江怡可正要坐下来工作，又一位同事走过来，说道："怡可，经理找你。"

江怡可点了点头，站起身，同事看向她的目光中满是同情。

"经理。"江怡可敲了敲门走了进去。

"过来坐吧。"经理不咸不淡地说。

江怡可走过去坐了下来。经理开口道："怡可，公司虽然不反对办公室恋情，但是太过明目张胆终究不好。你明白我说的是什么意思吧？"

"明白。"江怡可低头应了一声。看来她和高琦的事已经传到经理的耳朵里了。

"明白就好，你们要在一起，没人反对。只是你们这样，弄得办公室里议论纷纷，乌烟瘴气的，这就是你们的不对了。"

"我知道。"

经理见江怡可的态度还算诚恳，又道："你做事一直都是本本分分的，别因为这件事让人在背后说闲话。还有，公司有公司的规矩，你的奖金就先停一个月吧。"

"好。"

"没事了，你先回去吧，好好干。"

从经理的办公室出来，江怡可觉得身心俱疲，好端端地去上班，没想到还会惹上这样的事。

江怡可下班回到家，看见父亲坐在沙发上喊了一声："爸。"

江父看向江怡可，说："你坐下，我和你聊两句。"

江怡可有些迟疑地坐下，说："爸，现在已经很晚了，有什么事我们明天再说吧。"

江父没有理会江怡可，而是倒了一杯茶，说道："我问你，你是不是这辈子都不打算结婚了？"

江怡可一惊，说道："爸，你怎么突然这么问？"

"你年龄也不小了。你要是还打算结婚的话，我身边也有不少人介绍，这两天就给你安排相亲。"

"我还不想考虑这件事。"今天因为高琦的事，江怡可本就不高兴。现在父亲又提起这些事，让她有些烦躁。

"你和廖洛在杭州的事我都知道了。"江父突然沉声道。

江怡可一时愣怔，问："你是怎么知道的？"

"我和许京通过电话。你要是还放不下他，就去找他；要是放下了，就去相亲。"

"爸。"江怡可不知道该说什么，"我们之间的事不像你想的那么简单。"

"你们年轻人怎么想的我不感兴趣，你跟我说说，你是怎么打算的？"

"我不知道。"江怡可低声道。

"去找他吧。"

江怡可听到这话，抬起头惊讶地看着父亲。

"当年的事虽然他有苦衷，但是让我放下芥蒂也是不可能的。不过，我希望你可以幸福。"

江怡可有些动容，鼻头一酸颤声道："爸，我……"

江父受不了这种哭哭啼啼的情形,起身说道:"好了,这两天你收拾收拾行李,回杭州吧。"

江怡可还是有些迟疑,却没说话。江父看了她一眼,回到了房间。

夜里,江怡可躺在床上,尽管很累,她却丝毫没有睡意。父亲的话给了她很大的触动。

这时,孟烨突然打电话过来。江怡可犹豫了一下,接了起来。

"怡可,还在忙工作吗?"孟烨的声音听起来平淡了许多,不像从前那样咄咄逼人。

"没有。你打电话来是有什么事吗?"

"没事,我就是想问一下伯父怎么样了?他对廖洛的态度还是像从前那样吗?"

江怡可愣了一下,笑道:"事情的真相就摆在面前,我爸已经看开了。说起来,这件事还要感谢你。"

"那就好。"孟烨沉吟了片刻,"我不知道你为什么会回深城,但还是劝你一句,要抓住眼前的幸福。如果你是因为以前和我结婚的事和廖洛产生矛盾,那大可不必。"

孟烨的话说到了江怡可的心坎上,半晌,才道:"孟烨,谢谢你。"

"不用谢我,如果你愿意的话我们还可以做朋友。"

"我们早就是朋友了。"江怡可轻笑着说了一句。

江怡可在听完江父和孟烨的话后,终于下定了决定。第二天,她就辞去了工作,然后收拾了一下行李,出发去杭州。

尽管已经提前做好了心理准备,但江怡可还是没有勇气见廖洛。

一想到自己在廖洛最需要人陪的时候离开他，江怡可的心里就充满了愧疚。

订好了酒店，江怡可一个人在路上徘徊，不知不觉就到了晚上。江怡可想约一个人出来喝酒，可是翻了翻通讯录上的人，似乎都和廖洛有联系。还好最后，她翻到了苏筱络。

"喂，可儿姐。"等了许久，苏筱络才接起电话。

听到苏筱络那边有些吵闹，江怡可好奇地问："你在干吗？"

"我在家啊。"

"在家？"江怡可挑眉，"家里怎么这么吵？"

"哦，是唐逸在和我一起打游戏。"

苏筱络说得自然，江怡可却是一怔，忍不住问："你们又在一起了？"

"可儿姐，你先等一下，我去阳台和你说。"苏筱络说了一句，随后不知道她和唐逸说了什么，过了许久，江怡可才听到苏筱络的声音，"我们两个月前重新在一起了。"

"可是他……"江怡可的心中有很多疑惑。

"他曾经是犯过错，可谁没犯过错呢！"苏筱络淡淡地说，"我知道你一定想说，犯错的是他，说分手的也是他，凭什么我还要回过头来原谅他？"苏筱络说到这儿，突然笑了，"因为我喜欢他，从一开始我就知道我想要什么。我想要的幸福就是和唐逸在一起，既然如此，我何必因为过去的错误来破坏眼前和未来的幸福呢？"

苏筱络说了很多，江怡可听着她的话，突然有一种幡然醒悟的感觉，原来她竟还不如单纯的苏筱络活得通透。

"我替你高兴。"江怡可衷心地祝福道。

苏筱络也是一怔，随后开心起来，她听得出来江怡可的祝福是发自内心的。想到这里,她转而问道:"可儿姐,你怎么突然给我打电话?"

江怡可愣住,她本来想找苏筱络喝酒,但是她现在有更重要的事要做,于是说道:"本来想和你一起喝酒聊天,只是没想到这么大的事你居然都瞒着我。"

苏筱络一时语塞,闷声道:"我是怕你不理解。"

"好啦,我能理解。"江怡可笑道,"我现在也要去追求我的幸福了。"

"你要去找廖洛?"苏筱络很快明白过来。

"是。"江怡可笑着承认。

苏筱络催促道:"那你可要快点儿。另外,找机会一定要把故事讲给我听。"

"好。"

挂断电话后,江怡可想了想,拨通了丁柏的电话。

"喂。"丁柏看到来电显示是江怡可,愣了一下。

"我回杭州了。"江怡可说道。

"你怎么突然回来了?"丁柏有些惊讶地问。

"我想去找廖洛。"

丁柏微怔,道:"那我把他地址给你。"

"嗯。"江怡可应了一声,"你现在时间方便吗?我想和你聊聊廖洛的近况。"

"方便。"

"那我去公司楼下的咖啡厅找你吧。"

"好。"

第三十四章　赖在你身边

再次见到丁柏，江怡可有些感慨，现在的他们更像是朋友。

"刚刚在电话里忘记问了，你应该吃饭了吧？"江怡可问道。

"吃过了。"丁柏点点头，"我没想到你会回到杭州。当初听许京说，你走得很是决绝。"

江怡可笑了笑，说："我也想通了，眼前的幸福最重要。"接着问道，"廖洛现在的状态好吗？"

"比你想象得好吧。"丁柏感叹着说，"我以为廖洛会很颓废，没想到他还挺潇洒的。"

江怡可听到这话笑了笑，却没有意外，她一直都知道廖洛是一个百折不挠的人。

"那……他对我？"江怡可试探着问。

丁柏笑道："你怕他怪你当初离开？"

江怡可点了点头。

"那你还真是想多了。"丁柏摇摇头，"他怪谁也不会怪你。"

听到丁柏这句话，江怡可松了一口气。

丁柏想了想，继续说道："不过他现在生活拮据，一时之间可能不知道该怎么面对你。"

"这些我都知道。"江怡可既然回来了，就已经做好面对各种情况的准备。

丁柏正要开口，电话突然响了起来，他看了眼手机屏幕，微微皱眉，接起了电话，问："什么事？"

"我在公司楼下的咖啡厅。"

"好，你把文件交给我助理就行，还有什么事吗？"

"行。那我挂了。"

看来是工作上的事，江怡可没有多问。

丁柏挂断电话后，对江怡可说："你多劝劝廖洛，若是他想干点儿什么，我随时可以帮忙。"

"放心吧，需要你的时候我们会开口的。"

江怡可的话音刚落，就看见一个熟悉的身影从门口走了进来。

薛晴雯走到江怡可旁边坐了下来，看向丁柏说："我正好想去公司找你，听你说在公司楼下咖啡厅，就过来了。"说完她意味深长地看向江怡可，不屑地说："没想到江小姐也在这里，我还以为你回深城不回来了呢。"

江怡可知道薛晴雯是在为廖洛抱不平，于是，她尴尬地笑了笑。

"你们聊什么呢？"薛晴雯问。

丁柏摸了摸后脑勺说："没聊什么，怡可好不容易从深城回来，我们自然要叙叙旧。"

薛晴雯点点头，又问："江小姐这次回来是找廖洛的？"

"嗯。"江怡可应了一声。

薛晴雯似是松了口气，道："那你现在是不是找错人了？"

"我只是来找丁柏打探一些消息。"江怡可蹙眉道。她感受到一丝醋意，微微侧头去看丁柏，却见丁柏的脸上没有任何的异常。

"这些电话里也可以聊啊！"

"当面说更清楚一些。"江怡可想了一下，"倒是薛小姐，这么晚了，还来公司找丁柏？"

薛晴雯愣了一下，说："我来和他商量一下工作的事。"

"你们刚才在电话里不是聊得很清楚吗？"

"我是没找着他人，才给他打的电话。"

江怡可了然地点点头，说："原来在电话里一样能说清楚。"

薛晴雯闻言，深吸了一口气，说："你这是什么意思啊？"

"我只是在想，薛小姐为什么要多此一举。"江怡可微微一笑道。

"我是觉得当面说更清楚一些。"

江怡可没有再反驳薛晴雯，而是用玩味的目光看向丁柏。

丁柏扯了扯嘴角笑道："现在也挺晚的了，怡可，你住哪个酒店？方便吗？要不我送你回去吧？"

江怡可迟疑了一下，应道："好。"

薛晴雯在一旁不满地说："丁柏，你怎么不说送我回去啊？"

丁柏诧异了一下，问："你没开车来吗？"

"没有。"

江怡可笑了笑，说："那就不用送我了，我的酒店离这儿很近，今晚的事还要谢谢你。"

"不用，我先送你回去，让薛小姐在这里等一会儿。"

江怡可想了一下，点头道："那好吧。"

薛晴雯赌气一般看了丁柏一眼，没有说话。

江怡可和丁柏一起走出咖啡厅，笑着问："你觉得薛晴雯怎么样？"

丁柏先是一怔，随后反应过来，答道："是很好的工作伙伴。"

江怡可低下了头。丁柏在感情上是一个清楚明白的人，薛晴雯的心思他未必不懂。想到这里，江怡可说道："我觉得她是个不错的姑娘，你好好珍惜。"

丁柏看向江怡可，难得吐露心声道："我现在事业刚刚起步，感情的事没有太多打算。"

江怡可叹了口气，说："你是男人，有时候不需要考虑那么多，可她已经是一个将近三十岁的女人了，她没那么多时间等你。如果你不想错过她，就早点儿给她答复。"

"嗯。"丁柏笑了一声，"谢谢你和我说这些。"

"你和我客气什么，若真要说感谢，也是我谢你。"

"以前总觉得在感情上我比你成熟，其实我远没有你看得清。"

江怡可微微挑眉道："或许是和经历有关吧。我告诉你，该抓住的就要抓住，说不定你的犹豫就使你错过了喜欢的人。"

去找廖洛之前，江怡可还是觉得没有底气，想起她来杭州这么久还没有去过灵隐寺，于是准备去那里祈福。

上午时分，乌云蔽日，天空中飘着小雨。江怡可从飞来峰走到灵隐寺内，再走到北高峰，最后下山，晃晃悠悠逛了一天。

晚上，江怡可回到酒店，看着白天拍的照片，发了一条朋友圈。她想如果廖洛看到，应该就知道她已经回到杭州了。

江怡可拿着丁柏给她的地址，站在廖洛家的门口，确定自己没有找错，才鼓起勇气敲了门。

半天没有动静，江怡可的心开始有些慌乱。这时，听到楼道里传来一阵响动，江怡可下意识地转头，看见穿着家居服的廖洛拎着一袋菜站在楼梯的转角。

二人隔着楼梯对视。良久，江怡可笑着说道："好久不见。"

廖洛上了楼梯，目光在江怡可手边的行李箱上停了一瞬，问："你怎么来了？"

江怡可笑了笑，说："我回了趟深城，结果你就搬家了，害我找了好久。"

廖洛拿出钥匙开门，听到江怡可的话，手指微微一顿，张了张嘴，欲言又止。

门被打开，江怡可顺势拉着行李走了进去，一把抱起了地上的小可。廖洛随手关上了门，没有说话，进了厨房。

江怡可望了眼廖洛的背影，想了想，把小可放下，跟了过去。

廖洛熟练地择菜洗菜，江怡可站在一旁，低声道："你该不会还在怪我吧？"

"没有。"廖洛的语气有些生硬，顿了一下，"吃完中午饭你就走吧。"

江怡可没想到廖洛这么快就下了逐客令，赶紧说道："不走，我的行李都带过来了。"

廖洛看了江怡可一眼，沉声道："这里没有你的房间，更何况……"

"我可以睡沙发。"

"江怡可！"廖洛无奈地看着她，"这样无理取闹有意思吗？当初说要走的人是你，现在随随便便回来的人还是你，你当我这里是什么地方？旅馆吗？"

"我……"江怡可一时语塞，想了一会儿，江怡可耍赖地说，"我当这是我男朋友的家。"说完，她的脸就红了。

廖洛皱眉，沉默了一会儿，道："我们……"

江怡可知道廖洛又要说出拒绝她的话，于是没有给他说话的机会，凑到他身旁问："我们今天中午吃什么？"

廖洛一怔,没有接话。江怡可继续说:"西红柿炒蛋吗?这道菜我来做,我觉得我做得比你好吃。"

见江怡可这副样子,廖洛无奈地摇摇头,只好不去理会她。

江怡可也不嫌无趣,一直说个不停,问道:"廖洛,西红柿炒蛋你是喜欢吃偏甜一点的还是偏咸一点的?"

"偏甜。"

"真好,我也喜欢偏甜一点的。"江怡可笑着点头。

江怡可将西红柿炒蛋端上桌,一脸热切地看着廖洛说:"来,你快尝一尝。"

廖洛看着江怡可满脸期待的样子,拿起筷子尝了一口,随后微微皱眉,过了许久才道:"还好。"

江怡可拿起筷子尝了尝,说道:"啊,好甜。"江怡可吐了下舌头,做出懊恼的样子。

"还可以吃。"

"还是不要吃了。"

江怡可把菜端到自己面前,廖洛疑惑地看她。

江怡可挑了挑眉道:"我觉得这道菜太好吃了,想要自己独享。"

廖洛淡笑道:"菜是我买的。"

江怡可一愣,不服地说:"那还是我做的呢!"

"那就分你一半。"

"那你让我留在这儿。"

廖洛突然沉默了下来。江怡可也没有吱声,吃了几口菜,放下了筷子,明明放了那么多糖,可她的心里还是泛起了苦涩。

"你要是觉得心里有愧,所以特意来找我,那大可不必。我走到今天这步,完全是因为自己生意失败,与你无关。"廖洛终于开口。

"不是这样的。"江怡可矢口否认,"我来找你,是因为我心里还有你。"

廖洛抬头看着江怡可。江怡可继续说："我离开是怕自己会拖累你，怕你会对我失望，但是现在，我想抓住眼前的幸福。"

廖洛放下筷子，说："那你就当是我不想了吧，我不想再继续下去了。"

"为什么？我知道上次离开是我的错，我向你道歉。我这次是真的不想再错过你了。"

廖洛看着江怡可，没有言语。

江怡可知道廖洛是害怕自己跟着他吃苦，于是说："你还记得吗？你让我相信你，那你现在不相信自己了吗？"

廖洛没有说话，两人安静地吃完了饭。下午，两人坐在沙发上，读书看报，廖洛没再说让江怡可离开的话，对此江怡可已经很心满意足了。只是，江怡可想起银行卡里为数不多的存款，微微头疼。她已经从丁柏的公司离职，现在还要再找一份工作才行。想到这里，她望了眼还放在门口的行李箱。

江怡可起身去拖行李箱，廖洛注意到她的动作。江怡可笑了笑，说："我拿一下电脑。"说完，又问，"我的行李该放哪里？"

"跟我来吧。"廖洛起身。江怡可跟着廖洛来到卧室，廖洛指了指一旁的衣柜，"衣服可以先放到这里。"

"嗯。"江怡可应了一声，打开衣柜，发现廖洛的衣服整齐地放在一边，而另一边是坌出来的。江怡可的心中忽然升起一股暖流。

晚上，两人简单地吃了些饭，江怡可投了几份简历，就去洗漱了。出来以后，听廖洛说道："今晚你睡卧室，我睡沙发。"

江怡可愣了一下，说："还是我睡沙发吧。"

廖洛不理她，径自走到卧室，抱了一床被子出来。江怡可走到他面前，扯过被子的一角，道："还是给我吧。"

廖洛不说话，眼睛一动不动地盯着她。江怡可只好缴械投降，放开被子，走进卧室。

躺在床上，江怡可翻来覆去睡不着，想着廖洛睡在沙发上肯定不舒服，于是打开卧室门出去看看，发现廖洛还坐在电脑前，没有睡觉。

"什么事？"看见江怡可，廖洛愣了一下。

江怡可犹豫了一下，问："你不冷吗？"现在已经入冬，夜晚的温度只有几度。

"还好。"

"要不然你来卧室睡吧。"江怡可闷声说。

"我现在还不打算睡，你先去睡吧。"

江怡可皱眉，她在卧室里盖着厚厚的被子都觉得冷，廖洛只盖着薄被怎么可能不冷。想了想，她走到沙发旁坐下来，说："刚好我也不困，和你在这儿待会儿。"她说话时身子明显哆嗦了一下。

廖洛见状只好把电脑关机，说："走吧。"

江怡可看着廖洛，如恶作剧得逞的孩子般笑了笑。

第二天，江怡可醒来的时候，廖洛已经准备好早饭。江怡可洗漱完坐下来，问："你今天有什么安排吗？"

"没有。"廖洛淡淡地说。

江怡可想了一下，说："我今天上午要出去一趟，中午不一定能回来吃饭。"虽然在网上投了简历，但江怡可还是想出去看看。

廖洛一怔，张了张嘴，最后说道："注意安全。"

"嗯。"江怡可点了点头。

吃完早饭，江怡可出了门。廖洛看着江怡可离开的背影，目光又落在电脑屏幕上，一副若有所思的模样。

江怡可出门不久，就接到了许京的电话。

"我听丁柏说你回杭州了？"

"嗯。"

"你回来怎么没有联系我?"许京的语气中有些怨念。

江怡可顿了顿,道:"我只是还没想好怎么和你说。"

"罢了。"许京叹了口气,"在电话里也说不清楚,我去找你,咱俩见一面吧。"

"好。"

二人一见面,许京就沉着一张脸,江怡可讨好地说:"我不是故意不和你说的,我也是突然决定回来找廖洛的,所以才来不及和你说。"

"那你倒说说,你怎么突然决定回来了?"

"你和我爸联系了?"

许京点点头,说:"我看伯父对当年的事好像有误解,就把你在杭州发生的事和他说了。"

想起这件事,江怡可心里五味杂陈,说道:"我爸劝我去追求幸福,所以我才下了决心回来。我想通了,不管以后的路有多难,只要和廖洛一起走,我都不怕。"

许京咂了咂嘴,说:"行了,我不想听你说这些,廖洛现在怎么样?"

"挺好的,他应该是打算休息一段时间。"

许京皱眉道:"他还在休息?不是说他现在欠着外债吗?"

江怡可低下了头,说:"不管怎么样,我相信廖洛都有自己的打算。"

"你现在倒是相信他了,你也不想想,你们在一起不用吃饭的吗?真以为'有情饮水饱'啊!"

"我今天就是出来找工作的。"

"那他要是一直在家,你还打算一直养着他?"

江怡可微微一笑，说："这对我来说并不重要。京儿，现在就是我最幸福的时光，只要能和他在一起，别的东西，我都不在乎了。"

许京摇了摇头，没有说话。

"你呢？现在没什么打算吗？"江怡可随口一问。

许京没想到江怡可会突然说到自己，愣了一下，说："怎么忽然扯到我身上了？"

江怡可眯了眯眼，察觉到许京话里有话，问道："快说说，怎么回事？"

"八字还没一撇呢。"

江怡可笑了笑，说："有没有一撇你也得老老实实交代。"

许京嘬了一口奶茶，说道："我有男朋友了。"

江怡可一惊，说道："你这也叫八字没一撇？"

许京笑了笑，说："就是没想好该怎么和你说。"

"是谁？"江怡可眼眸一眯。

"就是那天在西湖给我们拍照的潘恒。"

"他？"江怡可回忆了一下，她只记得潘恒给人感觉挺阳光的，"哪天带出来给我见见呗。"

"嗯。"许京应了一声，脸上的幸福藏也藏不住。

第三十五章　小别生嫌隙

下午四点多的时候，江怡可准备回去，路上突然想吃火锅，就给廖洛打了电话。

"喂。"廖洛很快就接起了电话。

江怡可一愣，问："晚饭吃什么？"

廖洛迟疑了一下，说："随便。"

"那家里有没有可以煮火锅的锅？"

"有。你想吃火锅？"

江怡可"嗯"了一声，笑着说："那我就买些蔬菜和肉，我们在家里煮火锅吧。"

"好。"

江怡可心下一喜，又说："那你等我回去。"

江怡可回来的时候，廖洛看着她手上大包小包的食材，皱了皱眉。

江怡可察觉到廖洛的神情有些不对劲儿，问："有什么问题吗？"

"怎么买了这么多？"

江怡可吐了吐舌头道:"忘了问你喜欢吃什么,就都买了一些。"

廖洛抿紧了嘴,想到江怡可居然不知道自己喜欢吃什么,心里莫名地有些不爽。

"锅在哪里?"江怡可转头看向廖洛。

廖洛从橱柜里把锅拿了过来,江怡可从购物袋里拿出了料包,递给廖洛,说:"你去烧水,我来洗菜。"

廖洛看着手里的料包,愣住了。江怡可疑惑地问:"怎么了?"

"这个料包,应该怎么放?"

"背面有说明。"

"哦。"廖洛端着锅接了一些水,然后给江怡可看了看,"这些可以吗?"

江怡可看了眼,说:"可以。"

洗好了菜,江怡可端上了餐桌,还不忘将肥牛拿了出来。看着江怡可一脸兴奋的模样,廖洛不禁摇了摇头,心想以前怎么没发现她这么爱吃火锅。

吃完饭,江怡可懒懒地倚在沙发上,一动也不想动。廖洛主动洗了碗,然后在她旁边坐下来。江怡可将头靠在廖洛的肩膀上,感叹着说:"廖洛,我现在真的觉得好幸福。"

"因为吃到了火锅?"廖洛挑眉问。

江怡可皱眉看廖洛,一副你少装糊涂的模样。廖洛伸手搂住她,没有说话。

廖洛休息了一会儿,把电脑拿了出来。江怡可坐在他的旁边,看着他工作。

这时电话突然响了起来,江怡可拿起来看了一眼,居然是孟烨,便问道:"喂,孟烨,什么事?"

听到"孟烨"两个字,廖洛的身形突然一僵。

电话那边的孟烨回道:"没什么事,就是想问问你最近怎么样了?"

"挺好的。"

江怡可的声音中满是藏不住的欣喜,孟烨听了也为她高兴:"是这样的,我看见你发灵隐寺的照片,刚好我太太怀孕,想去祈福,我们之前也没有去过灵隐寺,不知道你方不方便领路啊?"

江怡可咧嘴一笑,说:"恭喜你啊!至于去灵隐寺肯定没问题,你们什么时候来告诉我一声就行。"

"那就谢谢你了。"

江怡可迟疑了一下,问道:"我爸那边没什么事吧?"

"放心吧,伯父挺好的,我有时间会帮你照看的。"

"真是太谢谢你了。"

"你怎么又和我这么客气?"

江怡可刚挂断电话,廖洛突然伸手一把将她拉到了怀里,问:"你什么时候和他关系这么好了?"

江怡可愣了一下,说:"上次回家,孟烨帮了我不少忙。"

廖洛挑眉道:"你回家……出了什么事吗?"

"没有出事。"江怡可想了想,就把孟烨找来当年案件知情人的事说了一遍。

廖洛沉默了一会儿,点头道:"要这么说,我确实应该感谢他。"

江怡可一时有些感慨,自己一直觉得孟烨是她和廖洛之间的禁忌,却没想到有一天她会和廖洛心平气和地坐在一起谈论孟烨。

"怎么了?"廖洛看江怡可神情不太对。

江怡可笑了笑,说:"突然想起你可能还不知道,孟烨已经结婚了。"

廖洛调侃道："听你的语气,觉得很遗憾?"

江怡可摇摇头,说:"我只是感慨一下。只要心存向往,每个人都会找到属于自己的幸福。"

"这句话倒是没错。"廖洛轻笑了一声。

又过了几天,廖洛整日待在客厅,捧着一台电脑忙到很晚。江怡可没有多问,她知道无论廖洛做什么决定自己都会支持的。

江怡可投出去的简历也有了回信,为了能够快速入职,她选择了一家规模不大,待遇也一般的公司。果然,面试完的第三天,她就接到了录取通知。不过,令她发愁的是,入职前,她要到深城进行入职培训。

晚上,江怡可一边收拾东西,一边想着怎么和廖洛说这件事。

"你在干什么?"廖洛的声音突然在门口响了起来。

江怡可一愣,说:"我在收拾行李。"

"收拾行李做什么?又要离开吗?"廖洛的眉头越皱越紧。

江怡可忙解释道:"不是,我是要去参加入职培训。"

廖洛神色依旧有些紧张地问:"去哪里?要去多久?"

"深城,要去一周。"

江怡可找工作的事,廖洛知道,他并不想干涉。如果工作可以让江怡可安心,他愿意放手让她做。

廖洛走到江怡可的身边,看了眼行李箱,问:"东西都收拾齐了吗?证件千万别忘了。"

江怡可点点头道:"已经弄好了。我……"

"培训的时候认真一些,不要像以前那样。"廖洛想起江怡可当年做实习生时的事,忍不住叮嘱道。

"你自己在家,要好好照顾自己。"想到廖洛这些天的辛苦,江怡可有些不舍。

廖洛轻笑道:"放心吧,我知道。"

恍恍惚惚地回到深城,江怡可先是回去看了父亲。

江父看见江怡可很震惊,忍不住呵斥道:"你怎么又回来了?"

江怡可有些哭笑不得地说:"我回深城是要参加一个培训,培训之后就回杭州了。"

江父将信将疑地看了她一眼,叹口气说:"可儿,你既然已经决定和廖洛在一起,那就安心地在他身边。他现在最需要有人陪着他。"

"我知道。"江怡可笑道,"以后廖洛要是有什么问题,还要来请教你呢。"

"我不行了,已经老了,现在这世界是你们年轻人的天下了。"

"谁说的!姜还是老的辣。"

江怡可这次来培训,住在公司安排的酒店里。夜里,江怡可躺在床上,给廖洛发了一条消息:"在干吗?"

等了十多分钟,也没等到廖洛回消息,江怡可撇了撇嘴,无聊地放下手机,在房间里来回走。

"怡可。"一起来参加培训的同事叫了她一声,"你现在有事吗?"

"没什么事。"江怡可摇头。

"我也是,待在这里玩手机,无聊死了。"同事吐槽道。

江怡可关上门,忍不住看了眼床上的手机。

同事了然地笑了笑,说:"在等男朋友的消息?"

江怡可的脸顿时红了,没有说话。

同事笑道:"有男朋友不是很正常的吗?什么时候结婚啊?"

"还没有打算。"

同事点了点头,说:"不过也不急,先忙事业。"说着又发了几句牢骚,"我们这培训还有六天才结束,看培训的内容,以后我们的工作未必轻松。"

"走一步看一步吧,刚开始的时候,总是会严一些。"

"听说你是深城本地人?"

"嗯。"江怡可点点头。

"那怎么去杭州了?"同事不解地问。

江怡可笑了笑,说:"我男朋友在杭州。"

"真羡慕你们这样的。我到现在连个男朋友还没有呢!"

两人一直聊到很晚,同事离开后,江怡可看了眼手机,廖洛已经回了消息,说他在工作。

"刚刚在和同事聊天。"江怡可赶紧解释了一下。

"培训累不累?"

"还好,你呢?有没有好好休息?"

"有,已经准备休息了。"廖洛回道。

虽然江怡可并不相信廖洛的话,但现在她也不在身边,只能回消息道:"好,那我也休息了,晚安。"

"晚安。"

隔天,江怡可和同事逛街,看见一件男款毛衣,款式简单,却很好看,江怡可忍不住幻想这件毛衣穿在廖洛身上的样子。她走过去看了看价签,一千多,和廖洛的其他衣服比起来,这件衣服的价格不算什么,不过他们现在的生活比较拮据。

"小姐,要买衣服吗?这件是新款,享八八折。"

八八折，江怡可有些心动，心想她和廖洛重新在一起以来，自己还没有给他买过礼物，于是就买了下来。

周末，公司的培训终于结束了，下周一开始正式上班，很多同事选择在深城待上一天，江怡可却迫不及待地回到杭州。她想给廖洛一个惊喜，所以没有提前告诉廖洛自己要回来的消息。

到了家门口，江怡可敲了许久的门都没有人应，她又没有钥匙，只好在门口等着。

廖洛见了刚刚回国发展的学长，两人相谈甚欢。回到家，廖洛看见蹲在门口的江怡可，一时愣住了。

"你怎么才回来？"江怡可委屈地看着廖洛。

廖洛微微一笑，说："你回来怎么不和我说一声？"

"想给你一个惊喜啊！"江怡可站起身，觉得腿脚一时发麻，有些站不稳。

廖洛连忙扶住她，皱眉道："小心点儿。"

江怡可笑了笑，说道："你不是在这里吗？"

"中午吃饭了吗？"廖洛又问。

江怡可摇摇头，廖洛开门的手一顿，想起家里只有泡面。

"你先进去，我去超市买点儿菜回来。"

"你没有准备晚上的菜吗？"看见廖洛慌张的眼神，江怡可眯了眯眼，"我不回来，你就不吃了？"

"中午吃得有点儿多，所以觉得晚上吃些点心就好。"

"点心在哪儿？"见廖洛不说话，江怡可叹了口气，"你先进去，我去买菜。"

"我去吧。"

"你不知道我爱吃什么。"说完，江怡可把行李放进屋里，转身走了。

江怡可买了好多菜，还买了一只鸡，打算给廖洛好好补补身子。

回去后，炒了两个小菜，硬拉着廖洛吃了一些，忙完之后把鸡炖在了锅里。

闻见浓浓的鸡汤味，廖洛惊诧地问江怡可，道："你炖了鸡汤？"

江怡可白了他一眼，没好气地说："给你补身子的。"

廖洛语塞，小心翼翼地说："没事的，你看我现在不是挺好的吗？"

江怡可没有理会廖洛，待鸡汤熬好后，她看着廖洛喝了几碗，这才消气。

江怡可整理了一下资料，看完已经是半夜了，走出卧室一看，廖洛还在客厅埋头工作。这么看，他前几天给自己发的消息都是谎话。江怡可越想越气。

廖洛听见动静，抬头看江怡可。

江怡可看见廖洛脸上满满的疲惫的样子，愈发心疼地说："你怎么还不睡觉？"

廖洛回答道："我把这些弄完就睡，你先休息吧。"

"什么时候能弄完？"

"快了。"

江怡可一把扯过廖洛的手腕道："明天早上再看也不迟。"

廖洛无奈地说："你先让我把电脑关了。"

江怡可放开廖洛的手，突然发现他的脸色有些不对，手扶上廖洛的额头，果然有些发烫，江怡可气道："廖洛，你知不知道你都发烧了？"

"是吗？"廖洛的表情看上去有点儿蒙。

"吃了药早点儿睡觉，明天还不好的话，就去医院。"

廖洛刚要拒绝，发现江怡可凌厉的眼神，点头道："好。"

第二天，江怡可起床的时候，廖洛正在熬粥。江怡可凑过去摸了摸他的额头，说："还好，已经退烧了。怎么样？还难不难受？"

"没有，已经好了，昨天只是太累了。"

"今天就别忙了，休息一天。"

廖洛愣了一下，看江怡可一脸你敢不答应的模样，只好笑道："好，你先去洗漱，粥马上就好了。"

二人坐在餐桌上吃早饭，廖洛问："你今天没什么安排吗？"

"没有。"江怡可回答得很干脆。

廖洛知道江怡可这是打算要监视自己一天了。这时，廖洛接到学长打来的电话。放下电话后，廖洛小心地说："有一个学长刚从国外回来，我去见一见。"

江怡可不太放心廖洛出去，只是又不好拒绝，只好道："那你早点回来。"

"嗯。"

第三十六章　最美好的时光

直等到午饭时间，廖洛还没有回来，江怡可只好给廖洛打电话。

"你在哪儿？"

"咖啡厅。"

江怡可挑了挑眉，问："中午要不要回来吃饭？"

"不回去了，你自己吃吧。"

廖洛的话音刚落，江怡可便听到电话那边传来一道女声："不然咱们去吃杭州菜吧，我在国外就一直想吃这些。"

江怡可一愣，她记得廖洛说是和学长见面。怎么？等了一会儿，江怡可说道："好，我知道了。"

说完便挂了电话，廖洛微怔，莫名觉得江怡可的态度有点儿冷淡。

"廖洛，你女朋友？"学长好奇地问。

廖洛点点头。学长继续问："新交的？"

"还是原来那个。"

学长的眼睛不由得瞪大，说："复合了？"

廖洛又点点头。学长不禁感叹道："你们这一路也是真不容易。"

廖洛笑了笑，转过头道："学姐，不是说要去吃杭帮菜吗？我倒是知道一家不错的。"

江怡可闷闷不乐地收拾屋子，拿起自己给廖洛买的衣服，这才想起还没和廖洛说这件事，越想越气，枉费自己心里一直惦记着他。

"砰"，屋外传来一阵关门声，是廖洛回来了。

江怡可把衣服放在床上，走出卧室。

廖洛的心情看起来不错，笑着问："中午吃的什么？"

"随便吃了些。"江怡可悻悻地回答，想了一下，忍不住问道，"你是和学长一起吃的饭？"

"嗯。"廖洛点点头。

"没有别人？"江怡可又问。

"还有一个学姐。"

听到这话，江怡可微微松了一口气。看见她这副模样，廖洛问："怎么了？"

"没什么。"江怡可拉着廖洛走到卧室，拿起床上的衣服，"怎么样？好看吗？"

廖洛挑了一下眉，点点头，说："你买的？"

"嗯，你快试试。"

江怡可把衣服塞给了廖洛，转身关了门，去了客厅。

廖洛换好衣服从卧室出来，江怡可看着他，眼前一亮，笑道："怎么样？不错吧。"

"是不错，眼光不错。"廖洛赞美道。

"那是，我一看这衣服就知道你穿上肯定好看。"江怡可说着突然想起许京给自己打的电话，"对了，许京说她明天晚上请客，叫我们一起去。"

廖洛蹙眉问:"她怎么突然想起请客来了?"

"她找了一个男朋友。"江怡可狡黠地一笑,说,"我见过,长得又高又帅,还是个摄影师,很有才华。"

"廖太太很欣赏他?"廖洛挑了挑眉头。

"当然。"江怡可点点头。

廖洛眯了眯眼,江怡可讨好地笑了笑,说:"是因为许京喜欢他。"

第二天,江怡可和廖洛到餐厅的时候,许京和她男朋友已经到了,令江怡可吃惊的是丁柏和薛晴雯也在。

江怡可好奇地看了看丁柏和薛晴雯,丁柏低头轻咳了一声,江怡可了然地笑了笑。

许京开口道:"来,给大家介绍一下,这是我男朋友——潘恒。"

江怡可再次打量了一下潘恒,阳光帅气,和第一次见面的时候没什么变化。

"大小姐,你男朋友看起来比你小啊!"丁柏一开口便是许京不愿听的话。

"比我小又如何?"许京反问。

丁柏笑了笑,说:"行行行,你本来就年轻,怎么样都行。"说着又看向潘恒,问道:"哥们,你是做什么的啊?"

还没等潘恒回答,许京便插嘴道:"你先猜一猜?"

丁柏眉头一蹙,想了想,说:"不会是设计师吧?"

"不是。"许京否认,"猜错了,自罚一杯。"

丁柏一听不乐意了,说:"许京,那么多职业我怎么可能猜得到,我看你就是想灌醉我。"

"还有你丁大公子猜不出来的吗?别耍赖啊,既然开始猜了,那就愿赌服输。"

"行吧。"丁柏郁闷地喝了一杯酒,"让我想想。难道是模特?"丁柏试探着说。

许京好笑地摇头道:"不是。"

丁柏只好又喝了一杯。薛晴雯看不下去了,在丁柏耳边低语了一句。丁柏扬声道:"摄影师。"

"你这不算。"许京连忙说。

听许京这么说,丁柏知道自己猜对了,有些得意地说:"你可没说不能请救兵。"

许京话头一转,道:"我还没问呢,你俩这是什么情况啊?什么时候走到一块去的啊,瞒得挺好的啊!"

"不是瞒,就是刚在一块。"丁柏澄清道,"不信你问怡可。"

江怡可微怔,随后点点头。

"好啊,原来你们都知道了。"许京不满地说,"来来来,说清楚。"

"就是之前总在一起工作,一来二去的。"丁柏有些别扭地说。

难得见丁柏这副吃瘪的模样,众人顿时笑成一片。

"那你呢?你们怎么认识的?"丁柏找准机会问许京。

许京没想到话题这么快就又回到自己身上,微微一愣。丁柏在一旁添油加醋地说:"大小姐,我可都说了,你不能耍赖啊!"

"就是潘恒给我们拍照,拍完以后留了联系方式,之后没事就聊聊,发现挺合适的。"许京简单地说。

"没了?"丁柏不甘心地问。

"那还有什么啊?"许京一脸嫌弃,"你以为拍偶像剧呢?你要是不信就问可儿。"

江怡可有些无奈,怎么都喜欢提她来转移话题啊!

廖洛看了江怡可一眼,那眼神分明在说,看来你知道的秘密不少啊!

丁柏突然说:"对了,有件事我还没提。"

"什么事?"许京顺嘴问。

"我要离开杭州一段时间。"

"为什么啊?"江怡可疑惑地看向丁柏。

丁柏低下了头,说:"我想和晴雯回趟老家,和双方父母商量一下结婚的事。"

"结婚?"许京张大了嘴巴,"你们俩这也太快了吧!"

"遇上合适的人就不想拖了呗。"丁柏说完看了眼薛晴雯,目光中情意绵绵。

许京咂了咂舌,看向廖洛,说:"你看看人家?"

廖洛淡笑道:"你怎么知道我没准备?"

江怡可惊讶地看着廖洛,心就要跳出来了。

"快说说,你有什么准备?"许京急着问。

"还不能说。"

"居然卖关子。"许京不满地说。

江怡可心里开始期待起来,脸上忍不住偷笑。

吃完饭后,许京提议去唱歌,说是要狠狠宰丁柏一顿,丁柏也没有推辞。

到了KTV,丁柏和许京两人争着唱歌,江怡可和廖洛坐在角落看热闹。

江怡可看了眼桌上的扑克牌,对廖洛说:"我们来玩扑克,比大小好了。"

"赌注呢?"

"那就弹脑门好了?"江怡可挑衅地说。

廖洛轻笑着点头,随后抽了一张牌,江怡可也抽了一张。

"我的大。"江怡可笑道,"把头凑过来。"江怡可使劲儿弹了下去。

"怎么样？"江怡可得意地问。

"廖太太，你这真是不给自己留后路啊。"

"你怎么知道下一局我会输？"

结果下一局果然是廖洛的牌大，看着廖洛奸笑的模样，江怡可莫名地有些害怕。

"我刚刚可没使全力。"江怡可心虚地说。

"那我使九分。"

"我连九分都没到，最多七分。"

"那我也七分。"

"你不让让我吗？"

廖洛不语，江怡可只好闭上眼。结果等了半天，廖洛也没下手，江怡可刚睁眼，廖洛的手指猝不及防地落了下来。

"啊！"江怡可捂着额头轻呼，心想廖洛肯定是故意的。

"再来！"江怡可不服气道。

"好。"

又是廖洛的牌大，这次江怡可主动把头凑了过去。她能感受到廖洛的力气有所保留，不过还是好痛。

"还要来吗？"廖洛看着江怡可一脸吃痛的表情，挑衅着问。

"来。"

再次开牌，还是廖洛的大，江怡可有些泄气地说："廖洛，你该不会是玩赖吧。"

廖洛笑道："这么小的游戏，还不值得玩赖。"

江怡可正要把头伸过去，另一边的许京喊道："廖洛，可儿，你们在干什么？过来唱一首。"

江怡可趁机把头缩了回去，道："我们去唱歌吧。"

廖洛知道江怡可是在趁机逃避，笑道："走吧。"

从 KTV 回来的路上，江怡可突然想到过两天是廖洛的生日，这是他们两人重新在一起后的第一个生日。江怡可想了一晚上，最后决定亲手做一顿大餐给廖洛。

生日当天，吃过早饭后，江怡可装作若无其事地问廖洛："廖先生，今天有什么安排吗？"

"下午要见个人。"

江怡可皱了一下眉，又问："那你什么时候才能回来？"

"不一定。"廖洛挑眉问，"怎么了？有事吗？"

"没什么事，就是问问。"江怡可在心里默默盘算着。

这时，廖洛的电话响了。江怡可下意识地瞥了一眼，廖洛迅速拿起手机。

"我先走了。"廖洛走出家门才接通手机。

许京的大嗓门从电话那边传了过来："廖洛，就差你了，你快点。"

"好，我现在已经下楼了，马上到。"

"你才下楼。"许京的声音里满是不可置信，"你快点。"

"嗯。"

廖洛走后，江怡可去超市买了食材，回家就开始准备起来。

一直到晚上七点，才把菜做好，江怡可暗暗庆幸，还好廖洛没有回来，随后跑到卧室拿出她挑选了好久的礼物。

一直到八点，廖洛还没有回来。江怡可想了想，给廖洛打了电话。响了好久电话才接通，江怡可问："你在哪儿？怎么不接电话？"

廖洛迟疑了一下，说："在忙工作，没有听见。"

江怡可没有怀疑，又问："那你什么时候回来？"

廖洛想了一下，说："还不确定。"

"哦。"

廖洛听着江怡可的语气有些失落，问："怎么了，有什么事吗？"

"没有。你忙完早点儿回来。"

"好。"

已经十点了，江怡可郁闷地望了眼厨房，菜已经全凉了。她现在有点儿后悔了，或许应该早点儿告诉廖洛。

"砰。"门口突然传来一阵响动。

江怡可看过去，廖洛正准备换鞋。两人相视，廖洛随手关门，问道："这么晚了，你还没睡吗？"

江怡可站起身，走了过去。看见江怡可的穿着打扮，廖洛蹙眉道："你这是要出门？"

"不出门，在等你回来。"江怡可疲惫地说了一句，看来廖洛真是连自己的生日都忘得一干二净了。

廖洛虽然觉得奇怪，但也没细问，只说道："看来你今天心情不错。"

江怡可咬了咬牙，无奈地说："今天是你生日，廖先生。"

廖洛猛地愣住，自己已经好多年没有过生日了，难为她还记得。廖洛窘迫地看向江怡可说："我真的不记得了。"

江怡可白了廖洛一眼，走到厨房，把菜端出来，摆在桌上。

廖洛走到江怡可的身后，环抱住她，温和地说："你准备了很久吧？辛苦了，廖太太。"

"准备得不算久，等得才久。"江怡可颇为怨念地说，"只可惜，菜的味道要大打折扣了。"

廖洛用手拿起一块肉放进嘴里夸赞道："好香。廖太太厨艺见长。"

江怡可拍掉廖洛的手，说："洗手去！"

廖洛从洗手间出来的时候，菜都端上了桌，江怡可从冰箱里拿出了一个蛋糕，他们虽然都不爱吃甜食，但过生日还是要意思一下的。

看着江怡可把蜡烛一根一根地插在蛋糕上，廖洛的眼底溢满了温柔。

"来，许愿吧。"江怡可把蜡烛点燃，看着廖洛说道。

廖洛愣了一下，淡笑道："希望廖太太可以一直陪在廖先生身边。"

"笨蛋！愿望说出来就不灵了。"江怡可打趣道。

"不说出来又怎么让我心里的那个人听到？"

"不管你了。"江怡可瞪了廖洛一眼，低下头却在偷笑。

廖洛把手伸到江怡可面前，手心朝上。

"干吗？"江怡可好笑地问。

"我的礼物呢？"廖洛一副理直气壮的模样。

江怡可笑了一下，从一旁的电视柜上，拿出了一个礼盒，递给廖洛。

廖洛刚要打开礼盒，江怡可按住了他的手，说："等我睡觉了，你再拆。"

廖洛点点头，把礼盒放到一旁，继续吃饭。

吃完饭，江怡可回了卧室，廖洛坐在沙发上，打开了礼盒，里面是一块手表。廖洛拿出手表，发现里面有一张贺卡，上面写着："和你在一起是我一生最幸福的时光。"

心头顿时涌上一股暖流，廖洛抬头看向窗外。

第三十七章　余生，请多指教

时间过得很快，转眼就要过年了，江怡可和廖洛商量道："过年你有什么打算？"

廖洛回答道："这些年我都是回老家过的。"

"那我……"

"要不要和我一起回去？我家只有我妈一个人，而且我妈很好相处。"

"我爸那边……"江怡可有些犹豫。

"我们先去我家，再去你家。反正以后都是一家人。"廖洛知道江怡可是不想让江父一个人过年。

"好。"江怡可点点头。

廖洛的老家在四川。下飞机后，江怡可就一直十分紧张，当年她和廖洛在一起时还年轻，也没想过去见一见他的家人，结果这一等就是八年过去了。

"别担心，我妈很好相处。"廖洛宽慰道。

"嗯。"江怡可点了点头。

廖洛推开门,拉着江怡可走进去。廖洛家里很宽敞,装修风格很是朴素干净,客厅里摆着花,让人一进来便倍觉温馨。此时,廖母正坐在沙发上看电视,听见声响回头一看,脸上露出惊喜的表情。

"妈,我回来了。"廖洛高兴地说。

"是小洛啊,怎么也不……"正说着,廖母看见了江怡可,便停下了说话,转而又疑惑的目光看着廖洛。

"妈,这是可儿。"廖洛介绍道。

"阿姨。"江怡可有些局促地唤了一声。

廖母明白过来,顿时热情地对江怡可说:"快进来坐。让我看看,多好的一个姑娘,我们廖洛真是好福气。"

江怡可不知道该说什么,神情有些紧张。

"小洛,你去柜子里把上回你托人给我带回来的茶沏上,给可儿尝尝。"廖母说完又担忧地问:"可儿,你喝得惯茶吧?"

廖母说话带着些方言,江怡可勉强听得懂,说:"嗯,我父亲也爱喝茶,我平时跟着他喝一些。"

沏好茶后,廖洛在旁边坐下来,廖母看着他不满道:"这么大的事,你怎么不早点儿和我说,我也没提前准备什么。"

"没事的,阿姨。"江怡可赶紧说道。

廖母转头问江怡可道:"可儿,你是哪里人?"

"深城。"

"那等过年后,我找机会去拜访一下你父母。"

"好。"江怡可应声。

廖洛皱了皱眉,问:"妈,你这是要干吗?"

"你们都老大不小的了,也该结婚了。你不着急,我还着急呢!"

"这事以后再说。我们一路也累了，家里有什么吃的吗？"

"好好好，我先去给你们做饭。"廖母说着转头看向江怡可，高兴地说："你尝尝阿姨给你做的家乡菜。"

江怡可笑着站起身，说："我来帮忙吧。"

"不用。"廖母摆了摆手说道。

江怡可刚要跟上去，廖洛一把拉住了她，说："我妈喜欢一个人做饭。"

江怡可皱眉，一脸疑惑的表情。

廖洛解释道："对于有些人来说料理美食是一种享受，他们享受做菜的过程。你可以尝尝，我妈的手艺真的可以。"

听到这话，江怡可只好老老实实地坐下来。

饭菜端上桌后，江怡可刚吃一口，就明白廖洛没有骗她，廖母做的菜简直好吃极了，江怡可忍不住多吃了一碗饭。

吃完饭，廖母去睡午觉，江怡可回到房间整理她和廖洛的东西。再出来时，她见廖洛一个人坐在客厅。

江怡可轻声问："阿姨还在睡吗？"

"出去跳广场舞了。"

江怡可忍不住感叹了一句："阿姨的生活可真丰富。"

廖洛轻笑了一声，道："我妈年轻时性子不温不火，如今老了才开始关心家长里短。"

"阿姨什么时候回来？要不要我先准备晚饭？"江怡可说这话时底气明显不足，相较廖母的手艺，她做的饭简直难以下咽。

"也好，让她尝一尝杭州菜。"

江怡可顿时感到窘迫，廖洛看出她的心虚，说："我来帮你。"

幸好廖母不是挑剔的人，一顿饭吃得乐乐呵呵的。

除夕当天,江怡可一大早起了床,和廖洛一起择菜洗菜,廖母自然是掌勺,三个人在厨房一边忙乎一边说说笑笑,时间过得很快。

三个人吃过年夜饭,都等着守岁。廖母平时睡得早,老早便坚持不住了。过了零点,她便去睡了,留下江怡可和廖洛坐在沙发上守岁。

第二天是初一,廖洛家竟有一大堆人上门拜年。江怡可忙着认亲戚,心想廖洛家的亲戚还真多!

忙了一天,晚上,廖洛带着江怡可去逛灯会。

"我们初三回深城吧。"廖洛对江怡可说。

江怡可点点头,她也着急回家看父亲。

知道廖洛他们要走,廖母自然是不舍。不过听说江父一个人在深城,廖母也有些过意不去,嘱咐廖洛一定要和江父说,自己得空便会去深城拜访。

相比于小镇上的热闹,深城的年味就少了许多。

江怡可和廖洛走到家门口,看见门联都已贴好。江怡可心里微微诧异,每年都是她督促着父亲置办年货,没想到父亲今年居然这么自觉。

一打开门,屋内的景象令江怡可一惊。只见江父穿着一件酒红色的毛衣,对面坐着一个年龄和他相仿,看上去端庄的妇人。

"你不是跟廖洛回老家了吗?"江父皱着眉头问。

江怡可笑了笑,她本来想给父亲一个惊喜,不想却变成惊吓了。

"老江啊,既然你女儿回来了,那我就先走了。"

"不用了,阿姨,我就是回来放一放行李,这就走了。"

江怡可给廖洛递了个眼神,廖洛会意道:"伯父,我们先走了。"

两个人赶紧关门离开,随后漫无目地走在街上。年后的这几天深城有点儿冷，江怡可不禁打了一个寒战，廖洛将江怡可揽进了怀里。

江怡可笑道："下次回来我一定会提前和我爸打招呼的。"

廖洛微微一笑，没有吱声。

估摸着那位阿姨已经走了，江怡可才带着廖洛回到家。

一进门，他们便看见江父板着一张脸坐在沙发上。

"伯父。"廖洛跟江父打了声招呼。

"嗯。"江父应了一声，接着问，"你们怎么突然回来了？"

江怡可道："是廖洛急着回来看您。"

江父"哼"了一声，道："算你们俩有良心。"

廖洛被江父拉着一块下棋，江怡可透过厨房的窗户，看见这副场景，心里有些感慨。没想到这么多年过去了，自己居然还能看到这一幕。

吃过晚饭，江怡可接到许京的电话。

"喂，可儿，你现在还在廖洛老家吗？"

"没有，我已经回深城了。"

许京惊讶地说："你也在深城啊？"

江怡可皱眉，问："也？你回来了？"

"嗯，我带潘恒来深城走走。杜冰也带着她老公回来了，要不咱们明天找时间聚聚吧。"

"行。"江怡可一口应下。

挂了电话后，江怡可打算和廖洛说一下，见廖洛正在阳台上打电话。

待廖洛挂了电话，江怡可走过去，说："许京和杜冰也回深城了，咱们明天一起出去聚聚呗。"

"明天?"廖洛皱眉道。

"有什么问题吗?"江怡可疑惑地说。

"我明天要回杭州。"

江怡可觉得有些遗憾,问:"这么急吗?"

"嗯。"廖洛点头,"有一个很重要的应酬。"

"那好吧。就算是为了应酬,你也别把自己弄得太累了。"江怡可嘱咐道。

"放心吧。"

第二天,许京见只有江怡可一个人,问:"廖洛呢?怎么没和你一起?"

江怡可抿了抿嘴,说:"他有事,先回杭州了。"

"这么急?一天也等不了?"

"有应酬。"

许京皱眉道:"他的新公司还没筹备起来,就开始有应酬了?"

"哎呀,没关系啦。大家要是相聚,什么时候都能聚。"江怡可笑了笑,但心底还是止不住地失落,尤其是吃饭的时候,许京有潘恒,杜冰有老公,她一个人显得形单影只。

饭桌上大家说说笑笑,江怡可看了眼手机,想着廖洛应该已经到杭州了。

"可儿,你别光顾着看手机啊!怎么,想廖洛了?"杜冰打趣着说道。

江怡可笑着反问:"你们成双入对的,哪有人顾得上我啊?"

"那你可不能怪我们,谁让廖洛抛下你先走了。"杜冰不饶人地说。

许京插嘴道:"要什么廖洛啊!咱们再给可儿找个伴,你们还记得那谁吗?"

"谁啊?"杜冰顺着话问道。

"就是上大学时给可儿写情书的那个人,天天不洗头。"

杜冰灵光一闪,说:"我知道,就是那个谢清华。"

"对对,就是他。"

江怡可苦笑着摇头道:"这事都过去多久了,你们还拿出来提?"

"我听说他现在混得不错,搞软件开发去了。"杜冰说道。

"是吗?这还真没想到。"

"他还没结婚呢?好像也没对象,可儿,他这是还惦记着你呢。"杜冰调侃道。

杜冰的老公在一旁看不下去了,说道:"你们这是看廖洛不在,合起伙儿来欺负可儿呢。"

"不管,谁让他把媳妇扔在这儿了。"

杜冰夫妻俩一唱一和的,江怡可只好把目光转向许京。

许京偷笑了一下,帮江怡可解围,说:"下午咱们去哪儿啊?可儿,你对这儿最熟,你想去哪儿?"

江怡可想了半天,也没想到深城有啥好玩的。

"你还是别问可儿了。"杜冰插话,"廖洛不在,她现在估计只想回家。"

看杜冰不依不饶的样子,江怡可无奈地摇摇头,没有说话。

"那就去逛街吧。"许京提议道。

杜冰老公立刻皱起了眉,看向潘恒,明显是在暗示,毕竟陪女人逛街,没几个男人受得了。

潘恒笑着看向杜冰老公,说:"难得这么多人一起出来逛街。"

杜冰老公见此只好投降，五个人走着走着就变成了两对情侣走在前面，而江怡可跟在后面。

江怡可看着前面的四个人，心里暗骂廖洛。拿出手机，发现廖洛还是没有消息，她只好一边赌气一边给廖洛发消息。

"我们晚上有什么安排吗？"杜冰一边挑着衣服一边问许京。

许京想了一下，说："要不去唱歌吧。"

"好啊。"杜冰拿起衣服准备试一下。

许京转头看着江怡可，问："可儿，你觉得怎么样？"

江怡可耸了耸肩，道："可以啊。"

"可儿，你看这条裙子怎么样，我觉得挺适合你的。"许京举着一条裙子对江怡可说。

江怡可微微蹙眉道："好看是好看，不过平时穿成这样是不是太夸张了？"

"好看就行，来，试试。要是好看的话，我就送给你，当新年礼物。"许京将江怡可推进试衣间。

杜冰在一旁不满道："那我的新年礼物呢？"

许京笑了笑，说："我觉得这条裙子可儿穿最好看。"

江怡可觉得许京有点儿奇怪，但也拗不过她，只好试了一下。

没想到，裙子穿在江怡可身上确实很好看，她也很满意。

"怎么样？可儿，这条裙子你喜不喜欢？"许京问道。

"嗯。"江怡可点了点头。

许京看向售货员，说："刷卡。"

江怡可一怔，说："还是我来吧。"

"就当是我感谢你和廖洛当初帮我的事吧。"许京突然说道。

江怡可知道许京因为老钱的事一直很内疚，所以也就没和她计较，说道："那我可就收下了啊。"

又逛了一会儿，许京让潘恒去买咖啡，没喝几口，许京不小心把咖啡洒在江怡可的衣服上。

许京掏出纸巾给江怡可擦了擦，然后说："刚好买了新的衣服，可儿，去换上吧。"

晚上，一行人就去了KTV。

刚进大厅，许京便说："我去订房，你们在这儿等着。"

江怡可本来想跟上去，可是看见其他人都没动，她也只好老实待着。

许京和前台的人聊了很久，然后走回来说："我们还要再等一会儿，这边没有空的包房了。"

这么早就没包房了！江怡可心里微惊，提议道："那就先去别的KTV吧。"

许京一愣，赶紧说："一会儿就有了。"

"那好吧。"江怡可有些疑惑，但也没说什么。

五个人坐在大厅里，许京对江怡可说："你还不知道吧，丁柏已经和薛晴雯去西安了。"

"看来他俩是好事将近了。"江怡可说道。

"许小姐。"前台招呼着许京过去，也不知两人说了些什么。许京转身朝他们招手："我们进吧。"

一脚刚踏进包房，江怡可的心脏突然漏跳了一拍，音乐没有预兆地响了起来，灯光随之亮起来，视线豁然明亮起来，廖洛捧着花站在她面前。

廖洛！江怡可一惊，廖洛怎么会在这里？廖洛唱着《今天你要嫁给我》朝江怡可走来。

江怡可怔怔地站在原地，大脑一片空白。

一曲结束，廖洛单膝跪地，将一大束玫瑰花递到江怡可面前，深情地说："可儿，你愿意嫁给我吗？"

江怡可低头一看，原来花瓣上有一个钻戒。她鼻头一酸，忍不住落下泪来，说："我愿意。"

廖洛将戒指戴在江怡可的手上，然后站起身，抱起江怡可转了好几圈，周围响起一片欢呼声。

"可儿，祝福你。"许京和杜冰走过来，她们的眼眶已经湿润。

"你们俩居然骗我。"江怡可又哭又笑地说，模样像极了学生时代，她们三人在一起打打闹闹的样子。

"我想过无数种求婚的场景。"廖洛在江怡可耳边低声道，"沙滩、雪山、摩天轮，但是我想，你最想得到的还是她们的祝福。廖太太，不知道这场求婚你还满意吗？"

"如果不满意的话，廖先生还会再求一次吗？"江怡可眨着眼睛，调侃着问道。

廖洛失笑道："当然，只要廖太太愿意嫁，让我求多少次婚都可以！"

（全文完）